A linha azul

Ingrid Betancourt

A linha azul

Tradução
Julia da Rosa Simões

Copyright © Ingrid Betancourt, 2014

Grafia atualizada segundo o Acordo Ortográfico da Língua Portuguesa de 1990, que entrou em vigor no Brasil em 2009.

Título original
La ligne bleue

Preparação
Ana Cecília Agua de Melo

Capa
Cleber Rafael de Campos

Ilustração de capa
Anita Rundles

Revisão
Cristiane Pacanowski
Fernanda Mello
Ana Kronemberger

CIP-Brasil. Catalogação na fonte
Sindicato Nacional dos Editores de Livros, RJ

B466L
    Betancourt, Ingrid
        A linha azul/ Ingrid Betancourt; tradução Julia da Rosa Simões. – 1. ed. – Rio de Janeiro: Objetiva, 2015.
        275p.

        Tradução de: *La ligne bleue*
        ISBN 978-85-7962-426-1

        1. Ficção colombiana. I. Simões, Julia da Rosa. II. Título.

15-24614   CDD: 868.993613
                             CDU: 821.134.2(861)-3

[2015]
Todos os direitos desta edição reservados à
EDITORA OBJETIVA LTDA.
Rua Cosme Velho, 103
22241-090 — Rio de Janeiro — RJ
Telefone: (21) 2199-7824
Fax: (21) 2199-7825
www.objetiva.com.br

A linha azul

1.
A jovem de preto
Outono boreal, 2006

Ela contempla o horizonte.

Avista a linha violeta que separa o mar do límpido céu azul.

Vê o vento deslizando sobre a água. Vê que ele chega. Depois fica na dúvida.

Mas o vento varre as árvores da alameda, que ondulam. Avança sinuoso, sobe a encosta e acaricia a contrapelo a sebe que se fecha em cruz diante da praia. Depois estanca, pronto para dar o bote, espreitando a rua. Toma impulso mergulhando no asfalto, salta sobre os caprichados canteiros de hortênsias e volta com força.

Ela observa sua progressão, curiosa. Ele agora se aproxima, contorna as casas de madeira pintada, a dois passos dela. Desliza galgando o tronco do velho bordo ao lado de sua janela, envolvendo-o como uma serpente e fazendo vibrar todos os seus galhos, transformados em longos dedos nervosos.

Ele bate à janela. Empurra a vidraça. Assobia e chama por ela em meio ao crepitar de ramos batendo no vidro.

Julia está feliz. Ela empurra, impaciente, a tranca do caixilho e faz força para erguer o batente. Debruçada para fora, se deixa invadir e preencher pelo vento viajante, sorvendo seu ar cortante a plenos pulmões. Ela fecha os olhos, reconhecendo o cheiro de sal e asfalto. O ar de Connecticut é estranhamente parecido com o da Buenos Aires de sua infância. Talvez seja menos encorpado, menos denso, mais refinado. Ou não.

Ela sabe por experiência própria que a memória armazena a essência das coisas de maneira um tanto ilógica. O presente muitas vezes parece mais desbotado que as lembranças.

Mas nem por isso Julia está menos encantada.

Ela sorri, pois adora o comedimento que a cerca: os arbustos bem cuidados dos jardins diante dela, o alinhamento consciencioso dos olmos ao longo da avenida perpendicular à praia, a sebe e a grama que enquadram a areia fina como uma muralha que se estende paralela às ondas, o horizonte como uma linha traçada de uma ponta à outra.

Aquela ordem corresponde à de sua própria vida. Ela acabou de organizar tudo. Está no lugar certo, na vida que escolheu para si, com o homem que ama desde sempre. Julia se sente realizada.

Ela contempla o céu acima do bordo. A felicidade é azul. Horizonte azul, água azul.

Uma tela de Mark Rothko, ela pensa, formando uma moldura com os dedos.

Gostaria de pendurar esse quadro na parede para lembrar que a felicidade está ali, ao alcance das mãos.

Curioso. Parece que a ideia de uma felicidade azul já lhe ocorreu antes.

De repente, o vento começa a assobiar e uma lufada entra pela janela. Os galhos do bordo se prendem na roupa de Julia e a arranham. O céu escurece. Julia sente um calafrio. O ar fica com cheiro de molhado. Um segundo depois, um relâmpago risca seu quadro de alto a baixo, cegando-a. Julia sente dor, como se uma lâmina cortasse sua retina.

Um crepitar agudo rompe o silêncio. A árvore do outro lado da calçada acaba de ser partida em dois. O miolo esfacelado, calcinado, não pegou fogo. Um dos galhos seccionados pende perigosamente dos fios de luz da avenida.

Julia recolhe rápido a cabeça, fecha a janela e se vira, trêmula. Ela examina o cômodo, pronta para enfrentar qualquer coisa. Mas está tudo em ordem. Cada coisa continua no silêncio de seu devido lugar. Mesmo assim, seus olhos continuam procurando, percorrendo os cantos, perscrutando as sombras.

Um pânico irracional a invade. Julia pega a roupa suja empilhada dentro de um cesto e desce correndo as escadas até a lavanderia, no subsolo. Chega sem fôlego. Tanto medo por nada! Ela dá de ombros.

Então sente os tremores subindo. Eles sempre chegam da mesma maneira, com um formigamento nos calcanhares que se torna mais nítido ao subir na panturrilha e mais intenso na altura dos joelhos. Julia sabe que tem poucos minutos antes de perder os sentidos. Sobe a escada da lavanderia de quatro, atravessa a cozinha e rasteja até a sala. Quer se sentar num ângulo entre duas paredes, para se escorar antes que seja tarde demais. Julia se instala num canto, as costas bem eretas e as pernas esticadas à frente para manter o equilíbrio. Ela tem um breve instante para se felicitar de ter reagido a tempo, antes de seu mundo desabar. Seu terceiro olho acaba de entrar em ação.

Ela se sente partir: a visão se turva, apesar dos olhos bem abertos, numa opacidade espessa e branca, enquanto o espírito voa para longe. Julia flutua no vazio, fora do tempo e do espaço. Não controla mais o próprio corpo. Abandonou-o no canto da sala como uma luva vazia. Ela conhece bem aquela viagem, apesar de nunca conseguir prever sua duração ou seu destino.

Ela não sente mais medo. Sabe que não vai morrer, sabe que não vai sufocar naquela substância branca pela qual navega. Ela tem o dom, foi instruída nele, faz parte da sua linhagem. Toda a energia de seu ser é canalizada para a conexão que está prestes a acontecer. Seu terceiro olho se sobreporá à visão de outra pessoa, sobre quem ela ainda não sabe nada.

Subitamente, Julia se vê na penumbra de um quarto. Do outro lado, por uma porta entreaberta, avista uma mulher de costas, bastante iluminada pela luz branca de uma lâmpada fluorescente. A jovem está toda de preto, usa um vestido justo que vai até o tornozelo. Maquia-se com capricho. Tem os cabelos pretos presos num coque impecável, redondo e brilhoso como uma pedra de ônix. A nuca flexível se inclina para a frente para aproximar o rosto do espelho da parede.

Os olhos pelos quais Julia enxerga seguem a silhueta fina num percurso sinuoso que vai da cabeça aos pés, se demorando um pouco na curva das costas. A jovem se sente observada e se vira. Tem olhos orientais, lábios vermelhos e carnudos que revelam um sorriso distante de dentes perfeitos. A "fonte" de Julia está sentada na beira de uma cama. É um homem. Ela vê joelhos robustos e adivinha um corpo nu. Sua visão periférica também registra cortinas fechadas, lençóis desfeitos, uma cômoda atrás da porta entreaberta. Roupas atiradas ao acaso repousam sobre uma cadeira.

O homem se levanta e se aproxima da mulher. Julia vê um banheiro estreito e impessoal. Toalhas no chão, ainda úmidas, revelam um logotipo conhecido, de um hotel de uma grande rede norte-americana.

A jovem estende a mão num gesto que tenta ser carinhoso e recebe um abraço apaixonado do qual se solta rapidamente, rindo. Ela gira nos calcanhares, dá uma última olhada no espelho, pega a bolsa pousada ao lado da pia e sai num passo rápido se equilibrando sobre os sapatos de salto alto. A porta bate atrás dela.

Os olhos perscrutam a penumbra por um bom tempo e depois se voltam para a esquerda, subindo pela cama até chegar a um celular que vibra insistentemente como uma mosca varejeira. Nenhuma reação. O homem se deita, fecha os olhos. Julia fica prisioneira da escuridão por um longo tempo, em desespero, sem poder partilhar os pensamentos ou os sonhos daquele a quem está ligada.

Até que é desconectada. Julia se sente propulsionada para a superfície. Ela se liberta da escuridão e atravessa o miasma leitoso. A luz traz consigo os contornos que anunciam uma recuperação progressiva da visão. O foco volta, aos poucos: suas mãos continuam pousadas nos joelhos, o corpo continua escorado na parede. Ela sente a nuca dolorida, como sempre depois de uma viagem.

Ela esfrega o pescoço com força. Faz a série de alongamentos que aprendeu com a avó: gira lentamente a cabeça em círculos completos num sentido e depois no outro, até que o enrijecimento comece a ceder. Tudo estala dentro dela, como papel amassado. A viagem foi longa. Ela encolhe os joelhos na posição de lótus e alonga as costas, o pescoço para a frente como uma tartaruga. Julia respira devagar, volta a se centrar. Recupera o controle do corpo, reproduzindo os movimentos que, desde a infância, acompanham a meditação de retorno.

Os ruídos da rua retornam aos poucos. Da janela, ela vê um grupo de homens de uniforme trabalhando para retirar os restos da árvore morta. Não há mais sinal de tempestade, o céu está limpo. Nesse momento, ela se lembra de olhar para o relógio. Meio-dia. Ela ainda não tomou o café da manhã nem começou a trabalhar... Felizmente, Theo se habituou a voltar mais tarde do escritório. Ela tem algumas horas a mais para acabar as traduções e entregá-las ao cliente no prazo combinado.

Disciplinada, pega um grande pote de iogurte com amêndoas e frutas secas e se instala, comendo, na frente das páginas. O texto é bonito. Ela não tem dificuldade para encontrar as palavras certas e recriar o pensamento de uma língua à outra. O que lhe parece mais difícil é imitar a harmonia dos sons, o ritmo, a cadência. Reproduzir essa musicalidade de uma língua à outra é uma capacidade que tem muito de arte. Para ela, esse constitui o maior desafio, no qual mergulha com paixão.

Julia ouve a maçaneta da porta de entrada e tem um sobressalto. Já são sete e meia da noite. Ela fecha o computador com pressa, ajeita o vestido vermelho e se olha no espelho do corredor, aliviada de se ver bonita antes de descer. Nenhum sinal da viagem, nenhuma explicação a dar.

Na cozinha, Theo faz uma triagem na correspondência. Ele já depositou as chaves e esvaziou os bolsos no balcão. Quando vê Julia chegar, interrompe o que está fazendo. Sorri para ela e a envolve pela cintura, girando-a nos braços. Depois, beija-a no rosto como para dizer que é o fim da diversão.

— Estou com fome, querida, estou exausto.

Os olhos de Julia se anuviam. Ela contém um movimento, decepcionada. Seu olhar se fixa na camisa dele, depois, perdida nos próprios pensamentos, ela abre lentamente a geladeira.

— Amanhã é sexta-feira — ela diz num tom anódino —, você pode tirar o dia de folga...

— Não contei? Mudaram nosso regime de trabalho: não posso mais acumular horas para folgar nas sextas-feiras...

— Mas continua acordando muito cedo... Cada vez mais cedo, até... Se não me engano nos cálculos...

— Não calculamos mais as horas do mesmo jeito, meu amor. Além disso, estou fazendo horas extras porque tenho uma promoção em vista.

Julia o encara sem entender.

Theo passa na frente dela, fecha a porta da geladeira e diz, com uma ponta de irritação:

— Ainda não aprendeu a fechar as portas, Julia...

Ele sai da cozinha, sobe as escadas. Julia o segue, sem pensar. Quer contar sobre a árvore e o relâmpago. Mas antes de conseguir alcançá-lo, ele se tranca no banheiro.

2.
A primeira viagem
Verão austral, 1962

Ela devia ter cinco anos na primeira vez. Morava em Colônia do Sacramento, no Uruguai, numa velha casa atrás do porto, acima do estuário. Brincava num pátio empoeirado, longe dos mais velhos que se divertiam pulando do alto de um muro para o jardim ao lado apenas para enlouquecer o velho cachorro do vizinho.

Ela sabia que era pobre. Não porque lhe faltasse alguma coisa, mas porque a mãe se queixava disso. Para Julia, a palavra "pobre" era vazia de significado. Ela a associava, estranhamente, à liberdade que lhe permitia viver fora do mundo dos adultos. Mas compreendia que era o motivo que tinha levado o pai a deixá-los. Sentia falta dele. A mãe apontava para o rio da Prata e explicava que ele tinha partido em busca de trabalho, lá na Argentina, do outro lado das águas.

"O rio de prata, prata...", repetia Julia para si mesma como uma fórmula mágica. O que podia haver de especial do outro lado? Ela passava horas contemplando, em pé atrás de uma balaustrada, o porto de Colônia e a água cinzenta de reflexos prateados que constituía seu horizonte. Ela não entendia.

— Mamãe, por que o papai foi embora?

— Para voltar com dinheiro, ora!

Julia olhava fascinada para a água com brilho metálico que se estendia a seus pés. Ela se virava, teimosa, e continuava:

— Mas, mãe! Com o rio de prata não precisamos de dinheiro!

A mãe erguia os olhos para o céu e respondia, irritada:

— *¡Nena! ¡El Río de la Plata no es un río, ni es de plata!**

O aborrecimento da mãe fazia a alegria dos gêmeos. Quase dois anos mais velhos, eles faziam de Julia o alvo de suas chacotas. Zombavam dela sem piedade e a empurravam, davam-lhe rasteiras para derrubá-la. Era a irmã mais velha, Anna, que vinha em seu socorro, botava os gêmeos para correr a bofetadas e a abraçava. Ela cochichava em seu ouvido:

— O papai vai voltar logo, Julia, não se preocupe.

Anna era a única capaz de tranquilizá-la, pois também vivia à espera. Assim, por retribuição, e também pela distância imposta por uma mãe severa demais, Julia acabava depositando na irmã todo o amor que reservava ao pai. Ela às vezes sentia vontade de brincar com os gêmeos, mas tinha medo deles e de suas audácias. Além disso, eles tinham aprendido a nadar sozinhos e passavam o tempo todo na água, onde Julia não podia segui-los.

Naquela tarde, Julia estava no pátio dos fundos, sentada na escada de acesso à cozinha. Brincava de desenhar figuras com o dedo no chão de terra batida e de encher uma velha lata de óleo com pedrinhas. Àquela hora, as crianças em geral já haviam almoçado. Anna tinha a tarefa de aquecer o que a mãe preparava de madrugada antes de sair para o trabalho. Naquele dia, porém, a mãe havia dito que esperassem. Ela traria comida da cidade.

O sol castigava. Usando um vestido curto demais que tinha herdado da irmã, Julia se entediava, sentada nos degraus de pedras irregulares. Começou a sentir um certo mal-estar, quase como uma febre, mas, como sempre, se manteve em silêncio, com medo de ser repreendida. Depois sentiu formigamentos nas pernas; pensando que fosse algum inseto, começou a coçá-las, zangada, para se livrar dele.

Os tremores logo se alastraram, invadindo o corpo todo e retesando os membros um a um, até imobilizá-la completamente. Assustada, ela chamou a irmã Anna com todas

---

* "Menina! O rio da Prata não é um rio, nem é de prata!" (N. A.)

as forças, mas os gritos histéricos dos gêmeos e os latidos do velho cão cobriram sua voz de menininha.

Ela perdeu a visão de repente e pensou ter caído no rio de prata que a obcecava. Sentiu-se sufocar, presa numa substância espessa e branca, sem cheiro e sem gosto. Desconectada do corpo, paralisada e cega, flutuava no vazio. Lembraria-se daquele momento pelo resto da vida. Esvaziada de si mesma, tinha acabado de compreender o significado da palavra morrer.

Voltou a respirar quando os olhos transpassaram a camada leitosa que a havia engolido. Conseguiu enxergar de novo o contorno definido das coisas e dos seres.

Julia teve certeza de que o que via não lhe pertencia. As imagens se deslocavam em panorâmica, como se estivesse caminhando, mas ela sabia que estava completamente paralisada, incapaz de controlar a direção do próprio olhar. Poderia ter pensado que era um sonho, que tinha adormecido. Mas era diferente, como se tivesse sido cortada em dois, vendo através de olhos que não eram seus, acedendo a um mundo ao qual tinha sido propulsionada como uma intrusa.

Julia não entendia, em sua mente infantil, por que estava escuro. Adivinhava uma lua cheia escondida atrás das nuvens em movimento acima de sua cabeça. Via a proa de uma embarcação que oscilava sobre um mar agitado, como se estivesse na popa. Um vento violento levantava ondas que vinham varrer o convés. Ela tinha esquecido o medo, fascinada pela magia de um espetáculo do qual se sentia inexplicavelmente ao abrigo.

Anna entrou subitamente em seu campo de visão. Dirigia-se para a proa, agarrada à amurada com um esforço que retesava todos os seus músculos. Ela tentava se aproximar dos gêmeos, que se mantinham perigosamente agachados no convés em meio a poças de vômito, perto demais da borda. Julia não via a mãe, mas adivinhava a presença do pai à esquerda, em pé atrás do leme.

Uma enorme onda rebentou no convés bem naquele momento. Uma cortina de espuma cobriu a proa. Um segundo depois, Anna tinha desaparecido. O campo de visão de Julia girou cento e oitenta graus. Ela queria procurar Anna com os olhos, mas tinha à sua frente o rosto desfigurado do pai, que berrava. Reconheceu no primeiro plano as mãos brancas e venosas da mãe, que se agarrava a ele. Ela era a própria mãe. Compreendeu, com pavor, que via pelos olhos da mãe.

Os segundos seguintes ficariam gravados em câmera lenta na memória de Julia. As bochechas do pai ficaram encovadas, como as de um morto. Ela viu as mãos da mãe batendo e arranhando, tentando arrancar-lhe o comando do barco para dar meia-volta. Ele olhava aparvalhado para trás, para um ponto que se afastava constantemente, que se perdia na agitação furiosa das ondas. Incapaz de se mexer, ele via sua vida ser tragada. Julia queria se atirar sobre ele também, obrigá-lo a pular na água. Por que ele não fazia nada?

De repente, seu campo de visão mudou novamente. Por uma fração de segundo, viu a si mesma como num espelho. Estava agarrada à saia da mãe, paralisada, tomada pelo medo, gritando tanto quanto o pai.

O choque foi tão violento que ela se desconectou. Caiu no vazio, sacudida por convulsões, e afundou, aspirada por um turbilhão. Tentou gritar, chamar por socorro, se libertar daquele corpo que não era o seu. Penetrou subitamente na viscosidade branca, subindo em busca de ar, prestes a implodir.

Aterrissou num golpe seco e abriu bem a boca para aspirar todo o ar que podia. O oxigênio voltou a lhe encher os pulmões, dolorosamente. Ela reconheceu o cheiro de sal e goiaba da irmã antes mesmo de vê-la. Seus olhos, sob a luz zenital de dezembro, tinham ressecado durante o transe e ela não conseguia enxergar mais nada. Anna a chamava pelo nome e a sacudia desesperadamente, como uma boneca de pano.

Julia explodiu num grito inumano, em meio a um mar de lágrimas de medo, raiva e impotência. Ela não tinha palavras para expressar suas emoções. Agarrada ao pescoço de Anna, Julia gritava sem conseguir se explicar.

Viu-se, sem saber como, deitada em sua cama, coberta de sangue. Anna explicou que ela tinha caído de cabeça nos degraus da cozinha e tinha um corte na testa. Então ela viu os gêmeos: braços cruzados, os mesmos olhos aparvalhados, as mesmas bochechas encovadas. Pulou em cima deles, se soltando furiosamente do abraço da irmã para tentar arranhá-los e mordê-los com seus pequenos dentes e punhos, gaguejando e espumando que era por culpa deles que Anna tinha morrido e que eles não tinham feito nada.

A mãe, alertada pelos gritos, entrou no quarto como um furacão. Precisou usar toda a sua força para separar Julia dos irmãos. Levou horas tentando acalmar a filha, oferecendo carícias, guloseimas e recompensas. Mas nem as súplicas de Anna conseguiam dar fim à fantasia que agitava Julia. Abraçada ao pescoço da irmã mais velha, ela continuava gritando que Anna tinha morrido e que ninguém tinha feito nada.

Os dias seguintes não trouxeram melhoras. Ela recusava todo contato com os gêmeos e exigia o direito de ir sozinha até o mar. Tinha cismado que queria aprender a nadar. A mãe a acompanhava de longe, tomada por um sentimento que não tinha tido por nenhum filho e que mais se assemelhava à resignação do que à ternura.

Ela a deixava fazer o que quisesse, enviando Anna em missão de vigilância. Esta tinha uma aversão instintiva pela água salobra na qual os gêmeos nadavam. Mas o amor pela irmã menor e a esperança de tirá-la daquela loucura fizeram com que a superasse. Ela aceitou acompanhar a caçula nas águas enigmáticas do rio de prata, mas não conseguia tirá-la de lá. Por dias a fio Anna precisou segurar Julia na superfície enquanto esta se exercitava dando braçadas para imitar os gêmeos. Julia acabou aprendendo e logo se tornou tão audaciosa quanto os irmãos. De tanto insistir, conseguiu ensinar Anna, que aceitou as lições mais por devoção do que por inclinação.

O Natal chegou e, como uma alegria às vezes pode anunciar outra, o pai voltou da Argentina. Além disso, veio cheio de provisões. Tinha conseguido se estabelecer em Buenos Aires e encontrado uma casa para toda a família. A mãe exalava uma alegria que transmitia a todos a seu redor. Menos a Julia, que se mantinha ferozmente à distância.

Uma noite, ela ouviu os pais conversando por horas, enquanto os irmãos dormiam. Falavam de deixar o Uruguai e, apesar de Julia não entender direito o que aquilo significava, o tom das vozes bastava para acelerar as batidas de seu coração. Julia não queria deixar Colônia. Ela gostava de seu mundinho, das ruas calçadas que serpenteavam como se procurassem o céu, da casa torta em que vivia, deitada na encosta, do telhado rosa de telhas irregulares. Aquele era o domínio exclusivo dos gatos do bairro, que Julia alimentava em segredo. Ela se sentia dona daquele espaço na medida certa para ela e sem perigos, dos dias regulados a seu bel-prazer, aos quais apenas Anna era admitida, e da sua solidão de criança, que todos respeitavam, menos a mãe.

Por algum tempo, ninguém mais falou da mudança e Julia pensou que a ideia tivesse sido abandonada. Suas angústias aos poucos se dissiparam. Talvez ela tivesse sonhado com aquilo tudo. Como o resto da família, o pai assumiu o dever de reconquistá-la.

Certo dia em que Julia o acompanhava ao mercado, ela disse com ar maduro, segurando-o pela mão e olhando-o fundo nos olhos:

— Enfim sós!

O pai explodiu numa risada estrondosa.

Ele a ergueu bem alto e fez com que rodopiasse. Julia pensou que ia sair voando pelo azul do céu que a aspirava e que a deixava deliciosamente sem fôlego, feliz dos braços fortes que a seguravam.

A partida pegou todos de surpresa. Um homem de cara amarrada e chapéu de marinheiro anunciou certa manhã que a embarcação estava pronta e que devia zarpar à noite. O rebuliço que se seguiu foi homérico. Tudo foi desmontado, recolhido, dobrado, enrolado, amontoado, amarrado e empilhado na entrada da casa. Ninguém conseguia acreditar que toda uma vida pudesse ser reduzida a tão poucas coisas.

Julia recuperava tudo o que os outros jogavam fora. Munida de um barbante, amarrava as latas vazias que encontrava na casa e no jardim, arrastando seu rosário de recipientes amassados como um tesouro precioso. No meio da desordem familiar, sua excentricidade foi recebida com alívio. Todos temiam que ela tivesse uma nova crise nervosa durante a partida.

A procissão em direção ao cais saiu ao cair da noite. O capitão esperava por eles. Julia reconheceu a embarcação na hora. A angústia sentida durante a visão invadiu-a e ela começou a gritar de pavor. O capitão tomou a reação da menina por manha e reagiu com impaciência, franzindo as sobrancelhas negras e arregalando os olhos. Ele chegou a ameaçar Julia com uma punição, julgando que faltava autoridade aos pais.

Julia não se acalmou. Sem largar a corrente de latas, foi se refugiar entre as pernas do pai, que ordenava às crianças que ficassem com ele na traseira do barco. O capitão, enquanto isso, carregava a embarcação e equilibrava os calços sob o olhar atento da mãe.

Era uma noite de lua cheia, o céu estava limpo e sem estrelas. Ao longe, grandes nuvens escuras se avolumavam, mas a travessia não seria longa, no máximo duas horas. No entanto, o vento se ergueu ao saírem do porto e o marulho, aumentando, deixava mais lenta a embarcação.

Como no transe, tudo aconteceu muito rápido. Os gêmeos ficaram enjoados e foram enviados pelo capitão à proa. Anna quis ajudá-los e avançou se agarrando à balaustrada. O barco oscilava perigosamente e o capitão soltou o leme para apertar o cordame da proa. O pai o substituiu momentaneamente no comando.

Foi nesse exato momento que a imensa onda surgiu e quebrou sobre o convés com um estrondo. O capitão teve tempo apenas de se amarrar e puxar os gêmeos contra si. Anna caiu no mar. A onda abafou, com seu rumor, os gritos de Julia, agarrada às latas. O pai, sozinho no leme, gritava sem saber como manobrar, assustado também com a crise de histeria da mulher, enquanto Anna desaparecia no fundo das águas. A embarcação tinha se enchido de água e o capitão tentava retirá-la para evitar o pior, ao mesmo tempo que berrava instruções sem conseguir ser ouvido pelo pai de Julia.

Os gêmeos tiveram um único segundo de hesitação. Trocaram um olhar cúmplice, se lançaram sobre Julia para pegar o rosário de latas e pularam na água. Julia, antes de desmaiar, ainda teve tempo de ver a cabeça de Anna boiando como uma rolha entre duas cristas.

3.
Nona Fina
Verão austral, 1962

A partir da "primeira viagem", Julia se lembra de todos os momentos de sua vida. Ela sabe que então ainda não tinha seis anos, pois festejou-os um pouco depois, na casa da avó. Pensando a respeito, chegou à conclusão de que provavelmente se tornou adulta naquele momento.

A avó teve um papel decisivo. Foi o primeiro rosto que viu ao abrir os olhos depois do incidente no barco. Ela não conhecia aquela avó de Buenos Aires de quem o pai falava com tanta frequência. Mas se sentiu imediatamente segura a seu lado.

Anna e os gêmeos estavam vivos, ela lhe disse. Depois de contemplar aquele novo rosto, Julia caiu logo no sono, e dessa vez dormiu como uma criança. Convalesceu num quarto luminoso que dava para um pátio interno com uma pequena fonte central talhada em pedra e que estava sempre correndo. Ela ouvia ao longe, como um eco, a voz da mãe e os gritos dos gêmeos. Mas era a avó que sempre estava a seu lado, o tempo todo, bem perto dela.

Nona Fina era uma mulher de olhos cinza-azulados muito claros, de uma doçura em que era possível se perder. Sua voz, em contraste, era grave, um tanto rouca, quase masculina. Ela ficava pacientemente sentada ao lado de Julia por horas a fio. De vez em quando, se aproximava para acariciar seu rosto. Julia sentia então o toque de mãos ásperas como uma língua de gato.

Julia a achava bonita, com a cabeleira trançada pesadamente sobre o ombro e a grande boca carnuda de napolitana. O pai tinha dela apenas os olhos transparentes, todo o resto tinha pulado uma geração. Adulta, Julia se olharia no espelho e veria com satisfação o rosto rejuvenescido de Nona Fina. Ela era o retrato da avó, com exceção dos grandes olhos negros que tinha herdado da mãe.

Durante a convalescença, Julia não falava. Com o passar dos dias, o fascínio exercido por Nona Fina sobre ela foi crescendo. As palavras da avó a enfeitiçavam. Faziam-na viajar para outro país e outra época. Nona Fina contava sobre a partida da Itália quando era pouco mais velha que Julia, do navio, da família, do mar estrelado sob a abóbada celeste, das corridas proibidas no convés da primeira classe e das brincadeiras de esconde-esconde na casa de máquinas. E da chegada à Argentina. Dos novos cheiros, da nova língua que ela podia entender mas não conseguia falar. Nona Fina falava das dificuldades com todas aquelas palavras que precisava usar mas que lhe escapavam e lhe pregavam peças. Palavras idênticas que queriam dizer uma coisa em italiano e outra em espanhol. Diziam para ter cuidado com o *burro*, ela procurava a manteiga mas estavam falando de um animal. Julia ria. Pela primeira vez, ria uma autêntica risada infantil. Finalmente compreendia seu engano com o rio de prata.

As histórias de Nona Fina penetravam-na como um bálsamo. A avó explicou o que realmente acontecera na noite da tempestade. Graças a suas latas, os gêmeos tinham conseguido salvar Anna, e Julia sentia que era dela, curiosamente, que Nona Fina mais se orgulhava.

Nona Fina contava a história melhor do que se a tivesse visto com os próprios olhos: os gêmeos tinham pulado no mar para desmentir a profecia de Julia, que os responsabilizava pela morte da irmã mais velha. As ondas os impediam de ver onde Anna estava, mas esta tinha conseguido se manter na superfície, certa de que viriam buscá-la, pois também tinha entendido que Julia os havia preparado. Agarrados às latas, os gêmeos tinham-na avistado várias vezes com a cabeça para fora da água, mas viam-na desaparecer no instante seguinte e reaparecer sempre mais longe. Eles quase se afogavam em seu esforço obstinado, até que a viram como uma aparição, suspensa no alto de uma crista logo acima deles. Gritando, furaram a onda e conseguiram pegar Anna na descida. Ela se agarrou aos flutuadores e, aliviada, quase desmaiou. Mas os meninos não tinham a menor intenção de soltá-la. À deriva, em plena noite no meio de um mar encapelado, as três crianças aguentavam firme.

O capitão conseguiu fazer uma manobra de retorno, quando o vento amainou um pouco. Calculando instintivamente uma possível deriva, tentava encontrá-los. A mãe de repente teve a impressão de ouvir gritos. O capitão desligou o motor. Ela não tinha se enganado.

Quando Julia voltou ao convívio da família, todos notaram que ela não era mais a mesma. Havia em seu olhar alguma coisa de precoce, quase uma dor, como uma cicatriz.

Um dia, com a família toda reunida para o almoço, o pai de Julia fez um anúncio: a casa deles estava pronta e eles poderiam se mudar nos próximos dias. Explicou que ficava num bonito bairro do subúrbio oeste de Buenos Aires, com parques, sacadas floridas e muitas crianças. Os gêmeos começaram a correr de excitação em volta da mesa, Anna exultava. Julia, porém, não ergueu os olhos do prato. A mãe, que tinha notado seu silêncio, quis alegrá-la e disse que a casa teria quatro quartos. Como estava fora de questão separar os gêmeos, ela teria um quarto só para ela. Mas nada adiantou.

Nona Fina se levantou para tirar a mesa e desapareceu na cozinha. Um silêncio incômodo se instalou. Anna olhou para a irmã sem entender. O pai tentou explicar que o ruidoso bairro de La Boca, onde vivia Nona Fina, com o velho porto e a vida noturna, não era um bom lugar para crianças. Julia olhou nos olhos da irmã mais velha por um bom tempo, como para tomar coragem. Então, com uma voz clara e definitiva, declarou:

— Vou ficar aqui.

Foi sua primeira decisão adulta.

Anna tomou o partido da irmã menor. De certo modo, compreendia melhor que ninguém o quanto Julia precisava do próprio espaço. Também sentia, intuitivamente, que era na casa de Nona Fina que ela poderia desabrochar.

A família se mudou; para inaugurar a nova vida a duas, Nona Fina inscreveu Julia na escola paroquial e levou-a pela primeira vez ao cinema para assistir a um filme de Cantinflas. A sala lhe pareceu imensa, com colunas brancas que ornavam a entrada e a pesada cortina de veludo vermelho com franjas douradas. Nos cartazes do filme, um estranho homenzinho de bigode ridículo e calças largas demais parecia convidá-la a entrar. Nona Fina a havia arrumado para a ocasião com um vestido marinheiro e um casaco branco que ela ficou com medo de sujar. Julia também usava um chapéu redondo com uma fita azul-marinho que lhe fazia cócegas na nuca. Uma nuvem de crianças, tão arrumadinhas quanto ela, corria no saguão ou brincava de pular da grande escadaria enquanto os pais compravam guloseimas.

Um homem com um pequeno chapéu reto e um uniforme vermelho com uma interminável fileira de botões dourados passou soando uma sineta. A nuvem de crianças se evaporou e Nona Fina levou Julia para a imensa sala climatizada e escura. Colocou-lhe na mão um saquinho de papel cheio de pipocas, que Julia não quis porque estava com sede. O feixe luminoso de uma lâmpada de bolso apontou para dois lugares no meio da sala. Foram até eles, se desculpando. A tela monumental se acendeu e esmagou Julia com sua presença. Ela começou a seguir, hipnotizada, os movimentos do homenzinho de bigode ridículo, sem entender por que as outras crianças riam se ela tinha vontade de chorar.

— Gostou? — perguntou Nona Fina ao saírem da sala.

Depois de pensar um pouco, Julia se virou para ela e perguntou, séria:

— Era verdade, Nona Fina?

— Não, é um filme.

— Mas quando eu vejo filmes… eles se tornam realidade.

— A gente precisa conversar direitinho sobre isso!

* * *

Uma noite, depois que Julia tinha acabado os deveres de casa, Nona Fina pegou-a pela mão:

— Venha, a gente precisa conversar.

Levou-a pelas ruas estreitas de La Boca seguindo um trajeto familiar que desembocava na igreja. Elas se sentaram na mureta de entrada. Julia não ousou abrir a boca, intimidada pela solenidade do momento. Após longos minutos de meditação, Nona Fina se virou para ela, olhou-a fundo nos olhos e começou, medindo bem as palavras:

— Este é um momento muito importante na vida de nós duas.

"Vou compartilhar com você um grande segredo, o mesmo que foi compartilhado comigo há sessenta anos pela mãe de meu pai, antes de nossa partida da Itália. Eu tinha exatamente a mesma idade que você, pois em poucos dias você fará seis anos.

"Você me contou que antes do acidente no barco, enquanto estava brincando na rua, caiu na 'água de prata'. Ficou com muito medo, pois não conseguia mais respirar e, depois, viu coisas ainda mais assustadoras dentro da sua cabeça. Ficou muito zangada, pois ninguém entendia você.

"Minha avó chamava o que aconteceu com você de 'terceiro olho'. É um dom. Tipo um grande presente. Somente algumas meninas de nossa família o recebem... Eu o recebi, você também, mas ninguém mais. Não sabemos quem nos deu esse presente, sabemos apenas que é sempre um pouco difícil de recebê-lo.

"Se você quiser que outra pessoa receba o seu dom, por exemplo, precisa primeiro se tornar uma mamãe e ter um menino. Às vezes as mães têm meninas, às vezes têm meninos. Mas para poder passar o presente é preciso ter um menino.

"Então, Julia, não é tão fácil, porque não podemos escolher, entende?"

— As mamães não dizem o que querem ter quando estão com o bebê na barriga?

— Não, nem as mamães nem os papais. É uma surpresa.

Julia começou a balançar as pernas, batendo na mureta com o calcanhar.

— E meu terceiro olho, posso dá-lo a meu filho? Que nem você deu seus olhos pro meu pai?

— Sim, mas o dom pula uma geração. Ou seja, o papai tem o dom, mas não pode usá-lo. Ele precisa ter filhas, e uma das filhas recebe o dom e pode utilizá-lo.

— Como eu. É o dom que você deu ao papai e que agora é meu.

— Exatamente.

— E por que o papai deu o dom pra mim?

— Sabe, é um grande segredo. Seu pai não sabe que o terceiro olho existe.

— Por quê?

— Porque é um segredo.

— Mas por que eu que recebi o terceiro olho e não a Anna?

— Porque em geral não é a mais velha que herda o dom.

— Por quê?

— Porque ninguém pode prever quem o receberá, pois é um verdadeiro segredo.

— Ninguém sabe que eu tenho o terceiro olho?

— Ninguém, só eu. Porque eu também o tenho e sei reconhecê-lo. Você também não sabia, Julia, apesar de tê-lo. Agora que está grande, posso explicar tudo e você pode guardar o segredo.

Julia bebia suas palavras, extasiada. Não sentia mais tristeza, não sentia mais raiva. Nona Fina acabava de colocar em palavras aquilo que ela não conseguia explicar. Sentiu que saía do caos.

A avó fez uma pausa, sondou a expressão de Julia e continuou fixando-a com seus olhos translúcidos:

— Você entende o que é o terceiro olho?

— É um presente que ninguém conhece.

— Sim, mas acima de tudo é um dom. Algo que nos destina a alguma coisa. Todo mundo recebe dons. Algumas pessoas cantam melhor, outras desenham melhor, outras falam melhor, outras ouvem melhor. Às vezes é um pequeníssimo dom, como o talento de arrumar um armário. Às vezes é uma coisa enorme, como o de compreender as estrelas. Esse dom pode ser desperdiçado... ou, pelo contrário, pode ser utilizado para agradar as pessoas... Se por acaso eu morrer sem ter tido tempo de ensinar tudo a você, guarde uma coisa: recebemos esse dom para ajudar os outros.

Nona Fina interrompeu subitamente o que dizia e pediu, com voz de professora:

— Julia, repita comigo.

Julia respirou fundo e recitou com zelo:

— Recebemos esse dom para ajudar os outros.

Nona Fina sorriu, deu-lhe um tapinha na bochecha e continuou:

— Nosso dom é diferente. Ele é secreto porque é único. As outras pessoas não o entenderiam e poderiam se assustar com ele. Nosso terceiro olho funciona como se espiássemos pelo buraco da fechadura: podemos ver coisas, mas ninguém sabe que estamos vendo. Como no cinema, lembra? Ficamos sentadas, seguimos a história, mas não entramos na história.

— Por isso as crianças riam, porque não estavam dentro do filme, não é mesmo, Nona Fina?

— O difícil, para nós, é saber quem é a pessoa que nos empresta os olhos... Quando você viu Anna cair do barco, adivinhou que era sua mãe...

— Sim, porque eu arranhei papai com as mãos da mamãe — disse Julia num esforço para imitar o gesto, o rosto franzido.

— Você não arranhou seu pai. Você usou os olhos de sua mãe para ver e reconheceu as mãos que acompanhavam os olhos. Eram as mãos da sua mãe.

Julia pareceu não entender. A avó fez uma pausa e murmurou, compadecida:

— Sim, querida, é uma coisa difícil de entender. Sua mãe, sem saber, pediu ajuda a você. E você enxergou através dos olhos dela aquilo que ia acontecer.

— Mamãe nunca me pede ajuda — disse Julia, contrariada.

— Mas foi o que ela fez no barco.

— Mamãe não me chamou no barco! — rebateu Julia.

— Sua mãe não sabe que chamou por você, porque é uma coisa que sai do coração, não da cabeça. Ela não pensou "vou pedir ajuda a Julia", mas lá no barco...

— Ela gritava e arranhava o papai — interrompeu Julia, fazendo uma nova careta, os dedinhos em garra.

— Sim, porque estava com muito medo e, sem pensar, seu medo chamou você, como quando o telefone toca. E você atendeu.

— Meu terceiro olho atendeu?

— Exatamente. Com nosso terceiro olho, você e eu podemos atender às emoções dos outros, é assim que funciona. Na maioria das vezes, vemos coisas que ainda não aconteceram. Coisas que vão acontecer no dia seguinte, ou no outro, ou mais tarde ainda.

— O telefone toca para trás?

— De certo modo. A pessoa que nos chama, nossa fonte, vive algo que ela vê no futuro.

— Por quê?

— É assim. Quando nosso terceiro olho responde, partimos numa viagem no tempo. Nosso dom nos permite ir para a frente ou para trás, enquanto todos os outros estão presos ao presente.

— É por isso que é um dom?

— Sim.

— E por que é bom viajar no tempo?

— Porque podemos ajudar os outros, como você ajudou Anna.

— Mas foram os gêmeos que...

— Já falamos sobre isso, Julia. Foi você que quis que Anna aprendesse a nadar, foi você que levou as latas para o navio. Se não tivesse feito isso, minha querida, eu não poderia ter revelado nosso segredo, e seu terceiro olho se fecharia sozinho.

— Eu teria perdido meu dom?

— Sim.

— Não quero perdê-lo, Nona Fina.

4.
Decodificação
Outono boreal, 2006

Ela está nos últimos degraus da escada, desconcerta-
da. Na verdade, nada mais natural que querer ficar sozinho no
banheiro. Mesmo assim. Ele nunca achou necessário trancar
a porta antes.

Ela fica ali um instante, depois desce as escadas, lentamente, sentindo que precisa clarear as ideias, tomar uma certa
distância. Perto demais, o amor sufoca. A presença do outro
se torna um peso. Por isso as pessoas aprendem a viver sem se
ver, invisíveis como o aparador do hall de entrada.

Julia desce e se senta na sala. Já tinha posto a mesa e
preparado a salada. Ausente, sentada no sofá em meio à penumbra, olha fixamente para a alameda de sombras que os
olmos e os bordos formam do outro lado da janela.

É seu ritual depois de cada viagem. Ela precisa se sentar, ficar sozinha. Quando era mais jovem, gostava da madrugada e da intimidade do silêncio. Precisava rever a viagem num
mundo isolado, para não ser surpreendida. Agora tem experiência suficiente para não precisar mais esperar a meia-noite.
Com os olhos bem abertos, não enxerga mais nada. Somente a
sequência de imagens gravada em sua mente desfila diante de
seus olhos. As cenas reaparecem, não como lembranças ene-
voadas da memória, mas com uma clareza e uma nitidez que
somente o órgão da visão pode proporcionar. Ela tem um banco de imagens entre os olhos e o cérebro. Suas pupilas ficam
contraídas apesar da escuridão, pois ela está voltada para uma
fonte de luz interna. O filme da última viagem passa em modo

contínuo. O quarto do hotel, a jovem asiática, o homem. A mesma sequência se repete, uma, duas, cem vezes.

Julia foi treinada, com rigor, para recolher as informações e triá-las. Nada deve ser dispensado de cara. Julia sabe por experiência própria que os detalhes mais anódinos, mais propensos a serem negligenciados porque óbvios demais, são os mais úteis.

Ela precisa estabelecer de quem vêm as imagens que seu terceiro olho captou. Precisa descobrir a conexão: por que está ligada àquela pessoa e àquele exato instante. Às vezes, sua fonte é uma pessoa conhecida. Muitas vezes, porém, acontece-lhe de não conseguir identificá-la porque ainda não a conheceu. Ela tem certeza, depois de cada viagem, de que mais dia menos dia aquela pessoa cruzará o meridiano de sua vida. É uma regra. Mas Julia precisa compreender qual é seu papel, por que foi chamada a intervir.

Naquela noite, se sente um pouco perdida. O mais estranho, naquilo que observa, é que não há nada de estranho. Por isso conseguiu se sentar para trabalhar e acabar a tradução em questão de horas. Havia quase se esquecido da jovem de olhos puxados, de seu sorriso frio, e do homem que a acompanhava. Não havia nada de perturbador, nada de urgente naquela cena.

Além disso, não se sente exausta, como em geral acontece ao regressar. Isso porque quase sempre vive momentos difíceis, traumáticos, que prenunciam a morte: acidentes, grandes sofrimentos, crimes passionais, assassinatos. Ela intercepta o momento de transição de pessoas que, por um motivo qualquer, estão entre a vida e a morte, confrontadas com uma escolha crucial.

Ela volta ao ponto de partida, ao início da sequência, àquele quarto banhado pela escuridão. Está com sua fonte no hotel. Ouve a voz de Nona Fina, suas palavras sempre a guiam. Deve procurar detalhes que permitam identificar a fonte. Aquela pessoa deseja transmitir-lhe alguma coisa, chama-a com seu inconsciente, deixa rastros para ser reconhecida.

Viu joelhos, uma camisa. Tem certeza de que se trata de um homem. Raramente se engana: os homens olham para o mundo de um jeito particular, têm uma visão seletiva, os dados com que preenchem o cérebro são diferentes dos das mulheres... Eles se interessam mais pelo que se move, pelo que muda, pelo que pode ser tocado. As mulheres se detêm mais no que permanece, nos detalhes, no impalpável. Julia examina o quarto. Volta a ver as roupas mais atiradas do que dispostas sobre uma cadeira... Será um homem apressado? Impaciente? Jovem, talvez? O lugar em que se mantém está fora do campo de reflexão do espelho do banheiro. Ela não consegue ver o rosto dele.

Serão um casal? Talvez não: a partida precipitada da mulher, seu último gesto... Há uma falta de intimidade e pouca indiferença para que formem um casal estável. Poderia ser um encontro furtivo, uma relação passageira. Julia volta ao rosto da mulher, fixa-o com vagar, tentando decifrar seu sorriso. Seria uma garota de programa? Difícil dizer. Relações ocasionais e anônimas parecem ter se tornado, para alguns, uma espécie de passatempo. Ou não. Há na jovem uma reserva, uma distância. Ela se preserva, como se precisasse se manter fora do alcance.

As escadas rangem, Theo está descendo, ela precisa disfarçar. Suas pupilas já estão dilatadas quando se vira para ele sorrindo. Ele a beija com um carinho irrepreensível, dizendo que vai preparar o jantar. Julia não se apressa, gostaria de continuar pensando. Mas o cheiro da cozinha a chama.

Theo está fazendo omeletes de claras de ovos, que compra há um tempo em embalagens de papelão no supermercado popular. Alguém tinha dito que eram uma fonte incomparável de proteínas. Obcecado pela ideia de voltar a ter um corpo atlético, as claras de ovos se tornaram sua paixão. Julia é incapaz de compartilhar seu entusiasmo. A simples imagem daquela substância viscosa lhe dá náuseas. Mas ela não diz nada.

Eles se sentam, frente a frente. Ela belisca a salada, Theo devora seu prato.

— Tudo bem? — Julia pergunta, tentando evitar o silêncio.

— Cansado — Theo responde, saindo da mesa sem olhar para ela.

Julia suspira. Talvez fosse mesmo inevitável.

A memória lhe traz velhas lembranças. A primeira saída juntos, ele com dezenove anos, ela com no máximo quinze. Ela ainda morava com a avó, ele com os pais.

Sentados num café de San Telmo, perto da escola de Julia, ele tinha ousado pegar sua mão. O atrevimento tinha sido recebido com frieza. Não que Julia achasse aquilo inconveniente, longe disso. Mas alguns códigos pareciam vazios de sentido. À guisa de explicação, Julia apontara com o nariz para um casal na casa dos trinta anos, duas mesas adiante. Eles saboreavam uma enorme taça de sorvete que escorria nas bordas, decorada com um pequeno guarda-chuva chinês de papel fúcsia. Concentrados em não perder uma única gota, sem trocar nenhuma palavra, davam-se uma das mãos e tentavam manejar a colher com a outra.

Theo tinha dado de ombros, sem entender. Julia achava aquilo triste, não se falar, não se olhar. Eles tinham as mãos empilhadas uma sobre a outra como dois peixes mortos. Duas mãos arranjadas no canto de uma mesa, era isso que tinham feito de seu amor. Julia não queria um amor arranjado. Ela detestava rosas vermelhas e guarda-chuvas chineses de papel. Ela não queria se ver tomando sorvete ao lado de um homem a quem não tivesse mais nada a dizer. Theo tinha explodido numa gargalhada e ela o tinha achado quase sedutor. Ele responderia à altura. No dia seguinte, quando Julia saía correndo de casa, sempre atrasada para a escola, ela quase tinha se estatelado sobre um tapete de rosas vermelhas estendido no chão.

Julia suspira. Theo terminou de comer e está mergulhado nos jogos eletrônicos. Com trinta e um anos a mais e uma vida completamente fora do padrão, mesmo assim eles tinham se tornado como aquele casal do café de San Telmo, os olhos fixos nos próprios pratos, incapazes de trocar uma palavra sequer.

Viveram sofrimentos demais, superaram obstáculos demais. Julia não consegue se conformar. Eles não têm o direito de se instalar no tédio agora que acabaram de atingir seus objetivos.

Ela sobe as escadas com pressa até o quarto, abre o guarda-roupa, coloca o vestido preto de festa, procura nas caixas de sapatos e acha o par de saltos altos que o deixa maluco. Enrola os cabelos atrás da cabeça e se maquia, colada no espelho, traçando uma linha preta acima dos olhos. Contempla-se no espelho. Sim, está bonita.

Julia se vira. Theo está ali, imóvel, na porta.

— Mas… o que deu em você? — ele pergunta.

— Vamos sair, nos divertir.

Ela o puxa pela mão e cola seu corpo no dele.

Ele se prepara para dizer que está cansado, mas a examina por um instante, depois, sedutor, murmura em seu ouvido:

— Quer mesmo sair?

O tom é quase perfeito. Para Julia, porém, soa falso.

Ele recolocou a máscara.

5.
A máscara
Verão austral, 1972

Eles tinham se conhecido na festa de aniversário de dezoito anos de Anna. A família saíra do subúrbio e acabava de se instalar numa casa de dois andares no bairro de Liniers. Anna estava exultante. Não apenas porque a casa era maior, mas porque a aproximava de Julia. Ela nunca tinha deixado que a distância as afastasse. Anna passava duas vezes por semana em La Boca, na casa de Nona Fina, para ver Julia ao sair da escola, e era também quem a iniciava nos jogos do amor. As duas se trancavam no grande banheiro da casa em longos conciliábulos que podiam se estender até o amanhecer. Julia sempre sabia quando Anna estava apaixonada, pois esta negava batendo os cílios como as asas de uma borboleta. Julia achava engraçadas as paixões da irmã e dizia consigo mesma que nunca se apaixonaria daquele jeito. Mas acompanhava com uma ponta de inveja as estratégias da irmã para seduzir o garoto que tinha em mira.

Quando Anna ficava para dormir, o telefone de Nona Fina não parava de tocar. Julia era a encarregada de responder, fingindo não saber que a irmã tinha chegado, para dar tempo a Anna de decidir se queria atender o telefonema ou se queria pedir para ligarem mais tarde. Quando Pablo, o pretendente favorito de Anna, ligava, Julia precisava fazer um esforço imenso para não morrer de rir. Anna se atirava no chão e começava a pedalar freneticamente no vazio, incapaz de controlar as emoções, enquanto Julia, dobrada em dois, tapava o fone o melhor que podia. Ela se acalmava soprando o ar aos poucos, recuperava o ritmo da respiração e pegava o telefone, com o ar mais natural do mundo, para se desculpar com o garoto por fazê-lo esperar. Assim que Anna desligava, Julia se via correndo em volta da fonte do pátio com a irmã, gritando como uma Sioux, tão empolgada com o convite quanto Anna.

Julia foi ajudar nos preparativos da festa com a sensação de estar cumprindo uma missão importante. Sabia que Pablo tinha acabado de confirmar presença. Encarregou-se da decoração, confeccionando guirlandas coloridas com as páginas brilhantes das revistas que a mãe colecionava. Encheu balões de todas as cores e pendurou-os em buquê nos cantos dos aposentos e acima das portas. Colocou lâmpadas coloridas nas luminárias e castiçais do térreo e transformou a sala em pista de dança, alinhando todos os móveis contra a parede. Por fim, ajudou a mãe a mexer a imensa panela de espaguete à bolonhesa e a empilhar os pratos em cima da mesa.

Os convidados chegaram todos ao mesmo tempo e Julia se sentiu estranha. Os garotos entravam na cozinha sem cerimônia, abraçavam sua mãe chamando-a pelo nome e saíam com o copo que ela lhes oferecia. Julia, em pé ao lado da mãe, tinha a impressão de ser transparente.

Quando Anna, radiante num vestido estampado verde-turquesa, ligou o novo toca-discos e Pablo pegou sua coleção de 33 rotações com os últimos sucessos de Almendra, Sui Generis e Led Zeppelin, Julia se abrigou no pequeno jardim à frente da casa. Queria muito dançar, mas tinha medo de não ser convidada e, mais ainda, de ser e não saber o que fazer.

Através da porta escancarada, Julia observava os gêmeos, que faziam todas as meninas girar, e Anna, que mudava de par a cada nova música, sob os olhos atentos de Pablo. Nenhum garoto prestava atenção nela. Julia estava quase envergonhada e se odiava por estar vestida como uma criança, com um vestido longo de algodão azul estampado e um bordado em casinha de abelha que lhe achatava o peito.

Um jovem descabelado de ar blasé se aproximou com um copo na mão e se sentou ao lado dela. Foi tão desajeitado que Julia pensou por um instante que ele derramaria a bebida em cima dela. Finalmente se virou e a recompensou com um grande sorriso. Julia estava prestes a sair dali, horrorizada com a ideia de que o gesto tinha sido motivado pela pena. Mas achou-o tão pouco atraente, com suas marcas de varíola e lábios enormes, que teve a impressão de que os papéis tinham se invertido e se permitiu ser amável.

Ele lhe estendeu o copo:

— É um pouco melhor do que o que sua mãe está oferecendo.

Julia ergueu uma sobrancelha, entre constrangida e interessada.

— É Coca-Cola... com rum! — ele disse.

— Não sou disso! — ela explicou.

— Pois deveria. Além de bom, deixaria você mais gentil. Fique sabendo que é rum de Cuba. Se quiser dançar comigo, vai precisar beber como toda jovem revolucionária de respeito!

— Não tenho a menor vontade de dançar com você.

E como para justificar a falta de humor, acrescentou:

— Não sei nem quem você é.

Ele se levantou num pulo, fez uma reverência e disse, depois de um cerimonioso beija-mão:

— Eu me chamo Theodoro d'Uccello, Theo para os íntimos e, de hoje em diante, sempre a vosso serviço.

Julia não pôde conter o riso. Theo acabava de marcar o primeiro ponto. Levou Julia para a sala e eles começaram a dançar, rindo às gargalhadas sem pensar nos pares que estavam empurrando. A mãe de Julia não gostou nem um pouco da conduta da filha. Acabou chamando o marido para colocar ordem nas coisas. O pai de Julia fez uma entrada marcante na sala, sob os olhares inquietos dos jovens que se afastavam para deixá-lo passar. Num passo lento, o rosto severo, seguiu reto até aquele que capturara a filha caçula.

— Vou precisar colocar minha máscara — cochichou Theo, piscando o olho, pouco antes de ser abordado pelo dono da casa.

Julia o observou, à espreita do menor passo em falso. Mas Theo a surpreendeu. Tornou-se, instantaneamente, um adulto igual ao pai dela. Desculpou-se pelas infantilidades e conduziu a conversa como queria, dando prova de grande inteligência. Falava de política e discutia os últimos acontecimentos da vida nacional, seguro de si. Declarou abertamente que era peronista e que esperava um retorno vitorioso do general, pois os militares acabariam cedendo à pressão popular. Theo não poderia agradar mais ao pai de Julia, que tampouco escondia as simpatias pelo velho líder.

Todos sabiam que Perón fazia a primeira visita à Argentina desde o exílio. Dali a crer que haveria eleições que permitiriam um retorno definitivo ao topo do governo, como Theo afirmava, era um passo que poucos ousavam dar, mesmo entre os apoiadores mais fiéis. Para falar a verdade, Julia não queria saber daquilo.

Voltou a se sentar do lado de fora, apoiada na grade do pequeno jardim. Acabava de perceber que estava cansada de estar com os outros. Precisava se afastar. Observou a rua vazia e mal iluminada. Apesar de as calçadas não serem largas, tinha-se tomado o cuidado de deixar um lugar para o plantio de árvores. Era preciso, agora, combater a invasão dos postes de luz e dos lampadários, quase todos fora de serviço. As grandes casas sem cor, as janelas longilíneas ornadas com elegantes balcões em ferro trabalhado e os telhados denteados testemunhavam um passado mais glorioso. Havia naquilo tudo alguma coisa frágil de que ela gostava.

A festa chegou ao fim e os jovens começaram a se despedir. A casa silenciou e Theo, um dos últimos a ir embora, manteve a máscara até o fim. Cumprimentou Julia educadamente e se foi. Ele sabia ser tão respeitável! Ela o seguiu com os olhos até ele dobrar a esquina.

Julia mexe a cabeça, se penteando, como para expulsar aquelas lembranças, e ajeita os cabelos com os dedos. Ele colocava a máscara para esconder alguma coisa, como último recurso, quando se sentia encurralado. Julia finge não perceber. Não quer alertá-lo. Sim, ela quer sair. Agora, faz questão. Ela insiste, como um capricho. Mas fica encucada.

Eles pegam o carro, evitam trocar olhares e percorrem as ruas em busca de animação. Julia tenta demonstrar alegria e desenvoltura. Mas eles atravessam uma cidade fantasma: todos os bares estão fechados. Passam perto da estação, se aventuram até a marina, em torno do centro comercial. Nada. Ficam quase que secretamente aliviados. No caminho de volta, logo atrás do heliporto, são subitamente ofuscados por um letreiro de neon à beira da estrada. Um bar de motociclistas. E está cheio de gente. Atrás dos vidros embaçados, eles distinguem uma pista de dança e um bilhar. Uma música romântica vara a noite, saindo pela porta batente que um casal mantém entreaberta. Eles estacionam o carro e hesitam por um instante. Jovens negras cantam diante de um caraoquê gigante. Julia se anima e puxa Theo para dentro. As vozes cristalinas das jovens contrastam com seus corpos pesados, que elas agitam num ritmo infernal, enquanto os homens instalados no bar as ignoram. Theo também não presta nenhuma atenção nelas. Não mais do que presta em Julia. Ele está ausente.

Theo vai ao bar buscar cervejas, evitando todo contato, e volta perdido em pensamentos. Julia arrisca:

— Pegar a moto num final de semana nos faria bem...

O olhar de Theo se fixa nela por um segundo.

— Poderíamos dar uma volta pelos Berkshires.

O lugar está encantador naquele fim de verão e Julia sabe que Theo gosta de dirigir na montanha. O Labor Day se aproxima, seria o momento ideal para eles tirarem um fim de semana prolongado.

Theo pousa o copo. Leva um segundo a mais para responder.

— Sim, podemos tirar dois dias e viajar na sexta — concede. — Mas preciso estar no plantão da segunda de manhã.

Julia não quer fazer perguntas. Um plantão no Labor Day, quanta imaginação. Como a desculpa que Theo inventou no verão para não ir à Nova Zelândia visitar o filho. Ele afirmou, com o maior descaramento, que a viagem havia sido programada sem que ele fosse consultado, que não podia deixar o trabalho. Julia viajou assim mesmo, ofendida com sua mentira, e porque Ulisses tinha organizado suas folgas em função das datas previstas. Além disso, ela queria conhecer a noiva do filho.

A viagem não melhorou as coisas. Desde que ela tinha voltado, Theo andava irritado e tinha começado a atacá-la com comentários maldosos. Quando o tanque do carro estava vazio, era porque Julia não queria contribuir com as despesas da casa. Quando ele não encontrava os controles remotos da televisão nova, era porque Julia era desorganizada. Quando Julia entrava de repente no quarto, era porque o vigiava. Ele acabou instalando o escritório na lavanderia para não ser perturbado por ela.

Mas não era só isso. Julia enumerava as novas excentricidades do marido: uma paixão repentina pelo heavy metal, um novo gosto por jogos eletrônicos e, última mania, claras de ovos. Julia ligava tudo aquilo, sem saber por que, a uma conferência para os funcionários da empresa, a que Theo havia assistido não fazia muito tempo. Tinha voltado todo excitado. Falou de um colega, um jovem coreano, com quem tinha simpatizado. Depois explicou que às vezes voltaria mais tarde para casa, pois queria ir à academia com o novo amigo.

Estranho, pensa Julia, aquilo ficou atravessado dentro dela como uma espinha de peixe.

Theo acaba de deixar duas cervejas em cima da mesa.

— Falando nisso, obrigado pelo almoço, querida. O pessoal da academia estava exausto. Estávamos todos famintos, o treino foi bem forte.

Ele se senta bem perto dela e a beija na boca com paixão. Todas as elucubrações de Julia se dissipam na hora. Talvez tenha sido um excesso de ciúme, um contragolpe do transe. A ideia a surpreende. Ela não está cansada, por que fazer essa associação? Ela revisita maquinalmente as imagens da jovem asiática se maquiando no banheiro, a cama, as roupas em cima da cadeira. Theo a abraça pela cintura e a aperta contra ele. Eles se levantam de mãos dadas e dançam entre as mesas de bilhar. Julia volta a pensar na tela de Rothko e se sente culpada por dar margem à dúvida.

Durante a noite, Theo a sente se virar na cama e a mantém contra si. Julia reza para que eles fiquem assim para sempre, colados um ao outro. Um avião sobrevoa a casa. Seu zumbido a faz adormecer. Queria ficar para sempre em seus braços. Ela acorda ao nascer do sol. Theo está no banho. Julia veste o penhoar e desce para preparar o almoço que ele levará para o escritório. Abre a mochila onde ele coloca as roupas de esporte e o pote com o almoço. O short e a camiseta da véspera estão impecavelmente dobrados, a refeição está intacta, Theo nem mexeu nela.

O coração de Julia para. Na noite anterior, Theo contou os detalhes do treino na academia. Disse inclusive que tinha aquecido o almoço no micro-ondas do escritório. Julia estanca, olhando para as coisas de Theo. Meu Deus... e se houver outra pessoa? E se ele fez de tudo para que ela descobrisse? Teria feito de propósito?

Julia não hesita por um segundo sequer. Sobe as escadas como uma flecha, enfia uma roupa esportiva de algodão cinza, bate de leve na porta do banheiro e murmura, contendo a respiração para não revelar sua emoção:

— Vou sair para correr, deixei o café da manhã em cima da mesa.

Julia desce correndo as escadas. Sai pela porta principal e contorna a casa até o carro de Theo, estacionado na frente da garagem. Abre a porta com precaução para não disparar o alarme e passa para o banco de trás, levanta o pino que tranca o encosto do assento e abre o acesso ao porta-malas. Enfia-se ali dentro, puxa o encosto para que o assento volte à posição certa e fica imóvel naquele esconderijo, ofegando.

Encolhida na escuridão, o coração pulando no peito e as mãos úmidas, se sente nauseada. Não é a vontade de saber a verdade que a faz se sentir mal. É o fato de estar de novo fechada dentro de um porta-malas.

6.
O massacre de Ezeiza
Inverno austral, 1973

Julia tinha quinze anos. Fazia alguns meses que o amava. A avó a havia prevenido: as mulheres da linhagem nunca eram felizes no amor. Mas Julia não queria ouvir, seria a exceção.

O adolescente imberbe que a havia abordado na casa dos pais tinha se tornado um homem. Estava matriculado na Faculdade de Ciências da Universidade de Buenos Aires. Queria trabalhar com informática. Era bom em matemática no colégio e tinha se interessado pela programação de sistemas, disciplina recente que sobrevivia apesar do exílio dos principais cérebros da Argentina depois da Noche de los Bastones Largos, em 26 de julho de 1966, quando cientistas e acadêmicos argentinos passaram a ser perseguidos pela junta militar do general Juan Carlos Onganía.

Theo queria trabalhar com Clementina, a coqueluche da faculdade, o primeiro computador totalmente programado na Argentina, uma máquina volumosa que ocupava uma sala inteira. Clementina tinha acabado de ser desmontada, infelizmente, sob o pretexto de que uma nova máquina seria instalada, e Theo esperava fazer parte da nova equipe. Suas notas na faculdade eram ótimas, os professores o consideravam um aluno excepcional.

Ambicioso, Theo lia mais ou menos tudo o que lhe caísse nas mãos e tinha uma opinião formada sobre qualquer assunto, pois mesmo quando seus conhecimentos eram superficiais ele sabia apresentá-los de maneira convincente. Nona Fina dizia que ele tinha *presença*. Não era bonito, mas tinha o charme dos jovens que gostam da companhia dos outros. Dotado de uma prosa que logo o colocava no centro das atenções, sabia tirar sarro dele mesmo e fazer rir. Vivia dizendo que tinha desenvolvido uma alma de palhaço para conquistar Julia, e ela sabia que era verdade.

Acima de tudo, e era isso que o tornava irresistível aos olhos dela, Theo considerava uma questão de honra cultivar a criança que havia dentro dele. Tinha interesse por todos os jogos, curiosidade por todas as novidades, estava aberto a todas as loucuras. Julia se sentia levada por um tufão. Era sua vez de manter Anna acordada com histórias sobre Theo.

Theo era muito próximo do irmão Gabriel, cinco anos mais velho. Sentia por ele uma admiração sem limites. Os dois tinham estudado no Colégio Nacional de Buenos Aires. Ali, Gabriel ficara amigo de Carlos Gustavo Ramus, um colega que tivera um destino dramático. Em 1964, Ramus se tornara líder dos estudantes católicos de Buenos Aires; tinha apenas dezessete anos. Aos vinte e três, participara de um grupo revolucionário contra a ditadura chamado Montoneros, em homenagem às primeiras guerrilhas do século XIX contra os espanhóis. Morrera alguns meses depois durante um confronto com as forças da ordem. Foi com Ramus que Gabriel, com apenas dezoito anos, começara a militar na JEC, o movimento da Juventude Estudantil Católica. Foi também com ele que Gabriel conhecera o jovem padre Carlos Mugica, conselheiro espiritual do movimento.

Enquanto Gabriel se preparava para a prova de admissão à faculdade de medicina, em 1966, também havia começado a fazer política, o que, pensava Theo, se resumia a algumas reuniões entre amigos. Seu círculo era formado por jovens nacionalistas, sobretudo conservadores e católicos, atraídos — paradoxalmente — por Che Guevara e Mao. O padre Mugica se tornara para eles um mestre espiritual, pois falava de justiça social e trabalhava em campo nas *villas-miseria* de Buenos Aires, aonde levava os jovens discípulos para fazer, entre outras coisas, campanhas de vacinação. O contato com a miséria tivera o efeito de afastar alguns deles, mas também o de levar os mais aguerridos a se engajar ainda mais. Fora assim que os livros de Pierre Teilhard de Chardin, Yves Congar ou René Laurentin haviam sido lidos antes de *O capital*, de Marx, pela juventude do bairro de Mataderos, onde os irmãos D'Uccello moravam.

O quarto do jovem Theo era uma fiel expressão da influência do irmão mais velho. Em vez dos pôsteres de Ursula Andress que reinavam no dos amigos, o de Theo exibia fotos de Che Guevara e de Perón em uniforme de gala. Ele não parecia nem um pouco incomodado com o fato de que seus heróis pudessem personificar ideais contraditórios. Ao pé da cama, se empilhavam números da revista *Cristianismo y Revolución*, que ele recuperava depois que o exemplar passava pelo controle do círculo político do irmão. Em uma das prateleiras atrás da porta repousava, empoeirado, o livro que havia sido um texto escolar obrigatório, *La Razón de mi vida*, com a imagem de Evita na capa. A obra tinha acabado de ser proibida pela junta militar.

Theo era um entusiasta das reuniões do círculo de Gabriel, principalmente daquelas de que o padre Mugica participava. O jovem sacerdote afirmava que a tentação da luta armada era uma armadilha e que somente a ação democrática poderia vencer a dominação militar. Apesar de ser um admirador da vitória da experiência cubana, ele se recusava a justificar a violência revolucionária. Gostava de lembrar que os Evangelhos convidavam a trocar as armas pelo arado, o que não o havia impedido de entrar em conflito com o cardeal Caggiano, arcebispo de Buenos Aires e chefe da Igreja argentina, que apoiava abertamente a ditadura militar.

Gabriel havia alimentado por certo tempo a ideia de entrar para o seminário. Tinha se sentido tentado a seguir Mugica e lutar como ele no movimento contestatório "Sacerdotes para o Terceiro Mundo", uma organização de jovens padres argentinos tornados extremamente populares pela ousadia de denunciar os abusos da junta militar.

Talvez tenha sido por isso que Gabriel não se juntara ao amigo Ramus quando, no início dos anos 70, a primeira célula armada dos Montoneros havia sido estruturada. Para Gabriel, a subversão era uma maneira de aumentar o mal-estar social, não de remediá-lo. Ele não aprovara a Operação Pindapoy para sequestrar o general Pedro Eugenio Aramburu. O antigo chefe da junta militar fora levado a julgamento popular. Acusado de todos os crimes, em particular o de ter feito desaparecer o cadáver de Evita Perón, fora executado com um tiro na cabeça. Os Montoneros haviam difundido um comunicado declarando que só devolveriam seu corpo em troca dos restos mortais de Evita.

Este foi o momento escolhido por Theo, com apenas dezessete anos, contra a vontade do irmão e apesar dos conselhos do padre Mugica, para se tornar Montonero. Sua decisão coincidiu, com poucas semanas de diferença, com a notícia de que o cadáver de Aramburu havia sido encontrado pelos militares na fazenda dos pais de Ramus. A propriedade, *La Celma*, ficava na província de Buenos Aires e Gabriel a conhecia bastante bem, pois já tinha ido lá várias vezes.

Theo pediu a Gabriel que o colocasse em contato com Ramus. Estava convencido de que o irmão sabia onde ele se escondia e queria fazer parte da organização imediatamente. Gabriel se recusou. Fosse porque condenava a ação dos Montoneros ou porque queria proteger Theo, Gabriel ficou furioso com o irmão e se fechou num silêncio obstinado. Theo se ressentiu amargamente.

A desavença entre os irmãos D'Uccello durou até os trágicos acontecimentos da primavera. No dia 7 de setembro de 1970, Carlos Gustavo Ramus morreu acionando uma granada durante um enfrentamento com a polícia, dentro de uma pizzaria em plena Buenos Aires. Durante a troca de tiros, o líder dos Montoneros, Fernando Luis Abal Medina, também foi morto.

A informação se espalhou como um rastilho de pólvora. O pai e a mãe de Theo acompanharam as notícias pelo rádio, consumidos pela angústia. Gabriel ainda não voltara para jantar em casa. O clima era pesado à mesa, os pratos ficaram intactos e ninguém ousava falar. Na véspera, Gabriel tinha discutido com o pai, que o havia criticado severamente por seus ideais de esquerda, acusando-o de exercer má influência sobre Theo. Este se sentiu terrivelmente culpado, pois sabia o quanto Gabriel se opunha à violência dos Montoneros e o quanto a acusação do pai era injusta. Mas não teve coragem de defender o irmão, nem durante a discussão da véspera nem à mesa durante o longo e silencioso face a face com os pais. Esperou pelo irmão até o amanhecer, tomado de remorso, sentado na cozinha e colado ao rádio. Quando Gabriel apareceu, Theo correu como um louco para abraçá-lo, dando fim à briga que os mantivera afastados por meses.

Cada um pensava, sem ousar confessá-lo, que o outro tinha razão. A mudança de ânimos entre ambos e os acontecimentos recentes os levaram a considerar a situação política do ponto de vista um do outro. Gabriel começou a reavaliar sua recusa categórica da luta armada e Theo considerou a possibilidade de se aproximar da juventude peronista em vez da organização clandestina dos Montoneros.

O padre Mugica celebrou as exéquias de Ramus. Uma multidão se reuniu perto da igreja San Francisco Solano, em pleno bairro burguês de Mataderos. Gabriel e Theo compareceram, sentindo pela primeira vez que faziam parte da História de seu país. A morte de Ramus revelou aos D'Uccello uma nova realidade: ela fez os simpatizantes dos Montoneros saírem às ruas, mostrando a importância do movimento como força política e não apenas como guerrilha urbana.

No dia em que o general Perón voltou pela primeira vez do exílio, Gabriel e Theo foram recebê-lo, ao lado de uma centena de jovens. Eles se reuniram sob a chuva e enfrentaram as forças da ordem que os proibiam de se aproximar do aeroporto de Ezeiza. Era 17 de novembro de 1972, alguns dias antes dos dezoito anos de Anna. Perón passou horas detido no aeroporto antes de ser conduzido a uma Buenos Aires vazia, mantida firmemente sob controle por militares que acabavam de impor o toque de recolher.

Seis meses depois, Gabriel e Theo estiveram, dessa vez com Julia, entre a multidão que foi comemorar o retorno definitivo de Perón. O escrutínio democrático de março de 1973 levara o peronista Hector José Cámpora à presidência da República, pois Perón continuava proibido de concorrer nas eleições. Todos sabiam que se tratava de uma transição para preparar o retorno do general ao poder.

Quando Theo passou para buscar Julia para eles participarem da manifestação de boas-vindas no aeroporto de Ezeiza, as súplicas de Nona Fina para dissuadi-los não conseguiram superar o entusiasmo dos dois. Julia também tinha mudado muito. Tinha se tornado, em poucos meses, uma verdadeira jovem mulher que queria dar provas de sua independência.

Eles chegaram a Ezeiza levados pelo imenso mar de gente que foi acolher o general e que se espalhava sob a tribuna instalada para seu discurso. De mãos dadas, avançaram até a coluna onde estavam reunidos os militantes do braço político dos Montoneros, ao lado dos rapazes da Frente Justicialista de Liberación e dos militantes das Fuerzas Armadas Peronistas. Esperavam conseguir encontrar Gabriel ali. A missão se revelou simplesmente impossível. Mais de dois milhões de pessoas estavam presentes, naquele 20 de junho de 1973.

O vento frio que soprava naquela manhã de inverno parecia não ter nenhum efeito sobre aquela juventude pouco abrigada. O dia estava ensolarado, é bem verdade. Mas a multidão era aquecida pela liberdade reencontrada após a partida da junta militar. A excitação, no auge, mantinha a temperatura elevada. Os Montoneros, havia pouco dotados de uma organização política, bradavam em alto e bom som slogans claramente revolucionários. Apesar de entender muito pouco de política, Julia via que os Montoneros eram os mais numerosos entre as forças peronistas presentes e estavam em posição de destaque. Ela se sentia levada pela emoção coletiva, fazia parte daquela massa humana cujo coração batia em uníssono com o seu. Havia em tudo uma sensação primitiva de poder e de vitória que ela nunca tinha experimentado antes e que a embriagava.

Abandonando a ideia de encontrar Gabriel, Theo e Julia abriram caminho para se aproximar da tribuna, com a esperança de ver bem de perto o homem por quem toda a Argentina vibrava. O boato de que o avião do general havia sido desviado para o aeroporto de Morón começou a se espalhar e uma onda de preocupação banhou a multidão.

Foi quando o tiroteio começou. Balas zuniam em todas as direções. A multidão, tomada de pânico numa grande onda, carregou Julia, que soltou a mão de Theo e o perdeu de vista. Julia fazia esforços sobre-humanos para caminhar na contracorrente e reencontrá-lo. Foi empurrada e caiu no chão, quase sendo pisoteada na grande debandada. Alguém caiu a seus pés, sujando-a de sangue. A massa ululante se dispersou, liberando um amplo círculo no centro do qual Julia se viu ao lado de uma jovem ferida que jazia numa poça escura. Elas se tornaram um alvo para os atiradores. Julia pegou-a pelo braço e puxou-a, caminhando de costas, tentando se juntar à multidão para encontrar um abrigo.

Conseguiu arrastá-la até um desnível do terreno que lhe pareceu favorável. Só conseguiu sair daquela trincheira improvisada no fim da tarde, pois o tiroteio não cessava. A jovem tinha sido ferida na perna e continuava perdendo sangue. Julia a deitou da melhor maneira que pôde e usou o cinto do próprio vestido para fazer um garrote acima do joelho. Precisava tirá-la dali o quanto antes.

Ela seguia as sombras que saíam de abrigos como o seu e que fugiam em silêncio no lusco-fusco. Julia e a jovem ferida chegaram à estrada. A jovem suplicou que não a levasse ao hospital, confessou ser uma participante ativa das redes clandestinas dos Montoneros. Chamava-se Rosa.

Um comerciante que ia para Buenos Aires embarcou-as em seu furgão no meio da noite. Julia pediu que as deixasse na frente da casa de Theo. Rezou durante todo o trajeto para que os irmãos D'Uccello tivessem voltado e pudessem ajudá-las. Theo estava em casa, espreitando o movimento da rua pela janela. Correu até Julia assim que a viu chegar, fazendo milhares de perguntas. Ele também tinha sido ferido e Gabriel, o primeiro a chegar em casa, tinha improvisado uma enfermaria na sala. Cuidava de meia dúzia de feridos.

Sem conseguir avaliar a amplitude do acontecido, os jovens, ainda em estado de choque, já falavam do "Massacre de Ezeiza". Sabiam que havia centenas de feridos, mas ainda ignoravam o número de mortos. Nos dias seguintes, pichações nos muros da cidade designaram alguns membros do governo como culpados e o boato de que a direita peronista tinha dado ordem de atirar começou a se espalhar. Perón, por sua vez, atribuiu a responsabilidade pelo massacre à esquerda peronista, chamando-a de "juventude imberbe". Alguns afirmavam que Perón temia os excessos revolucionários dos Montoneros, outros diziam que se tratava de uma estratégia dos militares para dividir as forças peronistas.

Em outubro de 1973, quando Perón foi eleito presidente pela terceira vez, Theo já tinha colocado, ao lado de sua foto, a bandeira dos Montoneros: um fuzil preto e uma lança em cruz sobre um fundo vermelho com a letra M no meio. Ele considerava Perón o líder natural dos Montoneros. Gabriel, no entanto, não perdoava ao general o fato de ter exposto os jovens peronistas ao opróbrio ao utilizar a humilhante expressão "juventude imberbe", enquanto tantos tinham morrido para que ele voltasse à presidência.

Nona Fina avisou Julia de que o que se seguiria seria muito difícil, mas a neta a desafiou: se Nona Fina tinha tido visões, que as compartilhasse com ela. Julia era crescida o suficiente para cuidar de si mesma. Apesar do que Nona Fina dizia, Julia se mantinha otimista. Como Theo, achava que Perón não tinha nada a ver com o massacre e que, agora que realmente havia voltado ao poder, tudo melhoraria.

Na vida de Julia de fato tudo ia muito melhor. Ela estava mais desenvolta e tinha se tornado popular no liceu, tinha se reaproximado do pai e, acima de tudo, conhecia agora, como Anna, o verdadeiro amor.

Graças a Theo, Julia começou a se interessar por política. Ela participava de várias reuniões que Gabriel organizava em casa. Era com prazer que, ali, Julia reencontrava Rosa, então já integrada aos frequentadores. Ela tinha se recuperado dos ferimentos e a amizade entre as duas crescia.

Durante uma dessas reuniões, Julia conheceu o padre Mugica. Ao longo de toda a noite, não conseguiu tirar os olhos dele. Aos quarenta e três anos, Carlos Mugica era um homem particularmente atraente, mesmo de batina, com seus olhos claros, o cabelo loiro e o sorriso discreto. Ele se expressava com simplicidade, irradiava um inegável magnetismo. Julia o ouvia tentando seguir seu raciocínio, lutando para não se deixar influenciar por seu charme. Se aquele homem não tivesse sido padre, teria sido difícil resistir a ele.

7.
O padre Mugica
Outono austral, 1974

O padre percebeu o constrangimento de Julia e, pensando ser um caso de timidez, decidiu incluí-la na conversa. Falavam do massacre de Ezeiza. Cada um contava o que tinha vivido, pois todos os presentes haviam participado dos acontecimentos. Um dos jovens que se mantinha ao lado do padre Mugica tinha certeza de que os tiros provinham de atiradores instalados no teto do aeroporto. Dizia-se que Perón tinha pedido que a segurança, durante a intervenção em Ezeiza, fosse confiada a um coronel próximo de José López Rega, representante da extrema direita peronista e membro do círculo do "Conductor". A segurança deveria ter sido atribuída ao ministro do Interior do governo Cámpora, Esteban Righi, que, por sua vez, vinha da esquerda peronista.

Com a eleição de Perón, explicou o padre Mugica, o governo precisaria fazer escolhas difíceis. O peronismo podia unir a extrema direita e a extrema esquerda enquanto se tratasse de enfrentar a ditadura, mas uma vez no poder as divisões internas se tornariam inadministráveis.

Theo afirmou, como para convencer a si mesmo, que se Perón pudesse escolher, optaria por favorecer os Montoneros.

— Perón tem consciência de que nos deve tudo. Disse isso publicamente no exílio. Foram os Montoneros que desestabilizaram a ditadura. Depois da execução do general Aramburu, Perón até escreveu um elogio à "juventude maravilhosa"!

— Sim, mas agora essa juventude maravilhosa se tornou a militância "imberbe". Não se engane, Theo, o general já fez sua escolha — respondeu Augusto, um amigo de Gabriel.

Julia acompanhava a discussão com atenção, desde o início. Hesitou um instante, depois ousou comentar:

— Perón talvez tenha mudado porque mudou de mulher. Se Evita estivesse viva...

— Mas que bobagem! — interrompeu-a Theo, irritado por ser contradito duas vezes.

A reação de Theo desconcertou Julia, que se calou como uma criança repreendida. O padre Mugica interveio para apoiá-la e acalmar os ânimos. Era verdade que a ausência de Evita era um dado a ser considerado. Apesar de morta havia vinte anos, seu nome continuava tendo um real peso político.

Augusto acrescentou:

— O casamento de Perón com Isabel não simplifica as coisas. Não podemos dizer que fez uma boa escolha! Por mais que tente se parecer com ela, usar o mesmo penteado, ninguém é bobo, Evita foi o ícone dos descamisados, mas Isabel tem um coração de direita.

— É engraçado, tenho a impressão de que, na Argentina, falamos mais das esposas do que dos presidentes! — disse uma voz no fundo da sala.

Todo mundo riu.

— Talvez, mas é no mínimo curioso que Perón não tenha feito nada para repatriar os restos mortais de Evita... — retomou Augusto.

Theo voltou ao ataque. Como o corpo de Aramburu tinha sido descoberto antes que a junta devolvesse o de Evita, com certeza não cabia a Perón se encarregar disso.

Rosa, que também estava presente, pediu a palavra, tossiu para clarear a voz e disse:

— Tenho a impressão de que dois anos atrás, quando Perón e Isabel estavam em Madri, o general Lanusse devolveu a eles os restos de Evita. Ou então pelo menos indicou como recuperá-los. Acho que ouvi falar que ela foi enterrada em segredo na Itália pelo Vaticano...

Todos se viraram para Mugica:

— Para falar a verdade, não sei. Mas é bem possível que sim, ou que pelo menos o Vaticano tenha garantido a Evita um descanso cristão...

Depois, com circunspecção, acrescentou:

— Eu também me perguntei se a virada à direita que observamos no general teria sido possível se Evita ainda estivesse viva. Para além de todas as especulações, fica claro que o sucesso dos Montoneros e a série de acontecimentos depois do Cordobazo, que mostraram a força da juventude argentina, acabaram deixando Perón incomodado...

Ele coçou a cabeça, pensativo:

— Claro que, no exílio, era fácil para Perón apoiar a desordem. Ele sabia que com isso enfraquecia os golpistas. Mas desde que voltou, com a responsabilidade de um governo, isso só podia servir para deixá-lo com medo. Hoje, nenhum de nós sabe o que de fato influencia o general. Se acabou secretamente comprometido com os Estados Unidos, por exemplo...

Gabriel interveio:

— Se, como o senhor diz, se trata de uma virada do governo de Perón à direita, é possível que estejamos no início de uma guerra civil.

Todos se inclinaram para a frente para ouvir melhor.

— Como você, Carlos, sempre fui contra a violência. Mas estou convencido de que é preciso ter muita coragem para trocar as armas pelo arado, como você repetiu tantas vezes. O assassinato de Aramburu foi um erro estratégico dos Montoneros, além de um crime odioso. Agora, os que não pensam como nós têm a impressão de que somos monstros e que é preciso acabar com a gente.

"Para mim, o massacre de Ezeiza foi o início de um plano de extermínio. Havia na multidão um monte de pessoas inocentes, muitos jovens, além de mulheres grávidas, crianças, idosos. Onde estão os assassinos? Onde está a justiça? Meu querido padre, a questão que devemos nos colocar, diante disso, é se devemos mesmo oferecer a outra face... O que mais me preocupa, para ser franco, é essa história de triplo A..."

— O que é o triplo A? — perguntou Julia.

O padre Mugica mordeu os lábios e respondeu lentamente:

— É um boato, nada mais. Pelo menos por enquanto. Parece que um grupo de homens próximos de Perón, sob a direção de El Brujo, criou um esquadrão da morte. Chamariam a si mesmos de "Triplo A", ou seja, Aliança Anticomunista Argentina.

— E quem é El Brujo?

— O ministro do Bem-Estar Social, José López Rega. É seu apelido, pois se interessa por esoterismo, esse tipo de coisa. Conheço-o bem, infelizmente. Trabalhamos juntos no ministério durante o governo de Cámpora. Me afastei por causa dele. Foi chefe da polícia anos atrás. Se tornou muito próximo de Isabel. Talvez seja por isso que é um dos únicos a continuar no cargo a cada troca de governo...

Depois, como se não quisesse continuar, acrescentou franzindo o cenho:

— Seria preciso um tremendo humor negro para ousar colocar à frente do Bem-Estar Social alguém que está na liderança de um bando de matadores, vocês não acham?

A discussão mudou de rumo. A ação do Ministério do Bem-Estar Social para melhorar a situação das *villas-miseria* era inexistente. As demissões posteriores às greves e as prisões dos líderes sindicais não tinham ajudado a melhorar a situação. Famílias inteiras viviam na mais degradante condição de miséria.

— Não podemos aceitar que, ao lado dos bairros mais ricos, famílias inteiras morram de fome! — protestou Rosa.

— Vivemos em guetos, mas não nos damos conta — retomou o padre Mugica.

Depois de um silêncio, acrescentou:

— A dois passos da praça San Martín, a dois passos da Torre dos Ingleses, há famílias que não comem todos os dias. Temo que López Rega tenha sido nomeado para o Bem-Estar Social apenas para eliminá-los.

— Existe alguma coisa que possamos fazer? — perguntou Julia, visivelmente comovida.

— Sempre existe alguma coisa a fazer... — respondeu Rosa.

O padre Mugica continuou:

— Para López Rega, erradicar a pobreza e a fome significa erradicar os pobres... Pensamos que as pessoas que vivem na miséria são diferentes, que têm outros sentimentos porque estão acostumadas à indigência. Elas nos incomodam porque enfeiam a capital. Pouco a pouco, esquecemos que são seres humanos. Daí a colocá-las em campos de concentração é um passo.

Julia começou a trabalhar com a equipe do padre Mugica na Villa 31. Ela não conseguia acreditar que ficasse tão perto de onde morava. Ela dobrava uma esquina e mergulhava em outro mundo. Havia casas, carros e até iluminação pública. Mas tudo parecia inacabado e capenga. A maioria das construções era feita de grandes tijolos de cimento oco, colados uns aos outros com argamassa que escorria dos lados, como se a urgência de erguer a moradia tivesse tornado supérfluo qualquer acabamento. Segundos, terceiros e até quartos andares se empilhavam sem planejamento sobre as estruturas de base. Os telhados, quando existentes, eram feitos de chapas onduladas, de plástico ou de amianto, nunca no tamanho certo, colocadas sem fixação, se equilibrando no vazio. Os sons também eram diferentes, como se os milhares de pobres ali reunidos vivessem nas ruas. Os cheiros agressivos atestavam precariedades essenciais. Havia um burburinho humano, incessante, desesperado, próprio aos que viviam com urgência, havia bandos de crianças nas ruas e a inominável balbúrdia de um lugar constantemente em obras.

A jovem equipe era invadida por emoções contraditórias. O padre Mugica era o único imperturbável. Ele falava com as pessoas que visitava com a mesma consideração, com a mesma atitude de reserva e escuta que tinham impressionado Julia na casa dos D'Uccello. Ele tinha, no entanto, algo a mais. Uma espécie de entusiasmo, como uma alegria que ele se esforçava em conter, e que não tinha quando eles estavam em outros lugares. Realizado dentro daquele submundo, em total harmonia consigo mesmo, sua rebelião contra o sistema não era fruto do ressentimento, mas do amor.

Julia estava nesse ponto de suas observações quando uma velha senhora, que parecia segui-los havia um momento, interpelou-a.

— Você é parente de Josefina d'Annunzio? — ela perguntou com um sorriso constrangido.

— De Nona Fina? Sim, claro, sou neta dela!

— Ah! Foi o que pensei — ela disse, encantada —, você se parece com ela de maneira espantosa.

Depois, com ar misterioso, acrescentou:

— Sabe, tenho muito carinho e reconhecimento por sua avó. De certo modo, ainda estou nesse mundo graças a ela.

A velha senhora começou a rir, escondendo com uma das mãos a boca desdentada. Seus olhos pequenos brilhavam intensamente no fundo da cavidade óssea, tornando ainda mais impressionantes os milhares de sulcos que marcavam sua pele seca.

Ainda em tom de confidência, continuou:

— Oh! É uma história um pouco estranha... Talvez um dia ela mesma conte a você.

Encantada com o efeito provocado, disse:

— Você pode dizer que as garotas da cooperativa trabalharam bem essa semana e que dessa vez ela vai realmente ficar satisfeita com a qualidade.

Julia descobriu, assim, que Nona Fina era frequentadora da Villa 31 e fazia anos que conhecia o padre Mugica. Ela tinha organizado uma cooperativa para as jovens mães desempregadas. Os filhos pequenos eram cuidados por uma delas de cada vez, enquanto as outras confeccionavam roupas infantis. A especialidade era o bordado em casinha de abelha — o que explicava o vestido longo que Nona Fina tinha dado a Julia e que ela tinha usado no aniversário de dezoito anos de Anna. Nona Fina distribuía os vestidos para os comerciantes de La Boca e de San Telmo. Os lucros eram divididos em partes iguais entre as jovens mães da cooperativa.

Quando voltou para casa, Julia foi logo se pendurar no pescoço de Nona Fina. Nem um pouco aborrecida com a avó, contou admirada tudo o que tinha descoberto sobre a cooperativa, a velha senhora e as atividades de ação social. Julia compreendia que, de certo modo, Nona Fina mantinha em relação a suas boas obras a mesma reserva que impunha a si mesma para resguardar a confidencialidade de seu dom. Julia estava muito animada. Anunciou a Nona Fina que queria trabalhar com ela na cooperativa e com o padre Mugica na Villa 31.

— Ótimo — respondeu Nona Fina —, quero instalar um dispensário na cooperativa. Sei que o padre Carlos tem contatos com os fornecedores por atacado das farmácias. Se quiser me ajudar, você terá um pequeno orçamento. Precisará fazer uma lista dos medicamentos de primeira necessidade e depois da escola cuidará do atendimento.

Um mês depois, Julia convidou todo mundo, inclusive Theo, Rosa e Gabriel, para a abertura do dispensário. Tinha sido muito auxiliada por todos, principalmente pela velha senhora amiga de Nona Fina, a Señora Pilar, responsável pela contabilidade da cooperativa. Gabriel tinha estabelecido a lista de medicamentos para o dispensário. Ele também tinha concordado em lhe dar uma base de primeiros socorros e de prescrição médica. Rosa tinha se oferecido para alternar com Julia, para garantir a continuidade do serviço do dispensário.

A atividade de Julia na Villa 31 a aproximou ainda mais da avó, se é que isso era possível. Quando Theo foi buscá-la, no dia 1º de maio de 1974, para a manifestação prevista para a Plaza de Mayo, Julia perguntou o que ela pensava e só saiu de casa com sua bênção.

A Plaza de Mayo estava cheia de gente. Grupos de Montoneros gritavam palavras de ordem contra os "gorilas" do governo, contra El Brujo e contra a vice-presidente Isabel. Apesar de tudo, não houve nenhum incidente violento. Perón apareceu, como previsto, na sacada da Casa Rosada. Em seu discurso para os trabalhadores, insultou fortemente os jovens Montoneros, chamando-os de "estúpidos" e, mais uma vez, de "imberbes". A afronta pública redundou na retirada espetacular das colunas montoneras, que evacuaram o local em perfeita ordem militar. Julia e Theo chegaram em casa mais cedo que o previsto, ofendidos mas ilesos.

O mate com que Nona Fina os recebeu não foi suficiente para reanimá-los. Passaram a noite conversando, compreendendo que a lealdade a Perón acabava definitivamente de desvanecer. Dormiram abraçados um ao outro no sofá da sala, esgotados física e moralmente.

Julia acordou ao nascer do sol, com o corpo doído e a garganta seca. Dirigiu-se à cozinha para se servir de água e foi invadida por tremores premonitórios. Caiu nos ladrilhos e viu, através da abertura quase imediata do terceiro olho, um homem robusto com um pequeno bigode aparado, em pé diante dela. Ele usava um casaco marrom e calças pretas, o corpo escondido atrás de um Renault azul. O homem estava descarregando uma metralhadora 9 mm sobre ela.

Sob o choque, Julia viu jatos de sangue esguichando enquanto se sentia caindo no chão. Antes de ser desconectada de sua fonte, teve tempo de ver o homem de bigode fino entrar num Chevrolet verde que arrancou a toda a velocidade. Quando recuperou os sentidos, chorava olhando para as mãos e se debatia nos braços de Theo, que em vão tentava acalmá-la.

Nona Fina chegou logo em seguida. Ela se agachou perto de Julia, apertou-lhe as mãos entre as suas e ordenou a Theo que as deixasse a sós. Então, certa de estarem ao abrigo de todos os olhares, perguntou-lhe com firmeza, como se falasse com uma criança:

— Julia, o que você viu?

8.
A fonte
Inverno austral, 1974

Ela se acalmou na hora. Tinha acabado de compreender. Recusou-se a compartilhar o que quer que fosse e disse ter tido um mal-estar. Queria ter tempo para se recuperar e, principalmente, para evitar despertar as suspeitas de Theo. Ele a esperava, inquieto, sem entender a reação pouco simpática de Nona Fina. Julia voltou a se aninhar em seus braços, tranquilizou-o e fingiu adormecer.

Somente depois que Theo foi embora ela se abriu com Nona Fina. Estava extremamente pálida.

— Tenho certeza de que era o carro dele — concluiu Julia.

— Acredito em você, mas isso não quer dizer que ele seja sua fonte.

Julia vasculhava a própria mente com uma intensidade dolorosa.

— Seja como for, o carro não estava estacionado numa favela. Vi bem a rua, não fica na Villa 31. Parece mais uma rua de Liniers... ou de Mataderos. Não sei, é possível que eu não conheça o lugar.

— E o homem de bigode, conseguiria reconhecê-lo?

— Se estivesse na minha frente, sim! — Julia disse sem hesitar. — Mas tenho certeza de que nunca o vi antes. Posso tentar fazer um desenho, se quiser...

Era um homem de traços finos, quase bonito com seus grandes olhos e suas sobrancelhas pretas e espessas. Usava os cabelos repartidos de lado, o bigode impecável desenhado acima de uma boca fina e de um leve queixo duplo que o envelhecia. Nona Fina saiu de casa com o desenho de Julia no bolso. Deixou um mate para ela, com a recomendação de que descansasse. Mas não foi o que Julia fez. Ela não conseguia parar quieta. E se já fosse tarde demais?

Julia seguiu direto para o Retiro, perto da via férrea onde sabia ter uma chance de encontrar o padre Mugica. Entrou na Villa 31 e perambulou pelo labirinto de barracos amontoados. Entrava como uma moradora, a bolsa bem apertada contra o corpo. Reconhecia rostos, algumas crianças a chamavam pelo nome. Ela conversava com elas e perguntava se sabiam onde estava o padre Mugica. Ninguém o vira. Então ela seguiu até a paróquia Cristo Obrero, sem maiores sucessos.

Devia ser tarde demais. Julia olhou no relógio. Theo logo iria para a casa de Nona Fina. Ele a acompanhava todos os dias até a cooperativa para abrir o dispensário. Ela não tinha como avisá-lo. Azar, seria obrigada a fazer todo o trajeto de novo.

Quando chegou em casa, Theo lhe deu a informação que buscava:

— Ele deve estar em casa, onde moram os pais dele, na Calle Gelly y Obes.

Ele quis saber o que havia de tão urgente que necessitasse da ajuda do padre Carlos e Julia disse que se tratava de um sumiço de medicamentos do dispensário e que precisava dele para ir à polícia.

— Vá você até o Retiro, eu irei ver se posso encontrá-lo em casa. Nos encontramos no dispensário — disse Theo, tomando as rédeas da situação.

Theo não sabia das viagens de Julia e também não estava a par da estranha linhagem a que ela pertencia. Ela não saberia explicar, tinha medo de que ele a tomasse por louca. Theo sabia que Julia tinha mal-estares passageiros, mas pensava que eram simples crises de queda de pressão, bastante comuns nas garotas, segundo Gabriel.

Julia tinha levado muito tempo para aceitar a si mesma como uma pessoa normal. Passara uma infância solitária, com medo de entrar em transe na escola e ser descoberta. Fazia pouco tempo que havia de fato se tornado disponível aos outros. Theo a tinha ajudado muito. Mas sua nova segurança também era o resultado da vocação que ela estava descobrindo dentro de si. Como aprendera a controlar melhor suas partidas, agora se sentia mais à vontade para agir e ajudar os que se manifestavam a ela. Nona Fina, que desempenhava um papel de mentora, incentivava Julia cada vez mais a tomar a iniciativa, a fazer as próprias buscas e a contatar as próprias fontes.

Alguns meses antes, Julia ficara tentada a compartilhar seu segredo com Theo, que sempre ridicularizava suas alusões. Até o dia em que ralhara com ela sem meias palavras:

— Sou uma pessoa racional. Essas histórias de premonições e videntes são para os simplórios!

Julia ficara abalada. Todas as suas inseguranças infantis voltaram com força. Ela chegara a considerar que não tinha herdado um dom, mas uma deformidade.

Mas acabou conseguindo formular seu mal-estar. Como não se revoltar com o fato de ser projetada ao instante decisivo da vida de uma pessoa desconhecida, contra a própria vontade? Por que aceitar se imiscuir na intimidade dos outros? Não era o medo de ser julgada por Theo que a incomodava. Pelo contrário. Assim que decidiu mantê-lo fora de seu segredo, Julia se sentiu, por assim dizer, mais adulta. Era a tomada de consciência de um poder que se voltava contra ela e que a afetava intimamente em sua própria liberdade.

A última viagem tinha sido uma experiência dura. Teria de fato alguma escolha diante do que antecipava ser um crime hediondo? Poderia se subtrair àquele encontro com o destino de outra pessoa, cujo fim temia tanto?

Nona Fina foi até Julia no dispensário da cooperativa. Queria compartilhar com a neta o início da investigação sobre o retrato, mas instintivamente compreendeu que Julia não estava em condições de lhe dar ouvidos. Julia tinha iniciado um monólogo, se questionando sobre tudo. Nona Fina ficou como uma estátua, à espera de um momento propício para ajudar a neta. Esta tomou o silêncio de Nona Fina por condescendência. Perturbada, parou de falar, lutando contra uma sensação de vergonha e raiva.

Nona Fina não deixou que se perdesse de novo em explicações.

— Estamos sozinhas, Julia, não temos um manual de instruções. Com ou sem dom, somos todos confrontados com a difícil condição de viver com a consciência de nossa própria morte, apesar de nos acreditarmos eternos. Libertar-se do entrave do tempo é um desejo ardente de todos. Você e eu sabemos na prática que existem portas de saída, uma libertação possível.

— Mas eu não tenho certeza de ser mais livre que os outros! — contestou Julia.

— Você talvez não seja mais livre que os outros, mas sabe que pode ser. Cada vez que faz uma viagem, você adquire, através do olhar do outro, uma perspectiva diferente sobre sua própria vida. O que você vê age sobre suas próprias emoções e alimenta suas reflexões mais íntimas. Você aprende a reconhecer, no destino de sua fonte, os elementos de sua própria vida. E você sabe, pois já foi um catalisador, que o destino se abre diante de nossos olhos não como uma partitura musical, previamente fixada, mas como uma fonte sempre renovada de possibilidades. É nessa escolha que formamos nossa própria identidade. Somos mestres de nossos destinos, no sentido mais profundo do termo.

— Mas eu não tenho escolha! Estou submetida ao arbítrio de um terceiro olho que interrompe minha felicidade e me projeta no infortúnio dos outros!

— Não se engane, Julia, você sempre tem uma escolha. Pode se recusar a servir. De fato, é apenas no amor dos outros que podemos desenvolver nosso dom.

— Eu não escolhi, Nona Fina, e você também não, como pode falar em liberdade?

— Você também não escolheu nascer, ou ser mulher. Mas isso não afeta em nada sua liberdade. Pois independentemente de tudo o que você é por natureza, sua liberdade pode ser exercida na escolha fundamental de decidir o que você quer ser. É porque podemos nos reinventar a todo momento que somos livres: livres para agir e reagir, para sentir e pensar de maneira completamente diferente.

A conversa foi interrompida pela chegada de Theo. Carlos Mugica não fora à paróquia de San Francisco Solano durante o dia. Mas Theo tinha deixado um recado, esperando que ele ligasse mais tarde. Julia se sentiu mal e quis se sentar. Ele pensou que se tratava da mesma queda de pressão da manhã. Ela se aninhou em seus braços, aliviada com a explicação que ele mesmo havia encontrado.

— Vamos dar um alô para os meus pais — sugeriu Julia. — Podemos passar pela Villa Luro para tentar ver o padre Carlos. Ficarei com a impressão de ter feito algo útil hoje.

Theo conhecia o caminho de cor. Tinha acompanhado Gabriel várias vezes à missa de San Francisco Solano, onde o padre Mugica oficiava. Eles pegaram o ônibus e desceram bem antes. A cidade estava toda iluminada e convidava a flanar. Theo ficou decepcionado com a pressa de Julia. Enquanto eles subiam a rua Zelada de mãos dadas, Theo sentiu que Julia estremecia. Deteve-se para olhar para ela. Sua pele clara, seus cabelos pretos caindo em cascata sobre os ombros, seus olhos negros. Ele conteve o ímpeto de beijá-la. Julia não notou sua emoção, tinha acabado de avistar o sino da igreja e apressou o passo. As portas estavam fechadas e as luzes apagadas. Ninguém nas calçadas. Julia girou nos calcanhares e seu coração pulou: estava no lugar exato em que o homem de bigode fino tinha descarregado a arma em cima dela.

— O que houve? — perguntou Theo, sustentando-a pelo braço. — Você não está grávida, está? Não seria o momento ideal, mas eu seria o mais feliz dos homens...

Os olhos de Julia brilharam com uma estranha intensidade. Ela se deixou beijar.

Eles acabaram a noite na casa dos pais de Julia. Anna não tirava os olhos dela. Tinha que reconhecer que Julia era outra pessoa. Ela formava com Theo um casal bastante perturbador, a energia que emanava deles deixava Anna quase desconfortável. Julia tinha sido, desde a chegada, monopolizada pelos irmãos, que faziam milhares de perguntas. Anna acabou levando a irmã para a cozinha. Elas se abraçaram com o coração apertado, sem entender direito a razão. Estavam com vontade de conversar e não encontravam palavras cúmplices, talvez com a sensação confusa de que a infância chegava ao fim.

O único que compreendeu foi o pai. Ele as observou e adivinhou os sentimentos contraditórios de Anna porque eles se pareciam com os seus. Descobrir a mulher que Julia havia se tornado representava, no fundo, uma espécie de paraíso perdido. Os gêmeos, por sua vez, viviam o momento e celebravam a entrada do amigo Theo na família como uma vitória pessoal. Para a mãe, se Theo fizesse estudos sérios, Julia podia contar com sua aprovação. A noite chegou ao fim alegremente. A cuia circulou, os gêmeos pegaram os violões e fizeram a família cantar velhos tangos de Carlos Gardel.

No dia seguinte, Julia se levantou ao amanhecer. Queria visitar de novo a paróquia Cristo Obrero antes de ir para a escola, para tentar falar com o padre Mugica. Dessa vez, teve mais sorte. Avistou-o de longe, vestindo um jeans e um velho blusão de gola alta, ajudando os *villeros* a transportar material de construção para dar início às obras de uma cantina comunitária. Ela ficou um pouco constrangida, sem saber direito o que dizer. O sol brilhava mais forte e dava materialidade àquele mundo, diluindo suas próprias visões.

O padre Mugica viu que ela se aproximava e mais uma vez tomou sua hesitação por timidez. Acabou indo até ela.

— Padre, desculpe, mas preciso falar com o senhor. É urgente e importante.

O padre Mugica arregalou os olhos.

— Quer voltar depois da escola? Posso ir ao dispensário, se preferir. Ou você pode ir à Villa Luro ao anoitecer. Tenho que celebrar a missa em San Francisco Solano.

Julia pensou um pouco.

— Padre, acho que irei vê-lo em Villa Luro. Haverá bem menos gente que aqui, não?

Ele sorriu.

— Se você se sente mais à vontade em Villa Luro, está ótimo para mim.

Julia agradeceu e acrescentou:

— Irei com minha avó, se o senhor não se importar.

Satisfeita, Nona Fina esperava por ela sentada na poltrona de veludo verde da sala. Tinha colhido novas informações. Um amigo com um alto cargo na polícia, o delegado-geral Angelini, a havia auxiliado nas buscas. Nona Fina explicou que eles se conheciam havia muitos anos. Ela o havia avisado de um ataque à bomba que por isso pudera ser evitado e, depois disso, ele a informara de uma ação das forças da ordem para desalojar seus amigos *villeros*. Ela tinha conseguido fazer com que fossem tomadas medidas de urgência para evitar confrontos que se anunciavam sangrentos. Os dois eram de origem napolitana, coisa que, dada a preponderância de *porteños* com raízes genovesas, criava laços de solidariedade. Além disso, os dois faziam parte da paróquia de San Juan Evangelista, no bairro de La Boca.

— Seu homem talvez seja um pequeno crápula — disse Nona Fina para Julia. — Se o desenho que você fez é fiel, ele se parece muito com o retrato de um sujeito que chamam de El Pibe.* Ele seria muito próximo do ministro do Bem-Estar Social...

— El Brujo?

— Sim, exatamente. Foi expulso da polícia há alguns anos e foi recentemente reincorporado de maneira arbitrária. Acaba de ser promovido a subcomissário. Estaria recrutando atiradores profissionais para uma organização que eles chamam de Triplo A, que querem manter em segredo...

---

* Apelido de Rodolfo Eduardo Almirón Sena, principal suspeito do assassinato de Carlos Mugica. Trabalhava como chefe da segurança de José López Rega, El Brujo. Morreu em 2009 num hospital da cidade de Ezeiza, perto de Buenos Aires, enquanto estava preso e sob julgamento.

— Nona Fina, reconheci o lugar. É a rua Zelada, no bairro de Villa Luro, bem na frente da igreja de San Francisco Solano, onde o padre Mugica celebra a missa todos os sábados à tarde.

Nona Fina não hesitou:

— Precisamos avisá-lo.

— Marquei um encontro com ele daqui a duas horas.

Elas chegaram meia hora antes do combinado. O Renault azul estava estacionado na calçada, alguns metros abaixo da entrada da paróquia, na diagonal. Apesar de toda a boa vontade, Julia não se sentia com coragem para enfrentar sua fonte sozinha. Elas combinaram que Nona Fina apresentaria os fatos e que Julia contaria rapidamente o que viu. O padre Mugica estava acabando uma reunião com casais que se preparavam para o casamento. Avistou-as e fez um sinal para que fossem até a sacristia.

Estava sentado num banco colocado contra a parede. A casula que ele usaria durante a missa pendia de um cabide pendurado na porta de um armário de madeira. Mugica, de batina, esperava por elas com as mãos sobre os joelhos. Puxou uma cadeira de palha, fez um sinal para Nona Fina se instalar e convidou Julia a se sentar no banco ao lado.

Nona Fina entrou direto no assunto, dando o mínimo de explicações possíveis e introduzindo Julia, de modo que esta precisou apenas descrever o que tinha visto. Carlos Mugica ouviu-as atentamente, sem interrompê-las uma única vez. Quando Julia acabou de falar, permaneceu mergulhado num longo silêncio, os olhos fixos nos sapatos, a respiração pesada.

— Sim, recebi ameaças.

Ele se levantou, começou a andar de um lado para o outro. Depois, com um sorriso quase de insurgente, acrescentou:

— Não tenho medo de morrer. Tenho mais medo de que meu bispo me expulse da Igreja.

Tentou rir, mas se calou subitamente. Fez um esforço para olhar para o lado e apagar uma lembrança dolorosa.

— Tenho apreço por Perón e sei que ele tem apreço por mim... Mas alguns não partilham do sentimento dele.

Ele levou alguns minutos para recuperar a serenidade que lhe era natural e articulou lentamente:

— Seria uma grande honra para mim dar a vida trabalhando pelos que sofrem. O Senhor sabe que estou pronto.

Ele abriu a porta da sacristia e brindou-as com um maravilhoso sorriso.

— Obrigado por terem vindo. Sei que são movidas por um grande amor por minha pessoa. Este é o melhor presente que poderiam me dar.

9.
O pesadelo
11 de maio de 1974

Julia não dormiu a noite toda. Levantou-se muito cedo, mesmo sem ter que ir à escola, e foi se sentar perto da fonte do pátio à espera de que Nona Fina saísse da cama. O som da água escorrendo pela pedra a acalmava. Ela ouviu o barulho de pratos na cozinha e se sentiu aliviada. A avó foi até ela no momento em que um bando de pássaros invadia o pequeno pátio. Ela se aproximou, os bolsos do avental cheios do arroz cozido na véspera, que atirou aos pássaros com mão firme, depois beijou a neta. Nona Fina também tinha o ar taciturno.

— Precisamos falar com ele de novo — disse Julia, à beira das lágrimas.

— Minha querida, já cumprimos o nosso dever. Ele sabe o que precisa saber e é livre para fazer a escolha dele. Se quiser lutar, precisará começar mudando seus hábitos. Mas será apenas uma trégua. Pois os que querem matá-lo não vão desistir. Ele precisará deixar a Argentina.

— Então ele precisa partir. Precisamos dizer-lhe isso! Ele não tem o direito de morrer, precisa estar vivo para ajudar a mudar as coisas. Morto, ele será esquecido.

— Às vezes, é a memória dos mártires que dá forças para resistir. Uma grande nação não pode ser edificada sem grandes exemplos.

— Mas é horrível aceitar morrer assim, Nona Fina! É egoísta. É sacrificar tudo pela vontade de se tornar um herói. Há dois anos, ninguém acreditaria que Perón pudesse voltar ao poder. Daqui a dois anos, pode ser que aqueles que querem a morte de Mugica tenham todo o interesse em tê-lo vivo.

Ele tem uma chance para se esquivar da morte, uma única chance, como Anna e a Señora Pilar, e como o comissário Angelini e tantos outros que você ajudou. Não se deve desprezar a vida!

— Minha querida! Não julgue. Ninguém conhece a sede com que o outro bebe. Saber com um pouco de antecedência o que temos pela frente aumenta nossa responsabilidade em vez de diminuí-la. Hoje ou amanhã, as escolhas diante da morte são as mesmas para todos: desejá-la, enfrentá-la ou tentar fugir dela. Estou dizendo isso porque é importante que você aprenda a não se sentir culpada pela escolha de suas fontes, mesmo quando achar que fizeram a escolha errada...

— Acho, acima de tudo, que tenho raiva dele. Ele me decepcionou. Pensei que fosse mais aguerrido.

— Admiro muito o padre Carlos. Raras vezes vi pessoas tão intensas quanto ele. Tenho certeza de que não despreza a vida. Pelo contrário, acho que a valoriza mais do que qualquer pessoa. Mas acho também que fez uma escolha fundamental. A de dar a vida pelos outros. Deixar o conforto do bairro da Recoleta para frequentar os barracos é um grito de liberdade tão forte quanto o de se recusar a ter medo.

— Ele poderia se recusar a ter medo e estacionar o carro em outro lugar...

Elas saíram juntas, sabendo perfeitamente para onde iriam, sem precisar conversar antes. Atravessaram La Boca, pegaram o ônibus em San Telmo, passaram na frente do obelisco, seguiram até a praça San Martín e desceram para caminhar até a Villa 31.

O padre Mugica jogava futebol com um grupo de adolescentes no terreno baldio que ficava atrás da igreja. Chovera na véspera, a bola caía em poças de lama. Eles estavam sujos da cabeça aos pés. Grandes caminhões com carrocerias cobertas passavam devagar e desviavam dos enormes buracos da rua de terra batida. Crianças pequenas cobertas de fuligem, com a barriga de fora e os sapatos furados, recuavam rindo, tapando o nariz, envoltas na fumaça preta dos veículos. Algumas senhoras, com as mãos nos quadris, observavam.

Nona Fina e Julia logo chegaram ao dispensário. Não havia ninguém. Julia começou a fazer o inventário dos medicamentos enquanto Nona Fina revisava os livros da contabilidade. Os gestos rotineiros escondiam a horrível sensação de velar um condenado à morte.

À tarde, refizeram o caminho em sentido inverso para assistir ao ofício religioso do padre Mugica. Sentadas no último banco da igreja de San Francisco Solano, observavam todos os recém-chegados. Foram embora depois que o pequeno Renault azul desapareceu da rua Zelada. Repetiram o mesmo percurso todos os dias da semana, tomando cuidado para serem discretas e não oprimirem o padre Mugica.

Como todas as sextas-feiras, Theo esperou por elas com um mate amargo, instalado na cozinha de Nona Fina. Ele em geral chegava antes, pegava a chave no vaso de flores e fazia como se estivesse em casa. Tinha acrescentado algumas folhas de menta fresca à água quente e remexia tudo com a *bombilla*. Como sempre, acabaram conversando sobre política.

— Nunca sabemos o que pensar — disse Theo. — Vejam por exemplo a morte de Allende...

— Nunca saberemos se foi um acidente, um suicídio ou um assassinato — comentou Nona Fina.

— A justiça nunca saberá porque ela não quer saber. Mas as pessoas sabem...

— Não é impossível que ele tenha decidido se matar, sabe? Talvez até já tivesse pensado nisso — comentou Nona Fina —, e quando os fatos se apresentaram, sentiu que eram uma confirmação do que havia previsto.

— Eu não acredito nisso. Coisas demais o prendiam à vida. As pessoas o amavam...

Theo fez uma pausa, depois retomou:

— Mais perto da gente, vejam o caso da morte de Juan García Elorrio. Aparentemente, um acidente de carro. Mas muitos queriam calá-lo. Era diretor de *Cristianismo y Revolución*. Querendo ou não, a revista não sobreviveu a ele...

— Então sua tese é que foi assassinado?

— Sim... Todo mundo sabia da influência dele. Foi ele que batizou a primeira célula dos Montoneros com o nome de Camilo Torres.

— Camilo Torres? — perguntou Julia.

— Sim, o padre colombiano que se juntou à guerrilha. Foi morto pelo Exército na primeira emboscada.

Julia começou a transpirar em profusão apesar do ar fresco da noite. Theo e Nona Fina trocaram um olhar cúmplice e a colocaram na cama. Theo se despediu, preocupado.

No dia seguinte, Nona Fina e Julia passaram a manhã na cooperativa da Villa 31. A Señora Pilar tinha acabado de pedir demissão e tinham urgência de encontrar uma substituta. Nona Fina apoiava a candidatura de uma de suas antigas recrutas, mas esta tinha granjeado a inimizade das companheiras. A questão se arrastava.

Julia se impacientava. O dia estava lindo e ela não queria ficar trancada. Além disso, queria assistir ao jogo de futebol dos *villeros* no Retiro. Estava previsto para aquele sábado, 11 de maio. A partida começaria às duas e meia. Ela dispunha do tempo exato para chegar até lá. Pegou suas coisas e deixou um bilhete para Nona Fina.

Os membros da equipe de Mugica, a Bomba, estavam todos de uniforme. Eram bonitos de ver. Quando Julia chegou, o jogo já tinha começado, em meio a um clima de quermesse. O bairro todo estava presente. Vendedores ambulantes alardeavam salgadinhos e refrigerantes. Senhoras em pequenos grupos se mantinham de pé, enroladas em seus xales. Os velhos, com uma cerveja na mão, fumavam com ares de juventude reencontrada, enquanto as crianças brincavam de se passar uma bola invisível fazendo acrobacias incríveis. Todos tinham feito o possível para se vestir nas cores da equipe. Os torcedores estavam agitados, balançando bandeirinhas e gritando refrãos maldosos contra o adversário. A Bomba bateu todos os recordes e o padre Mugica jogou como um profissional, correndo, se esquivando, pulando melhor que os jovens.

Foi embora pingando de suor, apressado. Brincou com Julia ao passar, dizendo-lhe um "bom dia, anjo da guarda!" que a fez corar. Mesmo assim, ela aproveitou para dizer que estaria na missa das sete horas da noite.

— Como todos os dias há um mês — ele disse, piscando o olho.

Ele estava de muito bom humor. Pegou-a pelo ombro e fez um pedaço do trajeto na sua companhia.

— Náo se preocupe comigo — ele disse. — O dia está lindo demais para que seja o último.

Julia estava saindo para a Villa Luro quando Nona Fina abriu a porta. Ela entrou como um turbilhão de energia, querendo saber tudo sobre o jogo dos *villeros* no Retiro. Nona Fina levava o futebol muito a sério, mesmo o futebol de bairro. Ela havia visto o crescimento do Boca Juniors onde morava e tinha inclusive participado por muito tempo de "La 12", a *barra brava* do Xeneize. Julia olhou para o relógio, eram dez para as sete, com um pouco de sorte elas chegariam para o fim da missa.

Estava escuro quando subiram no ônibus para a Villa Luro. O tráfego estava lento. Julia não tinha contado com os engarrafamentos. Quando se aproximaram da igreja, entenderam que alguma coisa fora do normal estava acontecendo. Viaturas de polícia bloqueavam a rua. Os curiosos falavam num atentado. O padre Mugica tinha sido levado de ambulância para o hospital de Salaberry, no bairro de Mataderos. Continuava na sala de operações. O prognóstico era reservado, murmurava-se. Um rumor crescente começava a encher a rua. Fiéis angustiados explicavam aos inúmeros curiosos que ele tinha sido crivado de balas por um desconhecido à saída da missa. O homem atirara com uma submetralhadora à queima-roupa e ferira mais duas pessoas ao fugir. Uma mulher que parecia ainda estar vendo a cena descrevia o atirador como um homem com um bigode à chinesa.

A morte do padre Mugica foi anunciada à multidão às dez horas da noite. A massa reunida na igreja de San Francisco Solano não se dispersou, paralisada numa espera irracional e obstinada. Uma missa foi enfim celebrada à meia-noite por alguns membros do Movimento dos Padres para o Terceiro Mundo, ao qual Mugica pertencia, diante de uma multidão que não parava de crescer e que permaneceu no local até o dia seguinte.

Quando o sol nasceu, Julia foi para a casa dos D'Uccello. As lágrimas colavam em seu rosto mechas de cabelo, que ela nem tentava tirar. Antes de bater à porta, Nona Fina limpou suas bochechas e encarou-a com os olhos claros:

— Você fez tudo o que podia fazer.

Julia sacudiu a cabeça:

— Não, eu devia estar ali.

10.
O golpe de Estado
29 de março de 1976

Theo e Julia acharam um quarto para alugar no bairro de Saavedra, na casa de uma velha senhora que tinha a boa qualidade de ser carrancuda e quieta. O endereço havia sido sugerido por Rosa. O aluguel era barato e a janela do quarto dava para uma linda praça com uma imensa e bela árvore solitária e um banco.

Depois da morte do padre Mugica, a vida de Julia e de Theo deu uma guinada inesperada. A imprensa lembrava que Mugica tinha discutido publicamente com Firmenich, líder dos Montoneros, algumas semanas antes do assassinato. A organização foi incriminada pela opinião pública. A perseguição aos líderes montoneros foi imediatamente iniciada. Com a morte de Perón três semanas depois, no início do mês de julho, a situação se agravou. Isabel Perón o substituiu enquanto vice-presidente e El Brujo assumiu o poder nos bastidores. O Triplo A dobrou o número de crimes e os desaparecimentos aumentaram. Em setembro de 1974, os Montoneros passaram para a clandestinidade.

Para Julia e Theo, aquilo significou uma total mudança de vida. Os amigos eram presos pelas forças de segurança e desapareciam. As histórias que começavam a circular eram sinistras. Falavam de torturas e assassinatos. Corria que o Triplo A era treinado por antigos membros da Gestapo. Todos receberam ordens de compartimentar as informações, de reduzir os contatos entre os membros da organização ao mínimo e de mudar de residência.

Colegas da universidade de Buenos Aires, engenheiros como Theo, tinham sido presos. O medo se instalou na faculdade. Ficava claro que o governo fazia uma limpa e que os estudantes eram os primeiros da fila. Theo se afastou da universidade e Julia começou a procurar emprego. Eles decidiram viver juntos, para seguir as instruções recebidas e para proteger Nona Fina. Mudaram-se em setembro de 1975, exatamente um ano depois da passagem da organização para a clandestinidade.

Nona Fina fizera questão de festejar os dezoito anos de Julia antes que ela saísse de casa. Queria marcar seu aniversário, não apenas porque Julia tinha se tornado maior de idade, mas principalmente porque a neta ia começar uma vida a dois sem se casar. Não se tratava, para Nona Fina, de uma questão de conveniência. Ela compreendia que as novas gerações fizessem da liberdade no amor uma profissão de fé. Mas ela estava convencida de que escolher outra pessoa era uma decisão fundamental que necessariamente implicava uma mudança de identidade. Essa mudança não estava circunscrita, como seria fácil acreditar, à mudança de nome no papel. Ela supunha, acima de tudo, uma transformação na personalidade de cada um. Tornar-se um com o outro, por amor, exigia um processo de meditação. Ora, a cerimônia e os votos, os preparativos, a reunião familiar, tudo ajudava na construção dessa nova identidade. Por experiência própria, Nona Fina acreditava que as palavras trocadas nos momentos cruciais da vida tinham um poder sobrenatural, como um escudo contra a adversidade ou como catalisadores de dúvidas e dificuldades. Ela gostaria que Julia e Theo pudessem se permitir esse tempo de reflexão, para terem a chance não de mudar de ideia, mas a de se constituir como casal.

Fazia questão, por isso, que Julia ao menos recebesse as bênçãos de um padre. Queria vê-los começar a vida em comum banhados por palavras de amor que os protegeriam, cercados por aqueles que lhes trariam coisas boas. Nona Fina convidou toda a família, bem como uma multidão de vizinhos e *villeros*. Nem os amigos do colégio de Gabriel, da época das reuniões com o padre Mugica, nem os da faculdade de Theo foram convidados. Nona Fina fez questão de manter a política de fora. Somente Rosa passou pelo crivo, pois chegaria de braço dado com Gabriel.

As jovens da cooperativa decoraram a casa com rosas amarelas e hortênsias. Uma pista de dança foi improvisada no pátio, guirlandas azuis e amarelas tremulavam ao vento. Lindos cestos guarneciam as mesas, oferecendo todo um sortimento de doces glaçados. Nona Fina usava seu vestido azul-escuro com um broche de flores de ametista amarela e diamantes. Tinha contratado para comandar o toca-discos um jovem do time de futebol do bairro, que chegou vestido nas cores do Boca Juniors.

Julia sabia que Nona Fina não tinha feito de propósito, mas faltava pouco para que tudo parecesse uma reunião da torcida. Felizmente ela tinha se recusado a usar o vestido com flores azuis oferecido pela cooperativa. Teria se sentido parte da decoração.

Theo, um pouco afastado, a observava. Julia estava deslumbrante. Usava um vestido justo de cetim vermelho que se abria na altura dos quadris, destacando a beleza da cintura e dos seios. A pele clara e os cabelos pretos deixavam-na fascinante. Ele a convidou para dançar, decidido a mantê-la consigo pelo resto da noite. Julia viu Nona Fina em grande conciliábulo com seu pai e escapuliu ao fim de uma dança. Logo alcançou-os, ofegante. Agachada ao lado deles, beijou as mãos dos dois.

— Você é nosso maior tesouro — disse-lhe o pai.

Theo puxou-a e ela voltou a dançar sobre as nuvens. Os astros tinham se alinhado naquele dia para garantir sua felicidade.

Anna e os gêmeos chegaram um pouco depois, seguidos por um grupo de amigos músicos. Os jovens se instalaram no pátio e cantaram as músicas de Mercedes Sosa até a madrugada.

O pai de Julia foi visitá-la na casa de Nona Fina alguns dias depois. Eles passaram a tarde juntos, passeando de mãos dadas. Ele queria convencê-la a se inscrever na universidade para estudar medicina. Julia foi franca e explicou seus temores. Mesmo nunca tendo participado de ações de guerrilha, era considerada membro dos Montoneros. Theo, por sua vez, era um dos chefes da organização.

No ano anterior, a célula de Theo tinha recebido a missão de coletar informações sobre os deslocamentos, a rotina e os hábitos dos irmãos Juan e Jorge Born. Eles compreenderam, mais tarde, que aquelas informações tinham sido utilizadas para o sequestro dos dois. Os Born eram acionistas majoritários de uma das maiores companhias de cereais do país. Na operação, duas pessoas tinham morrido: o motorista dos Born e um amigo que estava com eles na hora do sequestro. Os Montoneros tinham conseguido, em troca da libertação, um resgate gigantesco de mais de sessenta milhões de dólares. Os militares estavam atrás deles.

O pai de Julia entendeu. Não teve uma palavra de censura, não fez nenhuma pergunta. Pediu apenas que ela fosse trabalhar com o irmão dele, o tio Raphaël, que tinha uma grande farmácia na esquina da Plaza de Mayo. Raphaël era um homem extremamente prudente e simpatizava com a causa peronista. O pai de Julia não conseguia pensar em ninguém mais apropriado para velar pelo destino da filha.

Julia aceitou a proposta. Sua experiência à frente do dispensário da Villa 31 justificava amplamente seu trabalho numa farmácia sem despertar suspeitas.

Theo e Julia tinham esperança de que as medidas de segurança da organização tivessem sido suficientes para apagar seus vestígios. Construíram para si um universo fechado, sem confraternizações e sem saídas de casa, nem nos finais de semana. O único luxo que se permitiram foi a compra de um violão usado. Theo acompanhava a voz de Julia e eles passavam o tempo livre fazendo duos. Mas o isolamento começou a pesar. Até a comida perdia o sabor.

Uma noite, Theo e Julia tomaram coragem para atravessar os bairros desde Saavedra até La Boca para fazer uma surpresa a Nona Fina. Era o fim do verão, a temperatura tinha baixado alguns graus e o tempo estava ameno. Mesmo assim, a cidade estava deserta. Quando chegaram à casa de Nona Fina, encontraram-na colada ao rádio. Isabel Martínez de

Perón tinha acabado de ser destituída por uma junta militar comandada pelo general Videla. Nona Fina parecia aterrada. Julia intuiu que a situação era grave, mas não soube definir exatamente por quê. Theo foi preparar um mate. Os três beberam em silêncio, ouvindo os boletins de notícias que repetiam o mesmo comunicado oficial. Eles decidiram que seria mais prudente passar a noite na casa de Nona Fina.

Na manhã seguinte, Nona Fina puxou Julia para um canto. Estava ansiosa. Seus olhos pareciam sem cor, como se tivessem perdido todos os pigmentos.

— Deixe o violão aqui. Será o pretexto para voltar.

A noite caía quando Julia voltou à rua Pinzón.

11.
O cerco
Inverno austral, 1976

Vestida com elegância num tailleur azul-marinho e camisa branca, Nona Fina esperava por ela, sentada à sala. Brincava de fazer nós com o colar de pérolas. Sentaram-se uma de frente para a outra, tão próximas que seus joelhos se tocavam.

— O terceiro olho de novo, minha querida...

— Sim, imaginei, conte.

— Era você. Reconheci seu rosto. Você se aproximou de um banheiro nos fundos de um aposento comprido e estreito. Inclinou-se sobre o vaso. Vi seu rosto refletido na água.

— Tem certeza de que era eu?

— Certeza absoluta. Também vi o reflexo de uma janelinha na água do vaso sanitário, com muita clareza. Você vomitou. Um pouco de tudo. Bile e sangue.

Julia pareceu esboçar um sorriso.

— Quando se virou, entendi que era uma prisão. Um homem abriu a grade da cela. Estava de uniforme. Acho que era um soldado da polícia. Fui hoje de manhã verificar com meu amigo Angelini, mas não o encontrei na delegacia. Voltarei amanhã. Não sou tão boa quanto você em desenho, mas vou tentar fazer um esboço. Vi bem o rosto dele. Tinha uma cabeça redonda e uma pele com marcas de varíola. Devia ser noite, pois a luz do corredor estava acesa.

Elas se aproximaram ainda mais uma da outra.

— Ele se dirigiu a você com maldade na voz. Você estava agachada no chão. Ele a encheu de coronhadas. Deu meia-volta de repente e foi embora deixando a cela aberta. Você hesitou muito. Teve tempo de voltar ao banheiro para olhar pela janelinha. Saiu para o corredor. De um lado, havia outra cela com duas mulheres deitadas no chão, cobertas de sangue e com chagas abertas. Deviam estar inconscientes, pois você sacudiu as grades e elas não reagiram. Do outro lado do corredor, havia uma fileira de portas. Você murmurou alguma coisa colando o rosto nas três portas do fundo e, depois, correu até a quarta batendo nela com força. Você parou bruscamente, correu para sua cela e voltou a se sentar onde estava.

"Três guardas chegaram correndo. O que bateu em você fechou o cadeado de sua cela, enquanto os outros corriam para abrir a quarta porta. Do seu lugar, você podia ver tudo, pois a porta estava em perfeita diagonal com a grade da sua cela.

"Minha querida, tenho certeza de que reconheci Theo. Mas ele estava desfigurado. Estava consciente, pois tentava dizer alguma coisa a você, mas tinha os olhos e os lábios inchados, o nariz quebrado. Era incapaz de caminhar sozinho. Dois guardas o seguravam pelos braços, enquanto o seu guarda o chutava. Eles o arrastaram até o fim do corredor e para o alto de uma escada..."

— E depois?

— Não vi mais nada.

Julia estava lívida. Ela sentia uma raiva inexplicável, uma vontade de sair correndo e de gritar que não, que não era ela, que não era Theo.

— O que faço com essa visão, Nona Fina? Não sei nem do que você está falando!

Nona Fina apertou Julia contra o peito, apesar da reticência da neta. Ela fez o que sempre fazia. Não podia poupá-la do choque.

— Nada de nervosismo numa hora dessas. Nós duas sabemos que o que eu vi, você verá no futuro. Precisamos nos preparar.

— Sim — concedeu Julia, tentando serenar.

— É uma prisão: uma cela, guardas, grades.

— Sim — repetiu Julia.

— Sabemos também que Videla tomou o poder e que seu objetivo é eliminar o peronismo da face da Terra.

— Sim.

— Portanto, se você e Theo forem presos, não voltarão com vida...

— ...

— Pode ser que minha visão se torne realidade assim que você sair daqui. Não sabemos se teremos uma segunda chance de conversar.

— Sim, Nona Fina — disse Julia, compreendendo que a avó já tinha elaborado um plano.

— Você precisa gravar na memória as imagens que eu vi, pois, quando estiver vomitando na cela e vir o reflexo de sua imagem na água e a janelinha de fundo, precisará se lembrar que à noite, depois que o soldado a golpear, você terá alguns minutos para fugir.

— Não vou embora sem o Theo.

— Muito bem. Você sabe onde ele está e em que estado...

— Não vou embora sem ele.

— Pense em fugir, só isso. Mesmo se estiver nua e Theo também. Sei por experiência própria que são essas coisas que bloqueiam nosso instinto de sobrevivência.

— Pensa que são coisas pequenas, as que acabou de me descrever?

— O medo de ter frio, de se molhar, de ter sede, medo de barata, medo de se esconder... Eles sabem como quebrar o moral dos prisioneiros. Você precisará lutar contra si mesma, se quiser sair dessa.

— Sim, sim — repetiu Julia, tentando se concentrar —, a janelinha, a grade...

— Você precisa ficar transparente. Não deve falar com ninguém, nem pedir ajuda a quem quer que seja. É sempre pelos rastros que a polícia consegue recapturar os fugitivos...

"Acima de tudo, não deve voltar aqui, pois a polícia e os militares colocarão agentes em todo o bairro."

— Certo, entendi.

— Precisamos, agora, encontrar um contato. Pois você precisará sair da Argentina...

— Como? Sair da Argentina? Absolutamente! Lutarei aqui, em casa. Ficarei escondida, eles não me encontrarão, eu...

— Viu, minha querida, como é difícil? Mas você e Theo vão precisar viver em outro lugar. E é preciso começar a buscar um lugar agora, pois o ideal seria que vocês conseguissem sumir antes que eles os pegassem...

— Theo nunca vai aceitar!

Nona Fina ficou perdida nos próprios pensamentos por um instante. Ela pousou os olhos transparentes em Julia:

— Não temos escolha.

Os dois contatos, dada a dificuldade de encontrarem outros, seriam a Señora Pilar e Rosa. Elas combinaram não avisar Theo enquanto não tivessem nada mais concreto. Ele não sentia a aproximação de perigo algum. Estava convencido de que, tendo se mudado para Saavedra, estava mais invisível que um submarino sem periscópio.

Tudo mudou na noite em que Gabriel bateu à porta deles. Eram quase duas horas da manhã. Ele estava desfigurado pela angústia. Tinha feito o trajeto do hospital Posadas até ali a pé, sem parar.

— Eles chegaram em vários carros, antes da meia-noite — tentava explicar numa voz entrecortada. — Eu estava saindo do banheiro, não me viram. Ruben estava na recepção. Bateram nele com força, depois o algemaram, encapuzaram e atiraram dentro de um carro. Também levaram Vlado, que estava no segundo andar, e Augusto, que trabalhava na gráfica do hospital. É um amigo, que veio várias vezes ao círculo com Mugica, vocês lembram?

— Sei muito bem quem é — murmurou Theo.

— Ele tinha ficado um pouco mais que o costume, íamos voltar juntos. Ele mora em Mataderos também. Havia um quarto carro, que ficou mais tempo. Eles passaram por todos os setores. Eu me escondi na lavanderia, num cesto de roupa suja. Tenho certeza de que estavam atrás de mim.

Theo não conseguia acalmar o irmão. Gabriel tomou uma ducha, mudou de roupa, fez uma mochila com algumas roupas de Theo e pegou todo o dinheiro líquido que os três conseguiram juntar.

— O cerco está se fechando sobre nós três. Precisamos deixar o país — ele disse.

Gabriel conhecia religiosas francesas que ajudavam as pessoas a se exilar. Iria vê-las. Pensava que elas poderiam escondê-lo e tirá-lo de Buenos Aires. Gabriel pediu a Theo que avisasse Rosa. Ela sabia onde encontrar o convento, ele queria que ela fosse para lá também.

Depois da partida de Gabriel, Julia falou abertamente, e pela primeira vez, em preparar a partida. Nona Fina tinha alguns contatos no porto. Julia sabia que ela tinha descoberto uma rede italiana, eles precisavam se organizar o mais rápido possível. Ela acreditava que eles conseguiriam viajar como passageiros clandestinos num dos navios que saíam para a América do Norte ou para a Europa.

Theo se sentia terrivelmente mal pelo que tinha acontecido ao irmão. Pensava que era por culpa sua. Ele era o líder da célula dos Montoneros e, por isso, toda a família estava em perigo. Precisava ajudar todos a partir o mais rápido possível.

— Amanhã irei ao porto ver quais são as nossas possibilidades. E passarei na casa de Rosa ao sair do escritório — Theo anunciou.

O fato de terem uma estratégia o reanimou. Julia escolheu esse momento para anunciar que estava grávida.

— Se Deus quiser, nosso bebê chegará para o Ano-Novo.

Ela não esperava o pulo de Theo, que gritou de alegria. Ele a girou nos braços e a puxou para dançar. Eles acabaram pulando de mãos dadas e girando sobre si mesmos, exatamente como tinham feito na noite em que se conheceram.

Despediram-se pela manhã com o otimismo da felicidade. Os dois iriam trabalhar como de costume. Julia passaria na casa de Nona Fina antes de ir à farmácia e eles se encontrariam em casa para fazer um balanço da situação e tomar uma decisão. Theo também queria comprar uma garrafa de vinho e flores. Eles comemorariam a dois a feliz notícia.

Ainda era cedo quando Julia abriu a porta da casa de Nona Fina. Encontrou-a na cozinha com uma pilha de papéis e mapas espalhados em cima da mesa. Nona Fina estava com todas as informações sobre a rede italiana. Eles atravessariam o rio da Prata com passadores uruguaios e, de lá, partiriam para a Europa com uma nova identidade. Toda uma rede de famílias italianas, principalmente no Sul, se organizava para receber os exilados e ajudá-los a encontrar trabalho e hospedagem. Era preciso pagar adiantado para garantir os novos passaportes e os bilhetes de transporte, mas Nona Fina se ocuparia disso.

— Deixarei o contato do passador na casa da Señora Pilar. Procure-a amanhã. Vocês precisam atravessar antes do fim da semana.

Depois, num rompante, acrescentou:

— Deixarei dinheiro dentro de um envelope em seu nome na casa do padre Miguel, aquele que abençoou vocês no dia do seu aniversário. Nunca se sabe, melhor não colocar todos os ovos no mesmo cesto...

— Onde mora padre Miguel?

— Você o encontrará na igreja.

— Em San Juan Evangelista?

— Sim.

— Bom, nesse caso irei vê-lo para uma segunda bênção. O bebê pode precisar — disse Julia, quase gritando.

— Oh! Não pode ser! Diga que não é verdade!

— É, sim — Julia respondeu, saltando-lhe no pescoço. — Você será avó de novo.

— Bisavó, você quer dizer!

Nona Fina estava perplexa. Pegou as mãos da neta entre as suas.

— Espero que seja um menino!

— Ah, não! Quero que seja uma menina! Quero que ela seja exatamente como você, com os mesmos olhos!

As duas se abraçaram, incapazes de se despedirem. Quando Julia pegou a bolsa para ir embora, Nona Fina deteve-a uma última vez. Fez o sinal da cruz em sua testa e disse:

— Acho melhor que saiba de uma coisa. Ao que tudo indica, há um jovem que se parece com o do meu desenho, recém-destacado para a delegacia de Castelar.

— E...? — perguntou Julia, lentamente.

— É ali que os militares interrogam os presos políticos...

— Meu Deus! — Julia exclamou.

— Você sabe que Angelini e eu somos muito próximos...

— Desde o caso da Señora Pilar.

— Ora! Muito antes disso, minha querida. Desde crianças.

— Então?

— Então...

Julia acelerou o passo rumo à farmácia.

Chegou à Plaza de Mayo e entrou com pressa, se desculpando. O tio Raphaël estava à sua espera, mas olhou para ela com benevolência. Ela foi vestir o avental branco, pendurado num cabide da sala dos fundos. Um rumor de vozes, os protestos do tio e um barulho de vidro quebrado fizeram Julia sair para ver o que estava acontecendo, se abotoando às pressas. Dois homens se atiraram em cima dela, imobilizaram-na e a arrastaram até o grande Ford Falcon verde estacionado à porta da farmácia. Enfiaram-na dentro do veículo, obrigando-a a ficar deitada de bruços no chão, e se sentaram, pisando nela com os pesados coturnos. O carro deu a partida com as portas ainda abertas e assim que arrancou eles começaram a esbofeteá-la e xingá-la, tocando todo o seu corpo para revistá-la. Um deles puxou seus cabelos para trás e cuspiu em seu rosto:

— Sua puta trotskista, vai morrer. Mas antes de morrer, vai falar.

Eles queriam nomes, endereços, a rede toda.

— Vai despejar tudo! — eles gritavam.

O carro parou. Fizeram-na descer aos chutes e coronhadas num estacionamento a céu aberto no meio de um canteiro de obras. Havia um outro carro, idêntico, estacionado em paralelo, com o porta-malas aberto. Rosa estava de pé entre os dois Ford Falcon, as mãos amarradas nas costas, os olhos inchados, as maçãs do rosto azuis como um figo aberto, o rímel escorrendo pelo rosto.

Os homens a empurraram para dentro do porta-malas, sem que ela opusesse resistência. Julia recebeu um soco na barriga e outro na nuca. Dobrada em dois, foi colocada ao lado de Rosa. Antes que fechassem o porta-malas, Julia ouviu:

— Encontramos seu namorado, trotska. Pode agradecer a sua amiga.

12.
O "inn" de Fairfield
Fim do verão boreal, 2006

O carro arranca. O cheiro da gasolina lhe queima a garganta. Ela precisa afastar aqueles pensamentos. Precisa enfrentar outro presente, agora. Outra angústia e outra dor. Mais intensa. Julia sabe, no entanto, que é impossível.

Theo acelera e ganha velocidade, depois freia, acelera de novo. O primeiro semáforo. Dobrando na próxima à esquerda, pegará a via de acesso à autoestrada. A sensação de movimento no meio daquele breu dá lugar ao som dos pneus sobre o cimento estriado da autoestrada. Ele está mesmo indo para o trabalho. E se todas as suas conjecturas estiverem erradas? E se sua fonte não for Theo, e se a jovem vestida de preto não tiver nada a ver com eles? Theo diminui a velocidade. Ele aproveita o engarrafamento para telefonar. Julia ouve o chamado do telefone pelo alto-falante do carro se prolongar no vazio. Ele tenta mais uma vez. Nenhuma resposta. Deixa recado numa secretária eletrônica: "Amor, vou demorar, tenho reuniões fora do escritório. Te amo. Ligo assim que acabar". Ele coloca uma música e acelera de novo.

O coração de Julia martela as têmporas. Ela está toda encolhida, tenta ritmar a respiração, como se Theo pudesse ouvi-la.

Uma curva, a velocidade diminui e o carro para. Theo espera um pouco, depois volta ao telefone. Dessa vez, o motor está desligado e os alto-falantes ficam mudos. Ele está escrevendo uma mensagem. Theo sai do carro. Esquece de fechá-lo à chave. O fechamento automático se acionará em poucos minutos. Julia espera e conta mentalmente. Até que empurra o banco um pouco para a frente e consegue encontrar um ângulo para enxergar. Reconhece na hora o imenso estacionamento do complexo onde fica o escritório de Theo.

Ela recupera o bom humor. No fim das contas, pode ser que tudo não passe de uma série de estranhas coincidências. Ela espera no porta-malas, indecisa e constrangida. Devia sair do esconderijo e voltar para casa para terminar o trabalho? Ela relaxa por alguns minutos, exausta de tantas emoções, cansada de ter os pensamentos girando em círculos. Está prestes a sair quando ouve vozes se aproximando. O carro balança com o movimento das portas que se abrem e se fecham. Theo liga o motor e acelera. A pessoa sentada a seu lado é uma mulher. Julia a ouve rir. Ela não entende o que eles dizem, o barulho do carro abafa as vozes.

Depois de um curto trajeto à grande velocidade, o carro para. Theo e a mulher saem do carro, batendo as portas. Julia ouve os passos se afastando. O carro é travado à distância. Julia empurra o banco e coloca a cabeça para fora, apoiada nos cotovelos. Theo caminha segurando a mão de uma mulher esguia, cabelos pretos presos em coque, vestida com um tailleur verde-escuro. Ela caminha sobre sapatos pretos de salto alto. Eles empurram a porta giratória que dá acesso ao saguão de entrada de um hotel. Theo a deixa passar na frente, segurando-a pela cintura, e olha instintivamente para trás.

Julia não consegue tirar os olhos deles. Vê os dois desaparecerem e fica imóvel, mal conseguindo respirar, olhando para a frente, a mente vazia.

Ela desvia os olhos, tenta se fixar em outra coisa, como as mãos, a feia roupa cinza que está vestindo. Dói menos do que o imaginado. Ela não sente nada. Apenas uma aceleração no ritmo cardíaco. E um vazio. Um buraco no estômago. Ela sente a própria alma como um líquido vazando na altura do plexo solar. Pressiona a mão contra o peito para retê-la.

Com esforço, Julia sai do carro, caminha até o hotel e se dirige ao concierge. Se eu der de cara com o Theo, azar.

O jovem de uniforme cinza se esforça para falar com ela como se não a visse.

— O táxi chegará em poucos minutos — garante, mergulhando de novo em seus afazeres.

Ela precisa manter a compostura, fingir se interessar pelos jornais de negócios ou pelas revistas de ofertas imobiliárias. Vou afundar. Ela ergue os olhos, surpresa de estar cheia de lágrimas. Vou me afogar, vou chorar, não aguento. Ela se vê cair, não se encolhendo no chão por um triz.

— Senhora, seu táxi chegou.

Quando ela vira a cabeça para agradecer ao rapaz, já não demonstra mais nenhum sinal de emoção. Ela o gratifica com seu melhor sorriso; o jovem, constrangido, abaixa os olhos.

Julia recupera a confiança e caminha num passo gracioso até o carro.

— Para a estação — pede calmamente.

Registra com o canto do olho a saída de uma jovem de tailleur verde-escuro, que entra num táxi logo atrás do seu. Ela não pode se impedir de sentir uma ponta de satisfação ao pensar que está na frente.

Dentro do trem que a deixará em casa, Julia entende que precisa se preparar. Existe uma Julia dentro dela que precisa desaparecer.

13.

O retorno
Fim do verão boreal, 2006

Dia 13, sexta-feira, que coincidência. Tinha que ter feito aquela descoberta bem naquele dia. Uma casualidade. Nona Fina zombava dela, que nunca tomava decisões importantes naqueles dias. Não importa. Julia se sente serena. Escolheu saber. Quis saber. Não é um golpe do destino. Ela precisava da verdade. Havia, na mentira, um ultraje primordial, uma condescendência que lhe era insuportável. De certo modo, Theo e ela estavam quites agora.

Julia vê as estações conhecidas passarem uma a uma pela janela. Aquela é a linha que pega quando volta de Nova York depois das reuniões de trabalho. Quanto mais se afasta da cidade, mais as construções se espaçam, os arranha-céus dão lugar às grandes casas com marinas, que desaparecem por sua vez para dar lugar às cidadezinhas do interior onde ficam as BJ's e as The Home Depot.

Julia vê o mar se afastando e voltando. Perto de Bridgeport, a chaminé vermelha e branca fumega sobre o céu límpido. O trem não para na estação e faz a curva em grande velocidade, contornando a costa. Uma Julia precisa desaparecer.

Como quando ela tinha visto Theo pela primeira vez, no início de 2002, depois de anos de silêncio. Eles tinham se encontrado na rua, para evitar uma intimidade que ainda temiam. Dirigiram-se instintivamente para o mar, passando embaixo da High Line do Meatpacking District de Manhattan, uma antiga via férrea transformada em jardins suspensos. Às quatro horas da manhã, a estrutura de metal tinha o ar lúgubre. Eles saíram dela aliviados e chegaram ao cais sem conseguir romper o silêncio.

Um vento frio vindo do norte soprava. Eles se aproximaram um do outro.

— Sonhei tanto com esse momento... — Julia tinha dito, olhando para as ondas. — Mas agora não sei mais se faz sentido.

— Não vamos pensar demais, Julia.

— Preciso tentar entender o que aconteceu com a gente.

Theo pousara um dos dedos sobre os lábios dela, para fazê-la silenciar.

— Olhe para o mar, Julia. Faz quase meio século que ele se mantém fiel a mim, me lembrando de quem eu sou.

— Ele também me acompanha, desde sempre. Mas não sou mais a mesma.

As luzes da cidade se refletiam na água, como estrelas.

— E você... Quem você é? — ela tinha perguntado.

Theo olhava fascinado para a massa de água escura do estuário. Como se estivesse sozinho no mundo, havia murmurado:

— Sou um ser maldito.

Julia estremecera, levantando a gola do casaco.

— Você não tem o direito de falar assim.

— Não se trata de um direito, Julia — Theo respondera.

— Você não é uma vítima. Você é um sobrevivente, Theodoro.

Ele tinha se voltado para Julia, o rosto desfigurado. Estava quase gritando.

— Você não entende? Meu irmão morreu, minha mãe, meu pai. Por minha causa.

Julia segurara suavemente a mão dele:

— Não por causa de você, Theo. Por causa do amor que tinham por você!

Ele se soltara de maneira brusca, repelindo-a.

— Amor? O que é o amor? Essa palavra não faz sentido.

Ela o havia observado por um bom tempo. Depois, se afastara. Tinha subido o cais a passos lentos em direção à luz da avenida. Um táxi passara, vazio. Os enormes cartazes publicitários de dezembro ainda não tinham sido trocados, iluminados como que por engano. Ela chegara ao cruzamento, piscando os olhos sob a luz alaranjada da iluminação pública e decidida a voltar.

Theo tinha corrido na sua direção. Estava parado diante dela, os braços caídos, ofegante.

— Me ensine.

Julia, encostada no vidro do vagão, passa pela cidade-zinha de Stratford. As casas pintadas de cinza-azulado desfilam sob seus olhos, o campanário branco, as pontes, os barcos, as ruas, a vida. Ela não enxerga nada. Vê apenas Theo.

Eles tinham acordado felizes naquela manhã. Haviam feito projetos a noite toda. Ela voltaria e ele conheceria Ulisses. Tinham deixado a casa em Chelsea levados pela fome e haviam se instalado, apaixonados, numa das mesas da padaria francesa que ficava na esquina. Theo parecia insaciável. Ele queria comprar uma casa com uma grande chaminé e um jardim cheio de flores. Queria uma moto. Também queria um cachorro, que sentaria a seu lado quando ele olhasse para as estrelas.

— Nunca mais tive um lar. Vivi todo esse tempo como um judeu errante...

Julia o havia abraçado, carinhosamente, mas Theo se soltara para dizer:

— Porque um lar só poderia existir com você, Julia.

Julia havia sentido medo. Eles tinham caminhado aquela tarde toda para voltar a se conhecer. Estavam correndo um atrás do outro, rindo como crianças, quando chegaram às grades de Nossa Senhora de Guadalupe, na rua 14. Eles subiram as escadarias e se viram dentro da igreja, quase sem se dar conta. Um casal de mexicanos se casava e as famílias estavam de pé em torno do altar. A noiva usava um vestido cheio de lantejoulas prateadas bordadas num tecido de organza e um véu de renda na cabeça.

Julia e Theo se ajoelharam por um momento e saíram em silêncio. Na rua, o barulho da cidade os surpreendera. Theo se refugiara na entrada de um prédio e apertara Julia contra si.

— Fiz um pedido.

Julia havia corado.

— Quero me casar com você.

— Daqui a trinta anos? — ela havia respondido, beijando-o.

Ela desce do trem em meio ao burburinho da estação e se deixa levar pelo rio de pessoas em movimento. Perdida em seu mundo interior, vê-se sozinha na calçada à saída da estação. Vira à esquerda como um autômato, seus pés fazem o caminho de volta sozinhos. Ela atravessa as ruas sem parar e é quase atropelada por um motorista que golpeia a buzina. Para de caminhar quando se vê com o nariz diante de uma grade, incapaz de saber o que está fazendo ali. Do outro lado, carros se alinham no imenso estacionamento da loja Ikea. Ela se agarra à grade. Uma sensação de impotência a invade. Ela se afasta irritada e faz um esforço para encher os pulmões de ar fresco, retoma o caminho para casa, acelera o passo.

Julia não havia previsto que o encontro entre Ulisses e Theo acabaria tão mal. Os três tinham se encontrado na primavera. Ulisses queria conhecer Nova York e era fácil para Theo ir até lá. Eles tinham pegado o ferryboat para ver a Estátua da Liberdade e haviam parado na Ellis Island.

Theo arrastava os pés, a ideia de fazer turismo o exasperava e a história dos imigrantes americanos lhe era totalmente indiferente. Além disso, havia começado a chover e as filas se tornavam intermináveis. Tentando melhorar as coisas, Ulisses fingira procurar o nome de Theo na longa lista de imigrantes passados pela ilha. Theo tinha levado a mal a coisa.

— Que diferença isso faz? De todo modo, você nem usa o meu nome!

— Espere... Não, seu nome não aparece aqui.

— Justamente, você fez bem em usar o de sua mãe.

— Mas do que está falando?

— Estou falando em não vasculhar o passado dos outros. O que estamos fazendo aqui, olhando fotografias e histórias de pessoas que nem conhecemos?

— Não me surpreende que pense assim, nem o passado dos seus o interessa.

— Pare, Ulisses — Julia havia implorado.

— Não, vamos continuar — provocara Ulisses. — Queremos saber por que você nunca nos procurou. Minha mãe passou trinta anos revirando o mundo inteiro para tentar encontrá-lo.

— Não preciso me submeter a seu julgamento, Ulisses. Você não sabe nada da minha vida, você não me conhece.

— Muito bem, chegou a hora de a gente se conhecer — Ulisses havia dito. — Vivemos todos esses anos do amor que minha mãe sentia por você... E você, do que viveu?

Theo tremia.

— Eu vivi de ódio!

Ela falará com ele. Basta um segundo para avaliar a extensão dos danos.

Ela se recompõe, irritada com a própria fraqueza. Ela já conhece os danos. E para que falar com ele? De todo modo, não pode ficar. Prefere perdê-lo a viver daquele jeito. Por um breve instante, porém, fica tentada a calar, a fingir. Apenas para ver até onde ele quer chegar. Chega a sorrir pensando nisso.

Mas não. Sua decisão está tomada. Quer ser livre. Livre para não precisar mentir, livre para enfrentar seus medos, livre inclusive para amá-lo, mesmo que ele não queira.

14.
Os vizinhos
Fim do verão boreal, 2006

As flores azuis e alaranjadas plantadas em volta da casa em homenagem a Nona Fina a fazem sofrer. Elas também cercam sua velha árvore. Julia se vira para contemplar a avenida e, mais ao longe, o seu mar. Sempre no mesmo lugar, plano, traçando o horizonte à régua. O universo dos homens parece, por contraste, efêmero, precário. Julia irá embora, a casa e as flores ficarão. Ela já partiu. Não alimenta ilusões. Ela não envelhecerá ao lado de um homem sem rosto, como num quadro de Magritte.

Julia gira a chave como um ladrão. Tudo lhe parece distante. Ela avança lentamente até a lareira de pedra talhada da sala. Theo queria transformá-la num duto exaustor para instalar um aquecedor moderno, pensando em economizar na calefação. Julia era contra e a história da lareira se transformou numa batalha: ele decidiria. Julia enfim conseguiu convencê-lo a instalar o aquecedor no subsolo, pois o calor subiria e chegaria a todas as peças, inclusive às do andar de cima. Theo concordou de má vontade e se vingou exigindo manter a calefação da casa no mínimo durante o dia: só aumentava o termostato quando voltava ao fim do dia. Julia passava os invernos enrolada num cobertor, portanto, à espera de um homem confinado em suas obsessões, com uma necessidade de punir a si mesmo e de punir o mundo.

Não consegui ajudá-lo a se libertar. Pelo contrário, me deixei naufragar em suas exigências, economias e cupons de desconto, satisfeita por me tornar o que ele queria que eu fosse.

A foto do casamento ocupa um lugar de destaque em cima da lareira. Ao lado, Ulisses não parece filho deles. Julia usa o vestido de renda que Anna trouxe da Argentina. Theo está bonito. Ela vê nele o ar infantil que ele adquiria quando a pegava pela mão e a beijava furtivamente como se estivesse fazendo algo errado. Eles tinham se casado alguns dias antes de serem presos. Os militares sabiam que a juventude de esquerda era reticente à ideia do casamento religioso. Quando as perseguições chegaram ao auge, os Montoneros ordenaram que muitos se casassem na igreja, pois as fotos de núpcias dissuadiam os milicos de continuar com as perseguições.

Com a foto na mão, ela olha em volta e faz um inventário de tudo o que precisa embalar. Talvez tivesse preferido não saber de nada? Ela desaba na poltrona. Se tivesse coragem, pegaria o telefone para falar com a amiga Diane.

Em vez disso, Julia pega a bicicleta. Precisa se acalmar, sente o ventre remexendo como serpentes dentro de um saco. Ela vira à direita, sem destino claro em mente. Cruza com um casal fazendo jogging. Eles param e se dirigem a ela. São colegas de Theo que moram no bairro.

— Saíram mais cedo do trabalho? — Julia pergunta, para preencher o silêncio.

— Não, sexta é nosso dia de folga. O fim de semana fica mais longo.

— Pensei que esse sistema tivesse sido suspenso.

— De jeito nenhum. Ainda bem! — diz a jovem, pronta para retomar a corrida.

Depois, voltando, ela acrescenta:

— Venham jantar conosco nesse final de semana. Convidaremos Mia também.

— Mia?

— Sim, a pequena coreana.

— ...?

— Você não se incomoda, não é mesmo?

— Não sei quem é — diz Julia sorrindo.

— Theo almoça com ela com frequência. Pensei que...

— Ótimo, poderei conhecê-la — corta Julia.

* * *

Bom, parece que sou a última a saber.

Ela volta para casa e vai direto buscar o celular. Desbloqueia a tela e digita um número:

— Diane, querida, sou eu... Sim, preciso de sua ajuda.

15.
Diane
Fim do verão boreal, 2006

Diane e Julia tinham se conhecido por acaso, durante o inverno de 2002. Pelo menos era o que Diane pensava. As duas se cruzaram durante um horrível acidente de trânsito diante do shopping center de Milford. Diane tinha deixado o novo Jaguar no estacionamento do outro lado da Boston Post Road, pois o do shopping estava lotado.

Ela estava a ponto de atravessar as quatro faixas da grande avenida "à la Sudaca", ou seja, em total violação às regras de trânsito, como é bastante comum na América Latina. Diane tinha nascido em Buenos Aires e vivera muitos anos na Espanha como dançarina profissional. Havia conhecido Max, um rico construtor da Costa Leste dos Estados Unidos, que a instalara numa bela casa em New Haven depois que ela aceitara segui-lo e enquanto ele providenciava o divórcio.

Diane já tinha tomado impulso para atravessar a Boston Post Road coberta de neve quando uma bonita mulher com um pesado casaco branco começara a correr em sua direção chamando-a com grandes gestos, quase caindo na calçada escorregadia. Diane pensara tratar-se de um engano um tanto cômico. Mas a desconhecida tinha se pendurado em seu pescoço e dissera com um perfeito sotaque portenho: *¡Vos no sabés lo que te he buscado!**

Um segundo depois, as duas viraram a cabeça juntas e seguiram com os olhos, em câmera lenta, uma picape perder o controle no gelo e bater com toda a força num caminhão da

---

* "Você não sabe o quanto eu procurei por você!" (N. A.)

Whole Foods que vinha em sentido contrário. Com a violência do choque, o caminhão caíra de lado e começara a deslizar em diagonal na avenida, levando consigo tudo o que estava no caminho, em meio a um assustador rangido de pneus, freios e ferragens.

O barulho fora imediatamente substituído por um silêncio pesado.

— Acho que você acabou de salvar minha vida — Diane havia constatado.

Coladas uma na outra, Diane e Julia tinham ido se sentar em algum lugar para compartilhar detalhes de suas vidas. Descobriram que eram portenhas do mesmo bairro, La Boca, que moravam havia pouco nos Estados Unidos, que tinham passado uma grande parte de suas vidas na Europa e que viviam a quinze minutos de carro uma da outra. Ficara claro que não tinha sido uma coincidência e que estava escrito em algum lugar que elas deviam se encontrar.

Julia não havia revelado seu dom, nem a viagem que lhe permitira antecipar o acidente, nem as noites de insônia que passara agachada no banheiro, repassando as imagens para encontrar um indício.

Ela tinha reconhecido o cruzamento do acidente sem querer. Tinha ido a Milford por causa de um terno de Theo que precisava de ajustes. Avistara o cruzamento ao dar meia--volta na avenida para entrar na loja. Vira-se no lugar exato de sua visão. Depois, conseguira estabelecer o dia do acidente porque os caminhões da Whole Foods abasteciam os supermercados todas as terças-feiras, e deduzira a hora aproximada da passagem com base no horário habitual da entrega.

Postada como uma sentinela na saída do estacionamento da loja de roupas masculinas, Julia tinha ficado à espreita por três semanas, no dia e na hora certos, esperando a chegada de uma mulher sobre quem não sabia quase nada. Ela devia estar dirigindo um carro cinza-metálico, usava esmalte vermelho e tinha um chaveiro do Boca Juniors. Não tivera dúvidas de que Diane era sua fonte quando a vira arriscando a vida ao se lançar no fluxo de trânsito sem nem mesmo esperar a mudança de sinal.

Para se justificar, havia explicado que tinha pensado reconhecer uma amiga, alguém que não via desde a prisão em Castelar. De certo modo, aquilo poderia ser verdade. Julia logo havia ficado intrigada com o porte daquela mulher que, como Rosa, tinha o encanto das *porteñas*.

Diane chega menos de meia hora depois do telefonema. Entra pela porta da cozinha, como pessoa da casa. Encontra Julia sentada na sala, encolhida, ausente.

— Querida! Está doente?

— Não, ou sim... Talvez. Sinto que não posso me mexer.

— Deve ser grave, então.

— Sim... Theo está me traindo.

— Ah! Como sabe, tem certeza?

Julia descreve a cena do porta-malas.

Diane tem um ataque de riso, sentada no sofá ao lado de Julia, que de repente começa a rir também.

— Você não fez isso, Julia! — Diane grita.

— Fiz.

— Mas que vergonha, querida! Theo poderia ter visto você! Imagine a cena!

Elas se retorcem no sofá, rindo alto.

— Bom, se é só isso, vamos celebrar — acaba dizendo Diane. — Vamos abrir uma champanhe.

— Pare, não consegui comer nada o dia inteiro.

— Estou vendo, mas não estou pedindo para comer, vamos beber! Vamos comemorar a traição.

— Ora, claro que não!

— Mas não percebe? Você passou a vida inteira sofrendo por causa dele. Você é uma mulher bonita, Julia, jovem, cheia de vida: acabou de recuperar a liberdade! Precisamos comemorar.

Julia se levanta e, com ar convicto, tira as taças do armário e se diverte abrindo cerimoniosamente a garrafa que Theo sempre mantém na geladeira.

— Faz uma semana que pergunto ao Theo que fim levou o foie gras que eu trouxe da França. Agora entendi: ele comemorou antes da gente.

— O que você vai fazer?

— Acho que não tenho escolha, Diane. Vou deixá-lo.

As duas se encaram.

— Sim, de fato, existe um problema de fundo, maior, e não acho que você possa recuperar o tempo perdido. Faz quase quatro anos que nos vemos quase todos os dias. Tive oportunidades de sobra para observá-los como casal. Qualquer pessoa teria dito que, se alguém fosse se cansar do outro, seria você. Mas acho, minha querida, que você entrou no que poderíamos chamar de espiral do desamor.

— Não acho que seja o meu caso.

— Sim. Veja só. É claríssimo. Você queria ser o que pensava que ele queria que você fosse. Mas ele queria que você fosse a mesma de antes. Mas ele também não era mais o mesmo... Enfim, não é fácil amar assim. Desculpe, querida, mas precisamos brindar pelo valente Theo. Agora que está com essa coreana dele, está me parecendo um tipo bem interessante.

A porta da cozinha se abre. É Theo.

16.
A pousada de Berkshire
Outono boreal, 2006

— Estávamos brindando em sua homenagem — diz Diane.

Theo deixa suas coisas no balcão da cozinha e volta logo à sala de estar para se juntar à conversa. Diane olha para o relógio e, subitamente com pressa, se despede. Theo e Julia se olham, desorientados.

— Você preparou as coisas? — ele acaba perguntando, sem esperar por uma resposta.

— Que coisas?

— Mas... estamos indo para Berkshire, não? — ele balbucia, perplexo. — Por que sempre preciso lembrar você de tudo?

— Talvez porque tenho coisas mais importantes para fazer.

— Vamos nos preparar, ora, um passeio vai nos fazer bem, Julia.

— Prepare sua mochila, eu preparo a minha.

— Não quer me ajudar?

— Não.

Theo se resigna e sobe para arrumar suas coisas. Depois, sai para preparar o reboque com a moto. Julia sai então por sua vez e espera em pé ao lado do carro. Ela segue o conselho de Diane: está vestindo a saia preta, uma camisa de seda branca e as sandálias de salto compensado que deixam suas pernas maravilhosamente torneadas. O pôr do sol se anuncia magnífico. As nuvens se dissipam como algodão-doce sobre um fundo rosa e verde. Julia sente que o porvir está acima de suas forças.

As mochilas estão no bagageiro, prontas. Theo passa por Julia e se vira para olhar para ela:

— Está alta! — diz, surpreso.

O comentário irrita Julia, que sabe estar sendo comparada. Ela dá de ombros, Diane tem razão, ele está descendo do pedestal.

Eles entram no carro, chegam à autoestrada e pegam a Merritt Parkway. A ideia de se isolar numa floresta deixa Julia mais à vontade, ela gosta daquela natureza que preserva o seu espaço. Theo segue pela Connecticut 8 em direção a Waterbury, sempre em linha reta para o norte, para chegar à cidade de Lee.

A natureza parece pegar fogo. O outono é sua estação preferida. Julia quer ter tempo de apreciar a paisagem, para um dia querer voltar sem ele. Contempla tudo pela última vez: o campanário em agulha da igrejinha de Lee, o rio serpenteante e a velha ponte de madeira coberta, como um túnel suspenso. Ela liga o rádio. Os alto-falantes repetem uma velha canção do Led Zeppelin. Como veneno, as notas sobem por suas veias e destilam uma tristeza incoercível. Ela crava as unhas na palma da mão para evitar o choro. Theo não percebe nada.

Mas ela se sente perturbada, pouco à vontade. Ele acaba pedindo ajuda para procurar um disco que comprou há pouco.

— Deve estar no porta-luvas.

Julia não reage. Ele estica o braço, impaciente, e roça os joelhos de Julia.

— Desculpe. Não sei o que está acontecendo comigo. Não aguento mais essa música.

— Mas você gostava muito, antes.

Theo acusa o golpe:

— Não somos mais os mesmos, Julia.

— Não tenho tanta certeza. A árvore se alimenta das raízes.

Em resposta, ele introduz o disco no aparelho de som. Um jato de sons estridentes invade o carro. Ela abaixa o volume e se vira para Theo:

— Você gosta disso?

Theo lança um olhar sombrio para ela:

— Sim, essa música me ajuda.

Julia também gostaria de ajudá-lo. Mas ela não sabe mais como.

Eles saem do Mass Pike e seguem por estradinhas que serpenteiam pelos campos rumo ao oeste. Está escuro quando finalmente chegam à cidadezinha deserta de Lee. Já na Maple Street, eles seguem a avenida até o fim e pegam o caminho à esquerda, margeado por bordos enormes. Nos fundos do parque, eleva-se uma grande construção formada por vários edifícios, uma grande fazenda no mais puro estilo georgiano, do início do século XVIII. Está bem cuidada, pintada de branco com um telhado recente de ardósias cinza. Eles estacionam o carro embaixo das árvores centenárias e descem, escoltados pelo dono do lugar, que vai recebê-los.

Ele os conduz por um labirinto de pequenas escadarias e corredores e para diante de uma porta no segundo andar:

— Preparei o quarto Blue — anuncia, cortês.

— Melhor impossível — diz Theo, deixando as mochilas em cima da cama.

O homem aviva o fogo da lareira, adormecido sob as brasas, e sai fechando suavemente a porta.

Theo se acocora diante do calor. Julia o observa e acaba se sentando atrás dele, em cima do baú de madeira ao pé da cama. No consolo da lareira, a coleção de pratos antigos que dá nome ao quarto ocupa um lugar de destaque. Ela queria que fosse um acidente de percurso, que Nona Fina tivesse se enganado.

— Theo... Cruzei com uns colegas seus do escritório.

— Ah, é? Os McIntyre? — Theo pergunta, sem se virar.

— Sim, os McIntyre...

— E...?

— Eles estavam correndo, na hora do almoço.

— ...

— Disseram que estavam de folga na sexta-feira, como você.

— Não como eu, já expliquei.

— Pare, Theo.

Theo se vira, mal-humorado, e diz:

— Começou a me vigiar?

— Sei que está saindo com uma colega de trabalho, uma coreana que se chama Mia.

Lívido, Theo se senta no chão. Evita o olhar de Julia e passa a língua pelos lábios. Sai do mutismo com precaução:

— Sim, uma amiga, nos vemos no escritório, almoçamos juntos de vez em quando.

Ela vê que ele começa a se enredar, a garganta seca, os olhos buscando um ponto de apoio. Ele sofre, mas continua e aos poucos se torna mais confiante.

— Lembra que a apresentei a você na festa de Quatro de Julho? Estávamos no estacionamento do escritório para os fogos de artifício.

Julia não olha mais para ele. Não quer mais ouvir aquele homem dobrado em dois, os olhos febris.

— O que me deixa mais triste não é você me trair, mas você mentir para mim — ela o interrompe.

Theo se cala, imóvel. Depois de um silêncio, ela acrescenta:

— Eu queria tanto ter conseguido ajudar você.

Julia tem a impressão de vê-lo vacilar. Ele passa os dedos pelos cabelos, nervoso.

— Você não entende. Preciso me libertar do passado, Julia. Não consigo explicar.

— Não precisa explicar... Theo, decidi ir embora.

Suas palavras ecoam no vazio, assustando-a. Julia sente uma vertigem. Longos minutos se passam, muito lentos, aumentando a distância que os separa. Theo toma a palavra.

— Tem certeza?

Julia não sabe. Gostaria de voltar atrás, apagar tudo.

— Você vai morar com ela?

Theo se vira.

— Não. Nós não somos assim.

Julia recebe a resposta de Theo como uma bofetada.

17.
A delegacia de Castelar
Início do inverno austral, 1976

Levando seus sonhos e uma mochila, Gabriel se despediu. Theo e Julia fecharam a porta e se abraçaram. Precisariam deixar a Argentina. A ideia a deixava em pânico. Ela não conseguia imaginar a vida em outro lugar, agora que tinha anunciado a Theo que estava grávida. Estava com medo. Colou-se mais ainda contra ele. Uma dolorosa sensação de solidão a invadiu. E se não conseguissem fugir, e se fossem sequestrados pelos militares, e se desaparecessem num dos centros de tortura...? E se fossem torturados, se fossem separados?

Theo pousou a mão sobre a boca de Julia para obrigá-la a parar.

— Não, meu amor. Isso não.

Mas Julia se soltou, agitada.

— Se me torturarem, Theo, não vou aguentar, vou delatar todo mundo, viverei o resto de meus dias odiando a mim mesma!

Theo se sentou na cama e a abraçou com força para contê-la.

— Não. Nós não somos assim!

As palavras de Theo atravessaram todas as camadas de seu ser e a deixaram subitamente mais calma. O *nós* a transpassou como um raio. A voz de Theo teve a força de uma epifania. Revelou-lhe uma nova identidade fundada na potência do amor. O *nós* existia dentro e fora dela, em Theo. Não havia possibilidade de vazio. Nona Fina tinha razão, as palavras eram mágicas. O *nós* pronunciado por Theo ofuscou seu medo. Ela deslizou os dedos por entre os dele e repetiu:

— Não, nós não somos assim.

* * *

Repetiu a frase mais uma vez, paralisada de medo dentro do porta-malas do Ford Falcon, comprimida contra o corpo de Rosa. Julia gostaria de abraçá-la, para tomar coragem e também para fazê-la se calar.

— Eu não disse nada, juro — repetia Rosa, quase engasgando.

— Fique quieta. Nós não somos assim — respondeu Julia, procurando na própria voz o eco da de Theo.

O carro freou abruptamente. Uma porta se abriu. Não, era mais uma pesada grade enferrujada. Ordens, xingamentos, homens. O carro deslizou lentamente por um corredor de gritos e pisadas de botas, depois parou com um clique do freio de mão.

O porta-malas se abriu de repente. Julia piscou, ofuscada pela claridade. Um grande pátio, uma grande construção, uma escada externa em caracol, metálica. O cérebro de Julia registrava tudo: colunas, janelas, um único andar, uma dezena de homens de uniforme.

— Tapem os olhos delas, imbecis! — berrou uma voz antes que ela recebesse um soco que a fez cair de joelhos.

Recuperando o fôlego, ela conseguiu ver Rosa encapuzada sendo arrastada para uma porta abaixo da escada de ferro. Então Julia o viu. Theo estava ereto, imóvel, os olhos vendados ao pé da escada.

— Estou aqui!

Uma chuva de golpes respondeu a sua audácia. Julia logo foi sufocada por um saco de pano.

Ela foi levada a uma cela, espancada por um homem que a proibia de tirar o capuz. Uma porta rangeu, chaves giraram na fechadura e, então, o silêncio se fez.

— Eles já foram — cochichou-lhe uma voz. — Pode tirar o saco, você terá tempo de recolocá-lo. Podemos ouvi-los de longe...

Julia levantou uma ponta do tecido e viu Rosa com o capuz na cabeça e uma adolescente de cabelos loiros sentada a seu lado.

— Eu me chamo Adriana, e você?

Ela estava numa cela estreita como um corredor. Um pouco à frente, uma mulher jazia imóvel, as roupas cobertas de sangue.

— Aquela é Paola. Está assim desde ontem. Mas está respirando.

Sem ousar perguntar alguma coisa, Julia se virou. No fundo da cela, viu um vaso sanitário sujo, com a borda quebrada. Uma janelinha gradeada encimava a parede e deixava entrar um frio raio de luz.

— Somos privilegiadas. Temos um vaso sanitário. As outras precisam fazer no chão. Por isso o cheiro é tão forte.

Julia percebeu o fedor horrível daquele lugar.

— É prático também para beber água e para se limpar um pouco.

Julia sentiu vontade de vomitar.

— Qual o nome da sua amiga? — perguntou Adriana.

— Desculpe, eu me chamo Julia. Esta é Rosa.

Ouvindo a voz de Julia, Rosa ergueu com cuidado um canto do capuz.

— Onde estamos? — perguntou.

— Em Castelar.

Rosa estremeceu.

Elas se acocoraram bem perto umas das outras. Adriana baixou o tom da voz. Mal se ouvia um sussurro.

— Lá em cima, há uma mesa, duas cadeiras e uma cama. A iluminação é fortíssima. Somos interrogadas primeiro pelos *colimbas*.* Depois vêm os graduados. Há um em particular, El Loco, que é muito cruel. Foi a segunda vez de Paola. Ela me contou tudo. Quer que eu esteja preparada.

— Você nunca esteve lá em cima?

— Não, ainda não.

— E Paola, podemos falar com ela?

---

* Termo argentino que designa os recrutas do serviço militar obrigatório. (N. A.)

— Ela não responde, não chega nem a gemer. Eles a trouxeram quase morta.

— Você já viu algum morto? Quero dizer, prisioneiros mortos...

— Sim, um morreu. Foram longe demais com a máquina. Ouvi policiais falando a respeito enquanto limpavam a cela.

— O que é a máquina? — murmurou Rosa, com a voz pastosa.

— Eles nos prendem à cama e ligam a máquina. Fazem passar uma corrente elétrica...

— Meu Deus! — exclamou Rosa, tapando os ouvidos.

Julia abraçou-a e ninou-a como uma criança.

— Não se preocupe, vai dar tudo certo — disse.

Depois, perguntou-lhe bem baixinho:

— Tem notícias do Gabriel?

Rosa não tinha contato com ele desde o dia anterior. Não sabia da cena do hospital Posadas e do plano de deixar a Argentina. Estava convencida de que não havia nada que o tornasse suspeito. Apenas a ligação com ela, que tinha sido pega. Julia decidiu não contar nada.

— Não vou aguentar — ela disse a Julia. — Prefiro que me deem um tiro na cabeça e acabem logo com tudo.

— Todos queremos isso... Mas precisamos aguentar, você e eu vamos sair daqui.

Ouviram um som de passos, chaves girando na fechadura, um rangido de dobradiça enferrujada: as três mulheres cobriram o rosto. Ouviram um dos guardas gritar:

— Você, trotsko de merda, tem hora marcada para hoje. Diga adeus à juventude, cretino, quando voltar terá cem anos.

Um som de golpes, mais injúrias, um longo gemido. Depois, silêncio.

Deus do céu, pensou Julia, faça com que não seja Theo.

Ao longo de três dias as mulheres ouviram a "Cavalgada das Valquírias", de Wagner, tocada a todo o volume para sufocar os gritos dos prisioneiros, em enormes alto-falantes dispostos em cada canto do pátio da delegacia. Nem mesmo o silêncio da noite depois da partida dos torturadores conseguia apagar a sensação de horror e loucura.

Como uma oração, Julia repetia consigo mesma: nós não somos assim. Nós não somos assim.

18.
O cárcere
Início do inverno austral, 1976

O banho de gato que elas tinham aprendido com Adriana dava-lhes uma impressão de normalidade. Julia levantava a tampa do comando da descarga, presa à parede. Tinha acesso, assim, ao reservatório de água do vaso sanitário, única fonte para beber e se lavar. Era o grande luxo que tinham. Adriana havia testemunhado o calvário de um homem que tinha sido trazido da sala do andar de cima e morrido alguns dias depois. Ele tinha pedido água a noite toda. Ninguém viera. Sem conseguir se conter, viveu em meio aos próprios excrementos por dois dias, até que um dos policiais de guarda, um jovem *colimba* que Adriana chamava de Sosa, finalmente o levou para beber e se limpar.

Sosa ganhara com isso a estima dos detentos. Quando ele estava de guarda, eles podiam conversar e faziam as informações circular. Assim que novos prisioneiros chegavam, os antigos os contatavam, de cela a cela. As histórias que circulavam sobre os interrogatórios do Loco, contadas pelos sobreviventes, tinham o objetivo de ajudar todos a suportar a tortura. Os antigos diziam que alguns presos estavam em Castelar apenas de passagem. Falavam de outro lugar ainda mais terrível: a Mansión Seré. Os que eram enviados para lá nunca mais voltavam. Todos compreendiam que os interrogatórios do Loco eram preferíveis, se quisessem continuar vivos.

Adriana apresentou Rosa e Julia ao grupo de jovens que estava espalhado pelas celas do outro lado do corredor. Todos tinham entre vinte e vinte e quatro anos. Alguns eram estudantes, outros, a maioria, trabalhavam no mesmo hospital de Gabriel. Julia entendeu que o prisioneiro da cela bem na frente da sua era o jovem Augusto, o amigo cuja prisão Gabriel havia descrito no dia em que conseguira fugir, o mesmo que havia participado de uma das reuniões do círculo com o padre Mugica. Augusto trabalhava na gráfica do hospital. Ele conhecia os D'Uccello desde o colégio, mas não era um frequentador assíduo do círculo de Gabriel. Ele não conseguiu identificar nem Julia nem Rosa, e lembrava apenas vagamente da conversa sobre Evita e Perón com Mugica.

— É um dos efeitos da máquina — zombou.

Ele contou que os que tinham sido presos junto com ele, naquela noite, tinham sido todos enviados para a Mansión Seré. Ele vivia a angústia da espera pelo mesmo destino. Julia falava com ele, sem saber como fazer para obter mais informações a respeito de Gabriel e Theo, quando o som das chaves os fez calar.

Sosa entrou com os restos da refeição da guarnição. Passou de cela em cela para distribuir tudo. Fez também a gentileza de dar-lhes algo para beber. Era final de semana e os presos sabiam que não comeriam pelos próximos dois dias. Eram alimentados apenas nos dias de semana, uma vez por dia. A expectativa daquele único prato de comida que o guarda passaria por entre as grades do portão enferrujado os mantinha acordados, mesmo que as porções exíguas nunca fossem suficientes. As sobras trazidas por Sosa foram, portanto, recebidas com o devido entusiasmo. Sosa era o único guarda a se dar o trabalho de pensar neles, se arriscando a sofrer sanções. Os outros ficavam contentes de dar todos os restos aos cães.

As companheiras se atiraram sobre a comida, comendo com os dedos, se engasgando como animais famintos, mas Julia se manteve afastada. Não tinha conseguido comer quase nada desde que chegara a Castelar. Por outro lado, tinha muita sede. Não conseguia imaginar o sofrimento dos outros, que precisavam esperar dias para poder beber. Adriana tinha explicado que eles dispunham apenas de um fio de água corrente que saía de uma torneira enferrujada durante os dois minutos diários concedidos a cada um para a higiene pessoal.

Além disso, precisavam fazer as necessidades num vaso cheio de imundícies.

Depois que Sosa foi embora, Julia tentou retomar a conversa com Augusto. Mas ele pediu ao vizinho de cela que falasse com Julia. Queria que ela ouvisse sua história.

— Não sairemos todos vivos daqui — ele explicou.

— Precisaremos contar às famílias dos outros o que aconteceu aqui.

Oswaldo se apresentou. Estava em Castelar havia quase dois meses.

— Acabamos nos acostumando — confessou, sem sarcasmo.

Ele tinha passado a primeira semana nas mãos do Loco e estava convencido de que havia sido condenado à morte.

— Ele me conectou à máquina depois que eles me espancaram todo e me fraturaram os ossos do braço. Mas o pior ainda estava por vir: o submarino. Impossível descrevê-lo. Rezei para que El Loco acabasse logo comigo. Eu queria morrer. Depois, ele me deixou dois dias pendurado pelos punhos, com fios de ferro. Quando me tirou dali, eu tinha perdido o controle do corpo. Ele me amarrou a uma cadeira. Gozava pondo um prato de comida entre os meus joelhos. Eu era um pedaço de carne destroçada. Não conseguia levantar um dedo. Somente a cabeça e o pescoço ainda respondiam. Mergulhei a cabeça para a frente e engoli a comida como um cachorro. Ele continuou me espancando. Quebrou um por um todos os meus dedos do pé, enquanto eu comia. Berrava: "Precisamos domar as feras!". Ele poderia ter feito o que quisesse, eu continuava comendo.

Julia não suportou mais ouvir. Sabia que os interrogatórios podiam se prolongar por vários dias, semanas, e que o detento só era levado de volta à cela quando El Loco tinha acabado com ele. O prisioneiro que tinha sido ouvido gritando sob o fundo musical de Wagner ainda não tinha voltado. Diziam que tinha sido levado para Mansión Seré. Ninguém sabia quem ele era, pois tinha sido conduzido diretamente para o interrogatório com El Loco, sem passar pelo cárcere. Era isso: Theo jamais havia passado pelo cárcere.

A seu lado, o caso de Paola também a fazia temer o pior. A companheira estava muito fraca e tinha marcas de golpes e queimaduras pelo corpo todo. Não parava de gemer desde que havia voltado, semi-inconsciente nos braços de Adriana. Tinha acabado por se deitar num canto, no cimento frio da cela. Adriana tentava acalmá-la, ninando-a. Ela acariciava sua fronte, que ardia em febre. Mechas de cabelo empapadas de sangue seco e pus cobriam seu rosto.

Julia foi se sentar ao lado delas. Adriana disse, numa voz triste:

— Eu também tenho medo... Sabe, sou virgem.

— O que Paola contou? — Julia articulou com dificuldade.

— Que lá em cima El Loco viola as mulheres, junto com os outros. É um sádico. Lembra o que Oswaldo falou sobre o submarino? É pior ainda. Oswaldo não disse tudo. El Loco mergulhou sua cabeça numa bacia cheia de água e o empalou por trás com uma barra ligada à máquina. Olhe o que fez com Paola, ela está toda queimada. Ele deve ter passado a corrente elétrica até pelos olhos dela.

Rosa ouviu a conversa das duas e se refugiou no outro extremo da cela. Não saiu dali a noite toda. No dia seguinte, Julia encontrou-a tremendo, incapaz de responder, desconectada da realidade. Foi impossível fazê-la beber ou mesmo fazê-la mudar de posição. Julia, por sua vez, não conseguia dormir. Desde que havia chegado a Castelar, estava sempre se perguntando quando seria sua vez.

A um barulho de um carro freando no pátio, um estrépito de botas correndo, todos ficaram de ouvidos em pé. "Um novo!", ela ouviu murmurarem. Julia ficou alerta. Quando ouviram o som das chaves, todos colocaram apressados os capuzes. Julia ficou de pé contra a parede, perto da grade, para conseguir enxergar alguma coisa por uma fresta do saco. Ela não conseguia ver muita coisa, apenas um canto do corredor, mas era o suficiente para adivinhar que um corpo havia sido arrastado e atirado na quarta cela a partir do fundo, ao lado da de Augusto. Todos retinham a respiração para que ninguém pensasse neles.

Sosa não estava de guarda naquela noite. Outro policial o substituía. Adriana reconheceu sua voz. Era um cabo cruel que tinha acabado de ser transferido para a delegacia de Castelar. Chamavam-no de El Cabo Pavor.

Um longo gemido se fez ouvir, vindo da quarta cela.

— Cale a boca, filho de uma cadela, se não quiser que eu mesmo venha acabar com você! — grunhiu El Cabo Pavor do posto de guarda.

Julia quase se sentiu grata a ele. Podia ser Theo.

19.
A máquina
Início do inverno austral, 1976

Paola passou uma noite horrível, tomada por um delírio alucinatório. Rosa também teve um sono muito agitado e Julia percebia que ela tinha caído numa espiral depressiva. Adriana e ela cuidaram das duas.

Elas fizeram a higiene antes do amanhecer e se encostaram contra a parede. Observavam o sono difícil das companheiras quando o som de botas percorrendo o corredor se fez ouvir. Elas reconheceram a voz do Cabo Pavor falando com alguns superiores.

— Os de Morón... — murmurou Adriana, numa voz débil.

Ela chamava assim os militares da Força Aérea argentina destacados para a base de Morón, conhecidos pela brutalidade durante os interrogatórios.

As doentes já estavam com os capuzes no rosto, Julia e Adriana colocaram os seus bem a tempo de ouvir a voz do Cabo Pavor gritar, girando as chaves na fechadura:

— Hoje vamos nos divertir, amigas!

— Depressa, loirinha! — ele gritou ao abrir a grade.

Adriana começou a tremer com o corpo inteiro. Julia apertou sua mão com força.

— Espero que tenha se limpado bem, garota — ele zombou.

Como Julia tentava segurar Adriana, El Cabo retirou-lhe o capuz para esbofeteá-la, arrastou-a pelos cabelos para fora da cela, amarrou-lhe as mãos nas costas e vendou-a até machucar-lhe a pele. Depois, tirou a adolescente da cela a pontapés e trancou a porta dando duas voltas na chave.

Na saída do corredor, outros homens esperavam por elas. Houve uma agitação, novos xingamentos, ordens. El Cabo Pavor arrastou Julia e Adriana para o alto da escada em caracol, abriu a porta com um pontapé, atirou-as para dentro e fechou a porta atrás de si. Elas se viram num cômodo escuro, coladas uma à outra, procurando às cegas um apoio para não cair.

Uma luz fortíssima invadiu o espaço, enquanto uma mão de ferro as separava. Julia se viu com os pés e os punhos amarrados, sentada numa cadeira diante de um potente projetor. Uma mão a puxava pelos cabelos para manter sua cabeça erguida. Ofuscada, ela tinha a impressão de distinguir a borda de uma mesa colada contra os seus joelhos e uma cama de metal à direita. Ela ouviu Adriana gemer atrás dela, depois um ruído seco, como um saco de arroz caindo no chão. Os gemidos começaram a chegar até ela abafados. Ela compreendeu, pelo som dos passos, que havia dois homens na sala. Um amordaçava e amarrava a adolescente. O outro girava em volta dela sem soltá-la, respirando em sua nuca.

— Você vai contar tudo — disse a voz do homem, que torcia o rosto de Julia, agarrando-a pelo queixo.

Uma primeira bofetada deslocou sua mandíbula. Julia gritou de dor. A voz voltou à carga:

— Você vai contar tudinho, gentilmente, na frente da sua amiga. Ela está aqui, vendo tudo. Você não quer que toquemos nela, que lhe façamos mal, então tem todo o interesse do mundo em contar logo tudo o que sabe.

Uma segunda bofetada atingiu-a no nariz. Ela sentiu o sangue escorrer até os lábios. Não enxergava o rosto do homem, mas a voz que falava com ela não era a do Cabo Pavor. Era uma voz anasalada, quase infantil. O homem continuou:

— Você sabe quem eu sou? Não, ainda não sabe, mas logo vai saber e nunca mais vai esquecer. Me chamam de El Loco. Adoro meu apelido. Pois, veja bem, a mentira me deixa louco! Posso farejá-la, como um cão fareja o medo. Encontrar a verdade me excita. Sou um gênio em desvendá-la.

A adrenalina a invadiu de repente. O homem que falava com ela era, sem dúvida alguma, um doente mental. Um animal com voz de homem. Ela percebia sua excitação. Ele já tinha amarrado os pés dela à cadeira. Rodava em torno dela, cheirava-a, esfregava-se contra o seu braço. Estava duro só de tocá-la. Ofegava enquanto falava.

Ele se afastou brevemente para se aproximar de um toca-discos. Ergueu o braço do aparelho e pousou conscienciosamente a agulha no início de um trinta e três rotações que já estava rodando.

— Está com sorte, vou fazê-la cantar ao som dos *Noturnos*. Debussy lhe diz alguma coisa? Não, claro que não. Realmente é jogar pérolas aos porcos.

Ele soltou uma gargalhada entrecortada, enquanto as primeiras notas se elevavam. A música saía fragmentada dos alto-falantes, lenta, dissonante. Julia a achou lúgubre. O homem se aproximou e acariciou seus cabelos com suavidade. Ela se conteve para não mordê-lo. Ele a esbofeteou de novo, com uma força que a fez cair no chão, com cadeira e tudo.

O homem a levantou sem pressa. Começou então a amarrá-la por inteiro à cadeira. Seus gestos eram meticulosos. A cada movimento, ele a tocava como se estivesse lidando com um pedaço de carne. Amarrou-a a intervalos regulares, usando o fio elétrico como corda, cortando sua pele.

Sua voz se tornou quase delicada, sua respiração ficou mais curta. Até que disse:

— Agora você vai me dizer tudo. Quero seu nome de guerra, *Montonerita*. Qual é o seu nome de guerra?

Ele puxou um pouco mais o fio elétrico. Julia sentiu uma navalha lhe cortar a pele. El Loco se afastou depois de fixar a extremidade do fio em alguma coisa pesada nas costas de Julia. Ela instintivamente o seguiu com o olhar. Ele se dirigiu para um canto escuro da sala. A música abafava sua voz, mas Julia sabia que ele estava falando com outra pessoa. Ainda ofuscada pelo refletor, tinha dificuldade para distinguir seus gestos. Mas adivinhou, com o canto do olho, que as sombras se mexiam num movimento ritmado.

— Qual o seu papel na organização? Quem era o seu contato?

O corpo todo de Julia estremeceu. Ela conseguiu girar sobre si mesma, o fio cravado nos punhos. Foi então que entendeu.

— Não! Não com Adriana, não com Adriana — ela gritou.

— Onde vocês se reuniam? Quero endereços, números de telefone, quero todos os nomes — continuou a voz entrecortada.

— Não! Não!

Julia se debatia para se soltar, os punhos sangrando.

— Fale, trotska imunda, quero toda a verdade sobre os D'Uccello. Quero saber a posição deles na organização. Quem comanda a rede a que você pertence?

A cada pergunta feita por El Loco a Julia, o Cabo Pavor batia em Adriana com violência. El Loco levantava o rosto de Julia para ter certeza de que ela seguia cada um de seus gestos. Na penumbra, o outro castigava o corpo de Adriana. Subitamente, os dois suspenderam seu domínio sobre as mulheres. A adolescente desabou como uma boneca.

— Adriana! Adriana! — suplicou Julia.

Ela ouviu, então, claramente, a voz do Cabo Pavor. Ele acusava Adriana de estar fingindo. Batia nela para que se levantasse.

— Chega! — interrompeu El Loco. — Quero que esteja consciente, para contar aos outros.

El Cabo Pavor abotoou o uniforme. Encheu de pontapés o corpo inerte e recuou para a penumbra, voltando a ficar invisível. Julia teve a sensação de que ele não tirava os olhos dela. El Loco limpou a boca com a manga e voltou a se aproximar de Julia.

— Você, por outro lado, pode morrer.

Espancou-a, cada vez mais forte. A violência de cada golpe antecipava a dor do próximo. Ela não sobreviveria. Julia queria suplicar para que ele parasse, mas seu corpo não respondia mais, incapaz de articular qualquer som.

Para prolongar seu prazer, El Loco se tornava metódico. Sabia instintivamente o nível de dor que devia infligir para que ela perdesse a cabeça, cedesse e falasse. Ele sempre acabava fazendo-os falar, seu gênio residia nisso. E seu gozo.

— Você vai ficar com vontade de falar, trotska de merda!

Ele lhe deu um pontapé e Julia caiu de joelhos, amarrada à cadeira. El Loco puxou uma grande bacia cheia de água para perto do rosto dela.

— Continua rindo da minha cara. Não quer falar. Conhece o submarino?

Julia se debateu com todas as forças. Cansando-se, porém, tornava mais fácil a tarefa do torturador. Ele enfiou a cabeça dela dentro da bacia. Ela aguentou o máximo que pôde. Contava mentalmente para se dar coragem. Mas acabou não resistindo e deixou a água invadir-lhe os pulmões.

Quando teve a cabeça tirada da água, foi incapaz de inspirar. Vomitou muita água antes de sentir um fio de oxigênio abrindo passagem pelo corpo para aliviá-la. Estava ofegando como um peixe, com a boca escancarada, quando ele afundou sua cabeça na água mais uma vez. Cinco, dez, vinte vezes seguidas.

Ela pensou estar morta quando voltou a si e sentiu algo quente entrando na garganta para asfixiá-la. Teve o reflexo de morder. O homem soltou um grito grotesco.

Houve um longo silêncio. Depois, El Loco declarou:

— Vai morrer de olhos abertos e, ao dar o último suspiro, verá apenas o meu rosto.

Ele a soltou da cadeira e a arrastou até a cama. Nenhum pensamento passava pela mente de Julia. Ela sentiu que era presa com o mesmo fio metálico que lhe cortava a pele. Ele fazia o fio passar pelos dedos dos pés e o esticava até uma das bordas da cama. O fio também passava pelos dedos das mãos, presas à outra extremidade. El Loco a imobilizou numa armação metálica que fazia as vezes de colchão e a amordaçou com um tecido enfiado na garganta.

Julia ouviu os gritos de Adriana através da música de fundo. Levantou a cabeça e a viu se debater num pesadelo. Então sentiu o choque da descarga elétrica. Um buraco negro, primeiro, depois o estilhaçamento de todo o seu ser sob a pressão de milhares de agulhas, que circulavam dentro de suas veias a toda a velocidade numa trajetória sem fim que corria dos pés à cabeça e da cabeça aos pés. As partículas elétricas abriam sua carne, explodiam seus membros e atravessavam cada uma de suas células. Julia se sentiu liquefeita, moída por dentro, queimada viva como por um jato de ácido.

A intensidade da voltagem aumentou de repente, junto com o volume ensurdecedor de uma música de ópera que lhe martelava as têmporas, acompanhando a dor infernal que a sacudia. A corrente abria um sulco até o fundo de suas entranhas. Julia não tinha mais olhos, nem pulmões, nem ventre. Estava esquartejada, aguilhoada, suspensa acima da armação metálica, não existia mais fora de seu sofrimento.

Ela ouvia a risada do homem, sua voz aguda a cada aumento da voltagem. Os nomes, as ruas, as horas, os códigos, os cargos: toda a informação sairia de seu cérebro sem que Julia pudesse retê-la. Ela sabia que iria despejar tudo.

Então veio o nada, a queda no vazio.

Julia abriu os olhos e não reconheceu nada ao redor, nem mesmo Adriana, que chorava aninhada nela. Levou dias para sair de um estado em que só tinha consciência da sede que a atormentava. Adriana se recusava a lhe dar água. Dizia que, depois da máquina, a água podia matá-la. Em seu delírio, Julia acusava Adriana de ser seu novo algoz.

Sosa tinha voltado ao trabalho. Conseguiu passar-lhes alguns medicamentos furtivamente. Julia começou lentamente a sair do coma. Foi então sua vez de cuidar de Adriana, que tinha ferimentos mais profundos e menos visíveis.

O fim de semana chegou, como uma trégua. Sosa seria o único encarregado dos prisioneiros. Ele ouvia as mulheres falando e não intervinha, pois os mais antigos tinham sido retirados de Castelar e os novos prisioneiros não falavam muito.

— Tivemos muita sorte — murmurou Adriana.

Julia olhou para ela, chocada.

— Sim. Você não ficou muito tempo conectada à máquina. Eles suspenderam o interrogatório porque foram chamados por um superior.

— Essa é uma má notícia — disse Julia em voz baixa.

— Quer dizer que vão repetir a dose...

— Talvez — disse Adriana.

— Precisamos sair daqui.

— Mas é impossível! Não temos nenhuma chance de conseguir.

— Enquanto não conseguirmos caminhar, não teremos nenhuma chance. Por isso, precisamos logo ficar em pé.

— Mas se nos virem em pé, seremos levadas de novo à sala do andar de cima.

— Não se iluda, eles nos levarão para lá de qualquer jeito, nos arrastarão pelos cabelos se for necessário.

Elas não tinham visto as outras desde que tinham voltado. Nenhuma respondia a seus chamados. Rosa e Paola deviam estar numa pequena cela afastada. Adriana e Julia tinham voltado para a cela com o vaso sanitário. Sosa se recusou a informá-las sobre o paradeiro das companheiras.

— Será que foram transferidas para outro lugar? — cogitou Julia. — Será que foram "legalizadas"?

— Acho que não.

— Mas todos os antigos foram embora. Será que tiveram sorte?

— Quem teve sorte foi nosso vizinho da frente. Ouvi dizerem que acabou de voltar da Mansión Seré.

— Pensei que ninguém voltasse com vida...

— Justamente. Às vezes ele geme. Acho que está acordando. Se conseguir se recuperar...

— Você sabe quem é?

— Acho que é um aluno da faculdade de ciências, ou talvez um engenheiro. Sosa me disse que ele está em péssimo estado. El Loco o torturou aqui antes de enviá-lo para os pilotos. Dizem que um deles é extremamente perverso, um oficial graduado, talvez um capitão, chamado El Diablo. Ele atira pessoalmente os prisioneiros do alto dos aviões. El Loco suspeita que esse prisioneiro participou do sequestro dos irmãos Born. Por isso o entregou à *aviação*.

Julia perdeu o equilíbrio e precisou se deitar, sua cabeça girava.

A segunda-feira chegou. O silêncio que reinava no pátio de Castelar era absoluto. Sosa não estava mais no posto. O cheiro das celas da frente se tornava insuportável. Os prisioneiros mijavam de maneira a fazer a urina escorrer para fora; sem conseguir aguentar, alguns reuniam os excrementos à espera de uma limpeza.

Ao amanhecer, a voz do Cabo Pavor se fez ouvir de longe. Ele ignorou o chamado dos prisioneiros, que pediam água, e se afastou. Voltou apenas ao meio-dia para levá-los aos banheiros.

Às cinco horas da tarde, uma agitação movimentou o lugar. Sons de botas correndo no pátio desencadearam o pânico das duas mulheres.

Julia, cada vez pior, não conseguiu controlar os espasmos que sacudiam seu corpo e foi vomitar no vaso. Na mesma hora, ouviu chaves girando na fechadura.

Assim que se debruçou sobre o vaso sanitário, viu seu rosto refletido na água e a janelinha no alto da parede. O jato de bile e sangue que vomitou a lembrou de que estava grávida, ou de que talvez não estivesse mais.

Ela se virou no momento em que o Cabo Pavor entrava na cela. Ele a espancou a coronhadas, pois ela tinha se esquecido de vendar os olhos. Ele parecia um sapo inchado, com a pele com marcas de varíola.

— Não acabamos nosso serviço com você, puta maoista. Vai morrer aqui, como uma cadela.

Julia teve o reflexo de se agachar, se enrolando sobre si mesma para evitar os golpes.

Um som de motor fez o Cabo Pavor virar a cabeça. O portão externo se abriu com um rangido. Uma agitação frenética pareceu invadir o local. Uma voz berrou, anunciando o chamado geral. O oficial saiu correndo, se esquecendo de fechar a grade da cela.

Julia sabia que dispunha de apenas alguns minutos.

20.
A fuga
Inverno austral, 1976

Ela se virou e correu até Adriana, que estava encolhida no outro extremo da cela, o rosto coberto. Julia arrancou o capuz do rosto da amiga e tentou colocá-la de pé. A adolescente resistia com o corpo todo, os olhos fechados à espera de um golpe.

— Eles vão voltar para nos buscar — ela gemeu.

— Não estaremos mais aqui. Rápido, temos três minutos!

A segurança de Julia a fez reagir. Ela se levantou num pulo, pronta para sair correndo. Julia verificou que o corredor estava vazio e foi direto à quarta cela. Adriana entendeu e tentou abrir as outras, com as mãos embotadas pelo pânico. Todas tinham cadeados. Julia, em contrapartida, não teve dificuldade para puxar a tranca da quarta cela. Elas avistaram ao mesmo tempo o corpo que jazia lá dentro, o rosto deformado e o nariz como uma bola sanguinolenta. Julia reconheceu naquela pilha de carne o olhar de Theo.

— Azar — disse Julia —, precisaremos arrastá-lo, não temos mais tempo.

Theo tentou falar, mas sua mandíbula afundada deixava passar apenas um estertor. Ele fez um esforço sobre-humano para ficar em pé, se agarrando como podia às duas mulheres. Elas não demoraram muito para tirá-lo da cela, Theo era só pele e osso.

O corredor estava vazio, a porta dos fundos, entreaberta. Julia contava mentalmente de trás para a frente. Sem saber por quê, se virou e fechou a porta da cela com a tranca, enquanto Adriana puxava Theo para a saída. A respiração de Theo fazia um som de foles. Cada movimento aguilhoava seus ferimentos. Eles logo chegaram à porta que dava para o pátio. Julia sentia o medo eriçá-la. Respirou fundo e arriscou colocar a cabeça para fora. A passagem estava livre. Eles seguiram colados à parede embaixo da escada oxidada em caracol e chegaram ao pátio. Três caminhonetes de polícia estavam alinhadas entre eles e a grande área externa onde a guarnição se mantinha em formação.

Um oficial ostentando todos os seus galões gritava ordens para a tropa em posição de sentido. Inspecionava cada um dos homens, percorrendo as fileiras de cima a baixo em seu uniforme de gala. Era o único que poderia vê-los. Julia teve, por um breve momento, a sensação de que era o que acontecia. Um fluxo de adrenalina a paralisou. Mas o homem continuou a marcha em passo cadenciado, sem nenhum movimento de hesitação. A tropa, por sua vez, estava de costas para eles.

Em dois minutos, El Cabo Pavor voltaria. Eles precisavam atravessar toda a delegacia e a sala de guarda para chegar ao grande portão. Tinham uma pequena chance de passar por trás das caminhonetes sem serem vistos. Precisavam agir imediatamente. Julia fez um sinal para que Adriana avançasse. Elas se curvaram instintivamente para carregar Theo. Insinuaram-se por trás dos carros em total silêncio, passaram sem dificuldade sob as janelas da sala da guarda. O grande portão, bloqueado por uma das caminhonetes, havia ficado aberto.

Ao olhar para fora, Julia subitamente tomou consciência do medo que a invadia. Ela respirava com dificuldade, tinha os olhos arregalados. Não havia tempo para pensar. A rua estava deserta. Julia se controlou para não correr e saiu segurando Theo pela cintura. Adriana a imitava. Precisavam sumir de vista o mais rápido possível. Subiram a rua à direita e atravessaram para dobrar no primeiro cruzamento. Assim que se viram fora de alcance, as duas aceleraram o passo e quase começaram a correr. Adriana, mais forte, carregava Theo quase sozinha, pois Julia a cada passo se arriscava a desfalecer. Não cruzaram com ninguém. A cidade parecia sob toque de recolher. As cortinas estavam puxadas, as venezianas, fechadas.

Adriana obrigava os dois companheiros a manter o ritmo. Quanto mais se afastavam de Castelar, mais a jovem temia ser capturada de novo. A solidão das calçadas não tinha nada de tranquilizador. Julia, por sua vez, penava para avançar. O estado físico em que se encontrava limitava a locomoção. Quando ouviu um ruído de motor se aproximando, Adriana os fez saltar para trás de uma mureta. Eles se ocultaram entre os arbustos de um pequeno jardim, logo antes da passagem de uma viatura policial que esquadrinhava as imediações. Um potente feixe de luz varreu a rua, passando acima de suas cabeças e roçando por eles, sem traí-los. A viatura se afastou.

O pequeno jardim, cheio de samambaias e entulho, pertencia a uma casa que parecia abandonada. Adriana decidiu entrar. Não teve dificuldade para encontrar uma via de acesso. Duas vidraças do térreo estavam quebradas. A casa estava num estado deplorável. Os móveis tinham sido derrubados. Eles tropeçaram ao entrar naquele ambiente sem luz e ficaram agachados na escuridão, embaixo de uma grande escadaria, esperando a polícia acabar a patrulha no bairro.

Depois de recuperarem um pouco as forças, Adriana e Julia tomaram coragem para explorar o local. A noite havia caído e um raio de luar chegava da rua. Elas encontraram, às cegas, algumas coisas num dos quartos de cima. Theo foi vestido com roupas e sapatos maiores que ele. Mesmo vestido assim, chamaria menos atenção.

No subsolo, elas encontraram no que devia ser uma lavanderia algumas roupas sujas que levaram para cima. As outras coisas da casa tinham sido pilhadas.

— Foram os milicos — declarou Adriana. — Fizeram a mesma coisa na minha casa.

— Você nunca me disse por que foi presa...

— Eles queriam pegar o meu irmão, mas fui a única que encontraram. Por isso fui levada para Castelar. Preciso avisar minha família, para que meu irmão não se renda, agora que saí. Meus pais são velhos, não vão aguentar sem ele.

— Não faça isso — cochichou Julia. — Seu bairro deve estar cheio de informantes, as conversas devem estar sob escuta. Eles esperam que a gente faça contato com nossas famílias. Você precisa simplesmente desaparecer. Como uma toupeira.

— Mas preciso avisá-los!

— Você os colocaria em perigo, eles os matariam, junto com você... Precisamos nos separar. Teremos mais chances de sobreviver se não ficarmos juntos.

— Isso está fora de questão! Você não vai se livrar de mim assim.

— Ouça bem — ordenou Julia. — Theo e eu não teríamos conseguido fugir sem você. Agora você precisa continuar e ir até o fim. Não estamos apenas fugindo do governo, dos militares. Estamos fugindo do Loco, do Cabo Pavor... Estão caçando a gente, entende?

Adriana se apertou contra Julia.

— Vou partir antes do amanhecer. Recuperei um pouco as forças e vou encontrar meu caminho. Você fica aqui com Theo, até ele conseguir caminhar. Depois, vá até La Boca. Procure a igreja de San Juan Evangelista e peça para ver o padre Miguel. Guarde bem: La Boca, igreja de San Juan Evangelista, o padre Miguel.

Adriana repetiu: San Juan Evangelista, padre Miguel.

— Não deve ir vê-lo com Theo. Em hipótese alguma. Poderia atrair suspeitas. Vá sozinha e peça para se confessar com ele. Está acompanhando?

— Sim, Julia.

— Ótimo. Diga ao padre Miguel que vem da parte de Julia d'Annunzio, neta de Josefina d'Annunzio. Ele perguntará as datas. Você dirá minha data de nascimento, 6 de agosto de 1957, e a de Nona Fina, 1º de setembro de 1900. Precisa decorar essas datas, é importante. Lembre-se, Nona Fina nasceu com o século.

— Sim, 1º de setembro de 1900 e 6 de agosto de 1957. Não esquecerei — prometeu Adriana.

— Ótimo. O padre Miguel entregará a você um envelope que Nona Fina deixou para mim. Com dinheiro dentro. Precisaremos dele para deixar a Argentina.

— Para deixar a Argentina?

— A não ser que você queira ficar e esperar que El Cabo Pavor ou El Loco ponham as mãos em você.

Adriana se encolheu toda.

— Você vai pegar o dinheiro e irá ao porto, para procurar o capitão do *Donizetti*, um transatlântico de partida para a última viagem. O capitão se chama Enzo Torricelli. Todo mundo sabe onde encontrá-lo. Você precisa dizer a ele que os filhos de Nona Fina estão prontos para partir. Siga suas instruções. Vai precisar esconder Theo enquanto estiver na igreja e no porto. Não caminhe sozinha pelas ruas, nem pelo porto. Espere que estejam cheios de gente. Eu me encontrarei com vocês depois de amanhã. Irei diretamente até o capitão e nos encontraremos no navio. Se eu faltar ao encontro, qualquer que seja a razão, não espere por mim. Você precisa partir com Theo e deixar Buenos Aires para trás.

Adriana ouvia tudo, em lágrimas. Fez um sinal afirmativo com a cabeça.

— Uma última coisa: não passe em casa. Não passe na casa do Theo. Não fale com ninguém, nem por telefone, nem na rua. Não peça ajuda, não responda se dirigirem a palavra a vocês. Vá diretamente à igreja, depois ao porto. Não utilize nenhum serviço público, nem metrô, nem ônibus, nem táxi.

Adriana aquiesceu.

Um pouco afastado, Theo ardia em febre e se debatia num pesadelo, gesticulando descontroladamente. Não parava de chamar El Diablo no delírio. Julia gostaria de poder limpar seus ferimentos, mas não queria abrir as torneiras da casa, com medo de acionar os contadores e soar o alerta. Ela manteve o corpo colado contra o dele por um bom tempo, para aquecê-lo e também para tomar forças para sair.

— Encontro você no navio — murmurou no ouvido dele.

Ao som da voz de Julia, Theo pareceu se acalmar. Não abriu os olhos. Mas deslizou os dedos entre os dela.

21.
A armadilha
Inverno austral, 1976

Como um gato, Julia se esgueirou para fora da casa. Fazia frio, mas ela tinha encontrado um sobretudo masculino com capuz que a protegia da intempérie e dos olhares indiscretos. Caminhava rente aos muros, tentando permanecer o máximo possível na sombra, e pisava o asfalto sem fazer barulho. Avançou por mais de uma hora, as mãos nos bolsos e a cabeça encurvada, sempre na mesma direção, sem verdadeiros pontos de referência, pensando apenas em se afastar de Castelar. O sol despontava acima dos telhados quando ouviu o ronco de turbinas. Aviões decolavam e aterrissavam em algum lugar à frente dela, à esquerda.

Ela estremeceu. Devia ser a base aérea de Morón. Não tinha avançado muito, portanto, e não tinha seguido na boa direção. Ela acelerou o passo, sentindo os enjoos voltarem. Não conseguia mais tirar da cabeça as palavras que o Loco berrara em seu ouvido quando ela estava na cama metálica, com aquela música de fundo gravada na memória. Esfregava os ouvidos com mãos nervosas para expulsar aquela presença. El Loco havia mencionado o Diablo. Theo, em seu pesadelo, também falava do Diablo. El Loco tinha lhe dito que ela ainda estaria viva quando El Diablo a empurrasse no vazio, acima do rio da Prata, de um dos aviões da Força Aérea. Ele a seguraria por um segundo para que ela implorasse e a largaria para que seu corpo, seu nome e sua existência desaparecessem para sempre, engolidos pelas águas escuras do estuário. Julia não sabia o que mais lhe dava medo, se ser conectada de novo à máquina ou se ser atirada viva de um avião sobrevoando o mar.

As ruas se encheram de gente sem que Julia notasse, perdida que estava em devaneios. Ela retomou contato com a realidade ao chegar a um bairro que lhe pareceu familiar, de casinhas grudadas, janelas longilíneas e telhados denteados. Ela tentou se esgueirar pelas ruelas conhecidas para sair o mais rápido possível de Liniers e evitar a todo custo a casa dos pais. Somente depois disso é que se sentiu dona do próprio destino.

Julia caminhou o dia inteiro, evitando pontos de ônibus, estações de metrô, ruas muito frequentadas, lugares coalhados de informantes. Ela evitou atravessar o colorido bairro de La Boca e preferiu se aventurar para o norte, passando pelos belos imóveis e avenidas arborizadas do bairro das embaixadas. Tomou o cuidado de contornar a Plaza de la Constitución e a estação, para evitar as grandes massas de pedestres.

Estava escuro quando Julia chegou à Villa 31. Seus pés estavam machucados e inchados, mas eram o que menos lhe doía. Ela teve a sensação de sair de território inimigo ao pisar as ruas de terra batida da vila. Como sempre, senhoras estavam à rua e alguns garotos corriam atrás de uma bola furada embaixo de um único poste de luz. Algumas ruas mais para baixo, um pequeno furgão cambaleava cavalgando uma ruela empoeirada e acidentada, cheia de buracos cada vez mais fundos. Ela conhecia aquele labirinto como a palma da mão e não teve dificuldade alguma para encontrar a casa da Señora Pilar.

Bateu timidamente à porta de entrada. Esta cedeu com um rangido. Julia colocou a cabeça para dentro e chamou baixinho. O silêncio foi a única resposta. A casa estava vazia. Totalmente vazia.

Julia teve vontade de sair correndo. Aquela sala sem nenhum móvel, onde restava apenas o chão empoeirado, aquele silêncio, aquela porta de entrada aberta, tudo era o exato oposto do que ela esperava encontrar. Talvez a Señora Pilar estivesse morta, talvez tivesse se mudado. Julia olhou para trás. O burburinho distante da cidade continuava o mesmo, com os mesmos jovens fumando nas esquinas e as mesmas senhoras sentadas à rua em cadeiras encostadas nas portas das casas, os xales cruzados sobre o peito, o mesmo ar rançoso e úmido.

A normalidade a fez recuperar a confiança. Ela empurrou a porta e entrou para procurar um canto para se sentar. Precisava de um teto, de uma pausa, de um tempo para respirar. De uma só vez, tudo cedeu dentro dela. A sede a atormentava e a fome queimava o seu estômago, mas ela pegou no sono sentada a um canto, as pernas para a frente.

Os gritos, os berros, os golpes nas costelas, nas omoplatas, na cabeça, tudo fazia parte de um sonho esquecido, de um outro mundo que mesmo assim insistia em puxá-la para aquela luz intensa, quente, insuportável, cruel. Ela abriu os olhos e aterrissou numa realidade mais assustadora que seu pior pesadelo.

Estava de novo amarrada, os olhos vendados, num cômodo, um quarto. Estaria na sala do andar de cima? Seria El Loco que lhe dava socos bem onde estava ferida, no nariz, nas costelas, nas omoplatas, na cabeça? Estaria deitada na armação metálica, ligada à máquina?

— Pensou que podia fugir, puta bolchevique! Pra onde queria ir? Quem queria matar? Quando será o próximo atentado? Somos mais fortes que vocês! Você está morta, não existe mais. Mas antes de se juntar aos amigos no fundo do rio da Prata, vai falar, trotska imunda!

Não era El Loco. Ela tentou não se deixar abater, tentou reordenar as ideias. Lembrava de estar caminhando, tinha atravessado o parque Avellaneda, Flores, tinha chegado a San Telmo. Lembrava-se do trajeto percorrido. Claramente. Sim, as senhoras da Villa 31. Ela tinha chegado à casa da Señora Pilar. Depois, não lembrava-se mais. Teria caído numa armadilha? Fazia quanto tempo que tinha voltado a cair nas garras daqueles homens? E Theo? E Adriana?

Os socos não paravam, vinham de todos os lados. Ela preferia aquilo ao submarino. Antes milhares de socos que o sufocamento. Antes milhões de socos que a máquina.

— Nomes, queremos nomes! Quem esperava por você no Retiro? Quem era o seu contato? Onde estão suas armas, *los fierros*? Onde escondeu as munições?

O homem segurou a cabeça dela e acertou um golpe seco com os dedos da mão direita em seu ouvido. Julia sentiu o mundo girar. Sabia que não aguentaria. Precisava acabar com aquilo, imediatamente, levar o homem até o limite para ser libertada pela morte.

Ela recuperou a consciência com a sensação de estar voltando de um poço sem fundo, asfixiada. Tinha um saco plástico na cabeça, colado ao rosto como uma ventosa. Sentiu que enlouquecia. Esperava morrer logo. Mas o homem a aspergia com um líquido que crepitava em contato com a pele. Ele estava queimando Julia viva. E marcava o ritmo de acordo com uma ária de ópera.

Julia perdeu o controle. Sem poder morrer, gritou todos os nomes, datas e locais, tudo o que guardava na memória, levada por uma alucinação parafrênica. Todos os nomes, todos longe demais, todos já mortos, todos fruto do delírio. Em sua loucura, Julia se agarrava a um fio, a uma voz oculta e tensa, do outro lado do espelho, no mundo invertido de sua psicose, uma voz que lhe dizia, afiada como um dardo, que eles não eram assim.

O homem deslizou uma lâmina de barbear, descascando uma zona sensível de seu corpo para decuplicar seu martírio. Ela ultrapassou os limites do sofrimento. Sua voz se transformou, por horas a fio, num gemido agudo e sem fim. Para além daquilo, havia apenas a morte. Ela sonhou que era jogada de um avião no vazio. A ideia de escapar a perseguia tanto quanto o sofrimento. Mas a morte não vinha. O homem a mantinha presa à vida, implacável. Depois, com um golpe, veio de novo o vazio.

Ela com certeza estava morta, pois não sentia mais o corpo. Com exceção da dor que não podia mais dissociar de si mesma ou identificar com alguma parte específica da anatomia. Nada mais vivia dentro dela além da dor. A não ser, talvez, aquele frêmito imperceptível, como uma borboleta batendo as asas em seu ventre, ainda agarrada a ela por algum fio. Julia, em seu pesadelo, reconheceu de longe a voz de Paola. E novamente uma ausência.

* * *

Ela voltou a si vários dias depois, na mesma cela da qual tinha fugido. O mesmo vaso sanitário no fundo e a mesma janelinha no alto. Incapaz de se mexer, chorou de raiva, tentando beber as lágrimas para estancar a sede. Chorou semanas a fio por se descobrir viva, por ainda ter um corpo sobre o qual eles poderiam tripudiar.

— Tenho boas notícias — ouviu um dia da voz de Paola.

Julia não queria entender.

— El Loco foi transferido — continuou Paola. — Não sabemos direito para onde, mas os guardas acham que ele agora dirige a Mansión Seré.

Pela primeira vez desde que tinha voltado, e contra a própria vontade, as palavras fizeram sentido para Julia.

A Mansión Seré ficava a poucos minutos da delegacia de Castelar. Tinha sido construída no final do século xix. Todos os membros da organização sabiam que a Força Aérea havia instalado ali um centro clandestino de interrogatórios. Julia lembrava-se de ter passado diante dela uma vez. Era uma curiosa construção em estilo europeu, ao fundo de um parque, com uma fachada de pedra talhada em que se abriam grandes janelas envidraçadas e em arco. Balcões de ferro forjado ornavam o primeiro andar. Os muros eram decorados com formas geométricas em tijolo vermelho, que davam ao conjunto um ar estranho. Desabitado havia tempo, o prédio tinha uma entrada de esquina, entre duas alas da construção, e parecia a proa de um navio fantasma. Julia se lembrava de ter ouvido falar que tinha servido para rituais de magia negra. Diziam que a casa era mal-assombrada. O certo era que as pessoas procuravam passar longe dela.

Julia estremeceu: um louco numa casa mal-assombrada. Só Paola para dizer que aquela era uma boa notícia.

— Tem notícia dos outros? — perguntou Julia com dificuldade.

Paola fez uma pausa, surpresa. Respondeu escolhendo bem as palavras.

— Não sabemos muito sobre a Adriana. Mas preciso contar de outra pessoa.

Instintivamente, Julia diminuiu o ritmo da respiração. Não queria mais ouvir.

— É sobre sua amiga Rosa. Depois que você fugiu, foi ela que El Loco pegou. Ela já estava delirando quando a levaram, mas quando voltou... Nem a música daquele maníaco conseguia encobrir seus gritos. Ela gritou tanto que perdeu a voz. Depois, foi transferida... Acho que não vai sobreviver...

Julia chorava. Sentia vergonha de uma inconfessável sensação de alívio. Não abriu mais a boca, com medo de que seus temores se tornassem realidade.

Tinha medo de que lhe anunciassem a morte de Theo.

22.
O pai
Outono boreal, 1981

Ulisses esperava por ela para dormir, chupando a ponta da coberta. Julia se sentou na beira da cama. De todo o dia, aquele era seu momento preferido. Nada era mais importante para o menino do que o prazer de ter a mãe só para si. Julia empurrou-o um pouco para ter espaço. Ele se afastou, revelando um sorriso travesso, um pedaço de pano na boca. Tinha esse hábito desde bebê e Julia não fazia nada, incapaz de julgar se era bom ou ruim, se resultado ou não de algum trauma.

Ela o havia encontrado um pouco excitado ao sair da escola naquele dia. Tentou acalmá-lo antes de dormir, pois Ulisses tinha calçado as botas vermelhas de borracha, sinal de que estava com ânimo guerreiro. Ele não parara de correr e pular em todas as direções dentro do apartamento. Julia se esquecera de ser firme e o perseguira, rolando no chão com o filho para lhe fazer cócegas. Tinha aproveitado para prendê-lo num abraço, enrolá-lo numa toalha e levá-lo para o banho. Finalmente tinha conseguido colocá-lo na cama. Mas Ulisses queria o ritual completo. Julia precisou buscar um livro com imagens.

— Mamãe...?

Julia, cansada, tentou não se impacientar. Acariciou-lhe os cabelos.

— O que foi, meu anjo?

— O papai... Ele morreu?

A pergunta de Ulisses pegou a jovem mãe desprevenida. Ela ficou desnorteada, todas as próprias dúvidas vieram à tona de repente. No entanto, poderia ter previsto a pergunta.

Durante sua última temporada com eles, Nona Fina a alertara sobre o pequeno. Ulisses perguntara várias vezes onde estava o pai e ela sentira que a resposta que dava não era suficiente. Depois daquilo, Ulisses dera para se vestir de bombeiro. Queria usar botas até para ficar dentro de casa. Fizera um escândalo tão grande que Nona Fina tinha aceitado comprar, em pleno verão, as famosas botas vermelhas que ele tanto queria.

Era assim, de calção curto e botas vermelhas, que Ulisses pedia para ir ao parque. Julia o levava com frequência. Queria que fizesse amigos. Mas Ulisses deixava o balde e a pá para as outras crianças e se instalava num canto, de costas, cercado por pequenos galhos e pedras cuidadosamente escolhidos. Ele mergulhava em jogos de batalhas solitárias. Os pequenos galhos ganhavam vida entre seus dedos e voavam num cosmos imaginário, entravam em colisão com as pedras em meio a ruídos de explosões, impactos e mortes violentas.

— Vou defender você, mamãe — ele tinha dito na primeira vez em que se vestira de bombeiro.

Para isso, bastava calçar as botas vermelhas e sair correndo, com os pequenos punhos fechados. Ele lutava contra inimigos invisíveis, dando uma série de pontapés voadores que em geral acabavam numa queda igualmente espetacular. Julia pensou que seria útil inscrevê-lo num curso de caratê. Mesmo quando ele dormia, ela sentia que o menino continuava ansioso. Ele ia todas as noites, quase sonâmbulo, refugiar-se na cama de Julia. Às vezes, chegava com os olhos arregalados, todo molhado, porque tivera pesadelos.

— Tenho medo dos "laios" — ele dizia à mãe enquanto ela mudava o seu pijama.

— O que são os "laios", meu anjo? — ela perguntava sem esperar por uma resposta.

— Os "laios" que voam no céu e fazem *bum*! — respondia Ulisses fazendo gestos bem amplos.

Foi preciso uma grande tempestade para que Julia conseguisse entender a que ele se referia.

* * *

Logo que havia chegado à França, na primavera de 1977, enquanto ouvia rádio para tentar melhorar o seu francês, Julia havia caído por acaso no programa de um psicanalista e pediatra que a convencera da importância de falar a verdade para as crianças.

Ela tinha, assim, se dedicado à tarefa de fazer de Theo um personagem familiar na vida de Ulisses. Curiosamente, Julia nunca tinha sentido no filho um verdadeiro interesse pelo que ela contava sobre o pai dele. Nem aos cinco anos, ao ir para a escola elementar, ele havia manifestado um interesse real pelo assunto. Assim que Julia começava a falar sobre Theo, ele saía correndo para brincar em outro lugar depois de dizer um *eu sei, mamãe*.

Por outro lado, Ulisses não tinha problemas na escola, que frequentava com prazer. A professora, a srta. Leblanc, não se cansava de elogiá-lo. Ela dizia que Ulisses era uma criança inteligente, cheia de vida e vontade de aprender. Era provavelmente nos traços da personalidade do filho que Julia reencontrava Theo com mais força. Pois, de resto, o filho tinha herdado tudo de Nona Fina. Era muitas vezes parado na rua graças à beleza de seus olhos, enquanto Julia, irritada, era examinada com olhares enviesados que confirmavam que ele não os havia herdado da mãe.

Julia não havia previsto, naquela noite, que o filho a faria reviver seus próprios pesadelos.

Ela respirou fundo, procurando o que dizer.

— Não, seu pai não morreu. Ele está vivo.

O menino se virou para ela e esmagou-lhe as bochechas com as mãozinhas.

— O que é a morte, mamãe?

Ulisses a obrigava a pensar.

— A morte...? É quando o corpo para.

— Morrer dói? — perguntou Ulisses, enfiando um enorme pedaço de coberta na boca.

— Não necessariamente — ela respondeu com precaução.

Ele continuou:

— E eu, será que eu vou morrer?

— Vamos todos morrer um dia — respondeu Julia.

— Mas se eu morrer, quem vai cuidar de mim, mamãe?

Julia olhou para o filho. Achou-o muito bonito. Apertou-o entre os braços e acariciou sua cabecinha encaracolada. Os grandes olhos de Ulisses a encaravam:

— Eu estarei sempre aqui, perto de você, e você sempre estará perto de mim.

Ulisses não tirava os olhos da mãe.

— Por que o papai não mora com a gente?

Julia hesitou.

— Por causa de mim? — insistiu Ulisses.

— Claro que não! De onde você tirou isso?

— O Malô que disse.

— De novo esse Malô! Que garotinho malvado, esse seu amigo.

— Ele não é meu amigo, não é um garotinho. É um dos grandes!

— Está bem, não fique zangado, Ulisses — ela retomou, suavizando a voz. — O que o Malô disse?

— Ele ri de mim no recreio.

— E por que ele ri de você, esse Malô?

— Ele me perguntou o que o papai fazia.

— E o que você respondeu, meu anjo?

— Eu disse que você estava procurando por ele.

— E então, por acaso isso é engraçado?

— Malô disse que o papai foi embora correndo porque ficou com medo quando eu nasci, de tão feio que eu era.

Julia fez um esforço para não rir.

— Ele tem inveja de você, só isso.

— Não, ele não tem inveja. O papai dele é bombeiro e salva as pessoas.

— Bom, então, melhor pra ele. Mas ele não devia rir de você.

— Ele ri de mim e rouba o meu lanche.

— Mas por que você nunca me disse isso?

Ulisses fez cara de choro.

— Não estou zangada com você, meu amor.

— É que ele também bate em mim.

— E você não contou pra professora? — perguntou Julia, indignada.

Ulisses começou a soluçar.

— Você tem medo dele, meu anjo?

Ulisses fez que não, secando grossas lágrimas.

— Quantos anos tem o Malô? — perguntou Julia.

— Ele tem sete anos!

— Mas você sabe se defender, Ulisses! Você é forte como um leão e faz caratê! Mostre o seu Choku zuki.

Ulisses tirou o pequeno punho fechado das cobertas e esticou-o com uma rotação do pulso, reto para a frente, sem parar de chupar a coberta.

— Muito bem, viu só? Amanhá você dará uma lição no Malô.

— Ah, não! Nunca vou fazer isso — respondeu Ulisses, tirando a coberta da boca.

— E por que não?

Ulisses explicou, depois de uma pausa:

— Porque eu não sou assim.

Julia observou-o, estupefata.

Ela levou um momento para reconhecer:

— Bom, você está certíssimo.

Ulisses não olhou para ela. Perdido nos próprios pensamentos, girava sem parar um canto da coberta entre os dedos, como se fizesse uma ponta.

— Estou muito orgulhosa do meu filho — Julia disse, como se falasse com outra pessoa.

Ulisses continuou chupando com gosto o pedaço de pano. Aninhou-se um pouco mais nela. Estava agora concentrado em algo muito mais importante:

— Mamãe...

— Sim, meu amor.

— Fale do papai.

23.
Haedo
Primavera austral, 1976

O portal da prisão se abriu. Paola prendeu a respiração e fez um sinal para Julia não se mover. Ela subiu no vaso sanitário e olhou pela janela.

— Vários carros entraram — cochichou no ouvido de Julia. — Deve ser outro general. No dia em que você e Adriana fugiram, Angelini foi quem veio fazer a inspeção.

— Angelini? — repetiu Julia. — O comissário Angelini?

— Você o conhece?

— Na verdade, não... Mas ouvi falar dele...

— Ele acabou de ordenar a transferência do Loco.

Juntando os pontos num instante, Julia perguntou:

— Foi uma promoção?

Paola deu de ombros.

— Não faço ideia. Seja como for, vai embora. Sosa insinuou que Angelini revisou todos os nossos dossiês... Foi um caos enorme quando eles descobriram que vocês tinham conseguido fugir... Falando nisso, nunca perguntei: quem era o outro prisioneiro?

— Não sei. Nos separamos logo. Era a única cela sem cadeado... O homem estava quase morto, estava voltando de Mansión Seré. Devem ter pensado que nem com a porta escancarada conseguiria sair...

Com uma estranha intensidade, Paola encarou Julia.

— Você também está voltando de Mansión Seré. Sosa me contou quando a trouxeram. Você conheceu El Diablo, então...

Julia encarou-a, estupefata.

— Não sei, não me lembro de nada.

O som das chaves abrindo a porta do corredor deixou as duas em estado de alerta. Elas ajustaram os capuzes e esperaram, ofegantes, encostadas à parede.

A voz do Cabo Pavor as sobressaltou. Ele rosnou, abrindo a grade da cela delas:

— Prepare-se, morena, vamos acabar com você de uma vez por todas.

Julia tremia da cabeça aos pés. Encontrou a mão de Paola e apertou-a com força como para se ancorar a ela. El Cabo Pavor separou-as e puxou Julia sob uma saraivada de insultos. Empurrou-a para o corredor e fechou a porta com um golpe seco.

Dentro do porta-malas de um carro mais uma vez, o trajeto lhe pareceu curto. Ela transpirava copiosamente apesar do frio. Perto de Castelar ficava a base aérea de Morón, de onde decolavam os voos da morte, e a Mansión Seré, na direção contrária mas igualmente próxima. Julia não ouviu o som das turbinas... Seria o reinício do pesadelo: tinha voltado para a Mansión Seré.

O porta-malas foi aberto: som de botas, pontapés, insultos. Ela foi arrastada, subiu uma escada às cegas. Acabou a corrida dentro de um buraco escuro. Uma porta metálica se fechou pesadamente atrás dela. A seguir, mais nada. Ela esperou. Os passos se afastaram. Novo silêncio.

Ela não via absolutamente nada. Nem mesmo a própria mão. Tateando, explorou o lugar. Era uma cela sem ventilação que parecia bastante estreita. Sentada, Julia podia tocar as duas paredes laterais se esticasse os braços. As paredes ressumavam uma umidade de porão. Ela não podia ficar em pé sem tocar o teto. Da porta metálica à parede do fundo ela contou apenas três metros. Não havia água, nem vaso sanitário. Ela voltou a se sentar no cimento frio, tentando controlar a crise de claustrofobia que a invadia. A falta de luz era particularmente difícil. Assim como o silêncio viscoso, comparável a um ultrassom verrumando suas têmporas, que a impedia de pensar. Ela dobrou os joelhos e pousou neles a cabeça. Tinha aprendido a dormir nessa posição para evitar ao máximo o contato com o chão frio. Mas a postura despertou seus ferimentos e ela se ouviu gemer.

Ao cabo de algumas horas, ela não sabia mais se estava dormindo ou acordada, tendo perdido totalmente a noção do tempo. Sentiu falta da cela de Castelar. Estava com sede, vontade de urinar, mas não ousava chamar alguém. Iam torturá-la de novo. Ela tinha fugido, eles acabariam com ela, como havia dito El Cabo Pavor.

Novo gemido; dessa vez, certa de que não era seu, Julia se beliscou, cravou as unhas nas palmas das mãos: não estava dormindo. Ela não via nada, mas estava bem desperta. O gemido se repetiu. Vinha da parede. Ela colou o ouvido ao muro, tentando encontrar um ângulo que lhe permitisse identificar a proveniência do lamento.

Em algum lugar, bem perto dali, alguém chorava. Ela deu a volta na cela mais uma vez, tateando, colando todo o corpo nas paredes, na esperança de ouvir melhor. O lamento vinha do lado direito da porta. Ela ousou bater com os punhos na parede num ritmo cadenciado: três batidas a intervalos reduzidos, um silêncio, depois mais três a intervalos longos. Ela repetiu o movimento várias vezes.

Os gemidos pararam. Depois, uma voz de homem do outro lado da parede respondeu:

— Quem é?

— Meu nome é Julia... E o seu?

— Me chamam "Formiga".

— Ah!

— Você chegou hoje?

— Acho que sim — Julia disse. — Você sabe onde estamos?

— Sim, estamos na delegacia de Haedo.

— Eles nos interrogam, aqui?

— Não, não se preocupe. Aqui não há tortura.

— Tem certeza?

— Claro, estou dizendo!

— Então por que está chorando?

— Tenho vergonha. Sou um degenerado, um traidor.

— Eles é que são os degenerados! — Julia quase gritou, sufocando uma crise de choro.

Após um longo silêncio, a voz voltou:

— Você foi torturada?

— Estou melhor agora…

— E vai melhorar ainda mais. Aqui, podemos receber visitas. Estamos à disposição do PEN…

— Como você sabe? — exclamou Julia.

Estar nas mãos do PEN era, para Julia, como um milagre. Os prisioneiros que passavam para o Poder Executivo Nacional eram "legalizados". Eles deixavam "de estar à disposição" das forças militares e seus dossiês eram transformados em registros judiciários. Precisavam enfrentar a Justiça, claro, mas escapavam dos carrascos.

— É o procedimento — respondeu o Formiga. — Leva tempo, mas depois que passamos para o PEN, as coisas começam a mudar. Primeiro, eles nos autorizam a receber cartas. Se tudo avançar direito, eles aceitam entregar a comida trazida pela família…

— Minha família não sabe onde estou…

— Me dê um nome e um número de telefone que eu possa memorizar. Vou passá-lo a minha família, que avisará a sua.

Julia passou duas semanas em Haedo. Ela sentia câimbras terríveis e não conseguia se impedir de urinar na cela. Pensava ainda estar grávida e ficava imóvel ouvindo seu corpo, incubando uma esperança.

Um guarda a tirava dali uma vez por dia, por alguns minutos. Ela nunca podia vê-lo, tinha os olhos sempre vendados. Ele a obrigava a fazer as necessidades na frente dele, sob uma chuva de obscenidades. Durante as duas semanas de detenção em Haedo, ela nunca se lavou. Seu corpo fedia a excrementos e a medos que ela não conseguia perder. Ficar sozinha naquele buraco escuro e sentir os ratos passarem correndo, as baratas percorrendo sua pele ou entrando em seus cabelos, tudo isso a aterrorizava.

Julia só se acalmava quando o vizinho saía do mutismo. Ele estava aflito por ter salvado a pele vendendo a dos amigos e passava horas chorando de culpa. Durante uma de suas confissões, o Formiga contou, sem suspeitar da proximidade de Julia com os envolvidos, a história de um amigo, um dos irmãos D'Uccello, capturado no momento em que tentava deixar a Argentina, vestido de padre. Ele sabia que o amigo havia sido transferido para Haedo no início da detenção. Disse ter obtido essa informação do torturador com o qual tinha pactuado e que lhe contava os resultados da colaboração. Julia queria odiá-lo. Ela se consolava imaginando que, se Gabriel tinha passado por Haedo, devia ter sido automaticamente transferido para o PEN, o que seria um mal menor.

Numa manhã de inverno, Julia foi tirada da cela e voltou a ver a luz natural. Era um dia particularmente frio e a ideia de nunca mais voltar, mesmo sem saber para onde a levavam, foi um alívio. Ela tossia e os espasmos a lembravam de maneira angustiante de que seu ventre havia crescido.

Ela não viu a entrada, pois, como sempre, os deslocamentos eram feitos no porta-malas de um carro. As calças cáqui e as botas que ela conseguia espiar sob a venda desapareceram quando ela entrou em algum prédio. Os passos se afastaram, nenhuma palavra foi dita, havia apenas silêncio. Ela ficou à espera, paralisada de medo, sem saber se estava sozinha ou diante de um pelotão de fuzilamento. Depois de um tempo que lhe pareceu infinito, uma voz de mulher lhe perguntou sobrenome, nome, data e local de nascimento. Julia respondeu, hesitante. A voz ordenou que retirasse a venda e avançasse.

Julia se viu numa sala imensa, com um teto tão alto que sua voz voltava em eco. Num canto se perdiam uma cadeira e uma mesa, instaladas, pareceu-lhe, provisoriamente. Atrás da mesa havia uma mulher forte, imóvel, ar severo, óculos de tartaruga, cabelos brilhosos amarrados em coque, uniforme cinza impecável. Estava ocupada batendo rapidamente com dois dedos numa máquina do pré-guerra.

— Profissão, endereço residencial, número de telefone — continuou a mulher, num tom monocórdio.

Pela primeira vez desde que havia sido detida, ela reencontrava sua identidade e sua condição de ser humano aos olhos do outro. Tinha dificuldade para controlar as lágrimas. A mulher de uniforme estava fazendo sua "legalização".

Julia tentava manter a dignidade, conter as lágrimas, mas sua voz falhava e ela precisava se assoar na roupa.

— Por que está aqui? — continuou friamente a mulher.

Julia não sabia mais o que responder.

— Do que foi acusada? O que fez? Por que recebeu voz de prisão?

Nada. Julia não sabia nada. Ela ignorava do que era acusada e chorava de alegria por finalmente estar recebendo ordem de prisão.

A mulher levantou o rosto, tirou os óculos e olhou para Julia.

— Você está na prisão de Villa Devoto, minha filha — disse numa voz cansada. — Hoje é terça-feira, 22 de junho de 1976, e são treze horas e trinta e cinco minutos.

24.
Villa Devoto
Primavera austral, 1976

Outras três detentas dividiam a cela em que Julia foi colocada. Todas cumpriam pesadas penas de prisão. Coco era uma militante do Partido Comunista. Ela se chamava Claudia, mas as companheiras a chamavam por seu codinome de ativista. A mais velha, a Veterana, era Montonera como Julia, e Maby, a mais reservada das três, havia militado numa organização de extrema esquerda chamada *Revolución del Pueblo*.

Para Julia, tudo parecia um luxo: o lavabo, a luz, a cama de verdade, o colchão. Acima de tudo, porém, uma grande jarra de *mate cocido*. Ela era distribuída todas as manhãs junto com uma ração de pão fresco para cada uma. Cúmulo da prodigalidade, a *celadora* do andar distribuía, dia sim, dia não, as provisões que os prisioneiros de direito comum enviavam para compartilhar com os presos políticos. Às vezes até chocolate.

O edifício da prisão tinha cinco andares. Estava composto por três grandes alas dispostas em U. A ala em que Julia estava era reservada aos presos políticos, a da frente, aos prisioneiros de direito comum. A cela de Julia ficava no quarto andar. Era o andar das mulheres condenadas a penas superiores a dez anos. O andar de baixo era reservado aos homens condenados a penas equivalentes. Mais abaixo, no primeiro e segundo andares, ficavam os prisioneiros em instância de julgamento. No andar acima delas, ficavam as celas de correção. Esse último andar, de triste reputação, era chamado de *chancha*.

Certa noite, os gritos de um dos prisioneiros que tinha sido enviado para o último andar as acordaram. O barulho durou dois dias seguidos, durante os quais foi impossível fazer qualquer coisa. Uma noite, de repente, um pesado silêncio se fez.

— Pode ser que o tenham descido — disse Coco, ao amanhecer.

— Talvez esteja morto.

— Não, estou ouvindo o *celador* passar-lhe a gamela...

Maby subiu numa das camas e deu um grande soco no teto, seguido de um segundo, igualmente forte. Elas ficaram surpresas de receber uma resposta idêntica. Entusiasmadas, começaram a criar um alfabeto rudimentar. O número de golpes correspondia ao lugar de cada letra no alfabeto. O homem devia ter tido a mesma ideia, pois em pouquíssimo tempo um sistema de comunicação se configurou. As informações foram trocadas lentamente, golpe a golpe, interrompidas a cada aproximação das zeladoras. Julia descobriu, assim, quase sem acreditar, que o homem que se comunicava com elas da cela de correção era ninguém menos que Augusto, o amigo de Gabriel e seu vizinho de Castelar. Compreendendo que Julia fazia parte do grupo do andar de baixo, ele contou que Rosa também devia estar em Villa Devoto, provavelmente no mesmo andar que ela.

Outra rede de comunicação clandestina, igualmente simples e eficaz, existia havia tempo na prisão. As mulheres subiam no colchão de cima do beliche para chegar à janela. Desse posto de observação, tinham uma visão desimpedida dos telhados do bairro, da rua e das janelas da ala dos prisioneiros de direito comum. Estes podiam se comunicar com as famílias e, portanto, estavam constantemente em contato com o mundo de fora. As companheiras de Julia os utilizavam como correio para dar e receber notícias. Uma linguagem de sinais havia sido criada pelos prisioneiros com esse intuito.

Essa comunicação se tornou fundamental para Julia. Ela não tinha como fazer com que Nona Fina soubesse de seu destino. No entanto, os prisioneiros de direito comum podiam, através de seus parentes, alertá-la. Julia recebeu, assim, a primeira boa notícia. Nona Fina e sua mãe, informadas de seu reaparecimento em Villa Devoto, tinham dado início às formalidades do pedido de visita.

Por outro lado, não conseguiu obter nenhuma informação sobre Theo ou sobre Adriana. Todas as tentativas de Julia nesse sentido chegavam a um impasse. Uma noite em que as companheiras dormiam, porém, Julia assistiu a uma estranha manobra. A Veterana, a mais antiga prisioneira política de Villa Devoto, estava de quatro e enfiava o antebraço até o cotovelo dentro da abertura do encanamento. Ela puxava a descarga enquanto segurava a extremidade de uma corda que desaparecia nos dutos de escoamento do vaso sanitário.

Maby lhe explicou, no dia seguinte, o que aquilo significava: a Veterana se comunicava com os chefes montoneros do andar de baixo. Maby lhe descreveu em detalhes o funcionamento das mensagens enviadas e recebidas através do esgoto. Aí estava talvez a maneira de conseguir notícias. Mas convencer a Veterana a servir de intermediário não seria uma tarefa simples.

Julia tinha feito amizade com a jovem Maby naturalmente: as duas estavam grávidas. Maby sabia que alguns prisioneiros do andar de baixo recebiam informações diretas do estado-maior dos Montoneros. Tinha ouvido falar que a organização constituíra um dossiê de cada um de seus membros desaparecidos e tentava saber quem estava preso e legalizado em Devoto.

A Veterana era uma mulher empedernida e solitária. Ela nunca participava das conversas, comia num canto e não se queixava. Julia se sentia observada o tempo todo, mas nunca tinha conseguido cruzar o seu olhar com o dela. Cada vez que se virava, a outra parecia mergulhada num livro. De fato, era uma grande leitora. Escondia uma verdadeira biblioteca embaixo do colchão.

Alguns dias depois da sessão noturna dos esgotos, a Veterana começou a ler um livro sobre a teologia da libertação que despertou a curiosidade de Julia. Ela tinha ouvido o padre Mugica comentar algo a respeito. Ele dizia ter conhecido um dos líderes do movimento durante uma viagem à Europa. Intrigada, Julia aproveitou a chegada do *mate cocido* para abordá-la. Gostaria de folhear o livro. As duas ficaram surpresas em descobrir que tinham conhecido o padre Mugica e participado da vigília de oração na noite de seu assassinato. Julia ficou sabendo pela veterana que o padre Mugica participara das jornadas de Maio de 68 em Paris. Julia não sabia nada da França e menos ainda de sua história recente. Mas tinha acabado de encontrar um filão. A Veterana ficou encantada em encontrar uma aluna séria.

Ofereceu a Julia outros livros, coisa que, para ela, era um raro sinal de confiança, e Julia os devorou. Ela então tomou para si a tarefa de ampliar a cultura de Julia e programou sessões de discussão sobre temas de sua escolha. Graças a essas trocas, Julia teve todo o tempo do mundo para falar dos irmãos D'Uccello e do papel deles na organização. A Veterana não teve dificuldade para colocar seu circuito em alerta. Algumas semanas depois, chamou Julia para um canto: tinha acabado de receber uma resposta dos chefes.

— Veja, acho que sei o que aconteceu com o mais velho dos D'Uccello.

— Gabriel?

— Sim. Você me disse que ele foi preso ao tentar fugir disfarçado de padre, não é mesmo?

— Sim, foi o que o Formiga me contou. Mas você sabe alguma coisa do Theo?

— Espere, calma. Por enquanto, recebi apenas uma informação sobre Gabriel d'Uccello e...

— E?

— Os chefes confirmaram a informação por vários caminhos...

— Então?

— Ele foi preso e levado para Haedo.

— Eu sabia.

— De lá, foi transferido para Mansión Seré.

— Ah, meu Deus!

— Sabemos que foi enviado para a Esma,* depois...

---

* Escuela de Mecánica de la Armada, ou Esma: escola de mecânica da Marinha argentina, localizada em Buenos Aires. O mais importante dos quinhentos centros de detenção clandestina durante a ditadura militar, onde cerca de 5 mil pessoas foram torturadas e assassinadas e centenas de bebês foram retirados das mães ao nascer. (N. A.)

Julia ficou tonta e foi se sentar na cama.

— Continue, estou pronta, diga tudo — gaguejou.

— Foi atirado vivo de um avião.

A informação a abalou a tal ponto que as companheiras pediram que fosse transferida com urgência para o hospital da prisão, com medo de que sofresse um aborto. Mas ninguém foi buscá-la.

Recusando-se a comer, se levantar ou falar, Julia ficou prostrada. Sentia-se responsável. Ela tinha introduzido Rosa na vida de Gabriel, e Rosa fazia parte da organização clandestina e militar dos Montoneros. Ela sabia muitíssimo bem o quanto Gabriel se opunha à violência do grupo, mas ele aceitara cuidar dos feridos, principalmente depois do massacre de Ezeiza — a organização tinha dado ordens de evitar os serviços de emergência, pois os militares elaboravam listas de suspeitos a partir de informações obtidas nos hospitais. E também por causa de Rosa.

Julia se culpava por não ter sido mais rápida quando Gabriel fora visitá-los após as prisões no hospital. Ela devia ter reagido e enviado Gabriel ao porto, para que ele se beneficiasse da rede de Nona Fina. Por que não tinha pensado naquilo? Ele parecia tão decidido, tão seguro de si com o plano do convento! Tudo parecia tão simples. Ela tinha tolamente acreditado numa boa estrela, mas o cerco já estava fechado em volta de todos eles.

E ainda havia Theo e Adriana. Ninguém lhe dava notícias sobre eles. A morte de Gabriel só podia ser o início do horror. Julia não sabia se a morte de Gabriel havia acontecido antes ou depois que eles tinham fugido de Castelar. Se Adriana e Theo tinham sido capturados de novo, provavelmente tinham sido liquidados pelas mãos do Diablo, projetados no vazio sobre o estuário como Gabriel.

Esse pensamento a enlouquecia.

A Veterana, consternada com o impacto da notícia sobre Julia, deduziu que o homem em questão devia ser o pai da criança. Ela também sofria, mas de um jeito diferente. Mortificava-se com a abjeção a que aquela loucura assassina havia submetido seu país. Como os compatriotas podiam ter chegado àquilo? Ela se sentia impotente, claro, mas também responsável, como se a força de suas convicções não tivesse sido suficiente para impedir o horror.

Sua frustração era ainda maior porque não tinha conseguido fazer com que os funcionários da prisão transferissem e tratassem Julia. Tinha conseguido, no entanto, fazer com que avisassem Nona Fina, que a partir de então não deu trégua à administração e teve uma visita autorizada para o fim do mês de setembro. Essa perspectiva foi a única coisa que fez Julia reagir.

Uma senhora de cabelos pintados de loiro e cortados curtos, vestindo um uniforme cinza justo demais, disse numa voz rude que Julia a seguisse. Ela teve dificuldade para atravessar o labirinto de corredores e escadas que subiam e desciam, de grades e portas que se abriam e fechavam. Sua barriga estava proeminente e ela se segurava nas paredes, tomada de vertigens. Incapaz de compreender o trajeto que a faziam seguir, ficou desnorteada e se viu de repente num parlatório.

O lugar a intimidou. Estava cheio de prisioneiros que ela nunca tinha visto. Cabines estreitas se sucediam, abertas para um corredor de guardas e cortadas no meio por um vidro espesso que impedia todo contato físico com os visitantes.

A mulher apontou para o módulo no qual ela devia se sentar. O espaço era mínimo e a falta de intimidade, absoluta. Julia fazia esforço para não ouvir as conversas dos outros, olhava reto para a frente. Do outro lado do vidro, uma cadeira idêntica à sua continuava vazia. O vidro era atravessado, no meio, por um tubo que servia de interfone. Era preciso falar no tubo e, depois, ouvir, uma pessoa de cada vez. Julia enxugou nervosamente as mãos na calça e arrumou um pouco os cabelos. E se Nona Fina não viesse?

Ela alisou as pregas do uniforme para controlar o tremor das mãos, sob o olhar imperturbável do guarda. Uma porta enfim se abriu. Mas não era Nona Fina. Julia tentou esconder a decepção e improvisou um amplo sorriso para dar as boas-vindas à mãe.

— Mãe...

— Minha filha, que alegria... Você não pode imaginar o quanto sofremos.

— Sinto muito, mãe.

A mãe olhou para Julia como para se certificar de que era mesmo a filha. Sua expressão se contraiu levemente quando viu a barriga.

— Sua avó queria vir, mas não conseguiu autorização. Até o último dia, eles prometeram que poderia entrar...

— Ah...

— Bom, a família está com você. Seu pai manda um beijo, Anna e Pablo, os gêmeos.

— Obrigada, mãe.

— Nona Fina me encarregou de dizer que ela conseguiu fazer valer sua dupla nacionalidade e que esperamos que você consiga a autorização para deixar a Argentina com o passaporte uruguaio. Ela acha que podemos fazer com que você seja recebida por um país da Europa como refugiada. Ela está em contato com uma organização francesa muito ativa que se chama France Terre d'Asile.

Julia não sabia por quê, mas tinha começado a chorar.

— E Nona Fina também quer que você saiba que está procurando o pai de seu filho.

Uma súbita tensão acentuou a ruga que se formava nos cantos de sua boca.

— Você conhece sua avó. Ela não quis perder tempo me dando mais detalhes.

— Ah, mãe! — Julia gritou, se agarrando ao tubo enquanto o guarda a puxava pelo ombro para levá-la.

25.
Rubens
Verão austral, 1976

— Quando seu filho nascer, você não pode de jeito nenhum registrá-lo com o sobrenome do pai — Maby aconselhou.

Ela tinha explicado a Julia que a lei argentina garantia todos os direitos ao pai, em especial o da guarda dos filhos. Se o pai continuasse ausente, os direitos sobre a criança iriam para os pais de Theo. Na prática, significava não só que a criança seria retirada seis meses após o nascimento para ser entregue à família de Theo, como também, o que era ainda mais grave, que Julia não poderia levar o bebê caso seu pedido de asilo fosse aceito.

Durante a segunda visita da mãe, Julia avisou-a da urgência de finalizar os procedimentos para a partida da Argentina. Seu pedido de asilo precisava ser aceito antes que o bebê completasse seis meses. Segundo os cálculos de Julia, a criança deveria nascer em janeiro. Ela precisava ir embora antes de julho de 1977.

A mãe a tranquilizou. Ela e Nona Fina estavam fazendo um périplo por todas as embaixadas europeias. Continuavam acreditando, porém, que seria a França que aceitaria recebê-la. Elas tinham acabado de ser informadas de que um representante do consulado da França havia começado os trâmites para obter autorização para um encontro pessoal com Julia, dentro da prisão. Aquilo fazia parte do processo todo, o que significava que este já tinha sido iniciado.

Dessa vez, a mãe de Julia foi visitá-la com uma sacola cheia de coisas. Julia usava o mesmo uniforme desde que tinha entrado em Villa Devoto, mas os prisioneiros não eram obrigados a vesti-lo. Além de roupas, a mãe exibia do outro lado do vidro um enxoval para o bebê.

Aproveitando o momento, Julia abordou o tema espinhoso:

— Mãe, meu bebê não vai poder usar o nome do pai...

A mãe ergueu os olhos.

— Fico aliviada que você tenha chegado às mesmas conclusões que nós — ela disse. — Será, portanto, um pequeno D'Annunzio... Sua avó está convencida de que será um menino. Eu gostaria muito de uma neta. Mas enfim. Ela sugeriu que você o batizasse com um nome forte, como...

— Como Josefina, por exemplo — interrompeu-a Julia, com bom humor. — Eu também espero que seja uma menina.

A mãe de Julia se absteve de fazer comentários, depois acrescentou:

— Não gosto desse vidro entre nós. Ele me lembra da distância estúpida que deixei se formar entre mim e você. Você sempre foi tão forte, tão segura de si. Mesmo quando criança, eu tinha dificuldade de me sentir sua mãe. Às vezes tinha a impressão de que você era a adulta.

Ela pousou a mão sobre o vidro, Julia imitou-a. Suas mãos eram idênticas.

— Eu precisava dizer isso.

Em 21 de dezembro, uma guarda foi buscar Julia para levá-la à maternidade do hospital. Era o primeiro dia do verão, pareceu-lhe um bom augúrio. Ela queria usar sandálias, soltar os cabelos. Reuniu suas coisas e abraçou as companheiras.

O hospital ficava no térreo, mas pertencia a outro prédio. Para chegar a ele, era preciso passar por inúmeras grades e postos de controle, pois cada andar era isolado dos demais. Julia atravessou o grande pátio no qual tinha sido *legalizada* ao chegar e depois entrou num corredor sinistro com paredes pintadas de amarelo-creme. Ela seguia silenciosa, atrás da guarda, e seus passos ecoavam no vazio como se fossem de outra pessoa.

Para além da porta de acesso do hospital abria-se um saguão totalmente gradeado. Um pouco à frente, atrás de uma segunda porta gradeada, ficava a sala da maternidade. Era uma espécie de pátio coberto, retangular, limitado nos quatro cantos por pilares entre os quais se alinhavam cerca de trinta leitos dispostos em duas fileiras, frente a frente, ao longo das paredes.

Mais da metade das camas estava vazia. Havia apenas uma dezena de presas. Julia pôde escolher uma cama e se instalou na que ficava perto da grade que separava a sala do saguão de entrada. Encostada num dos pilares, se quisesse podia espiar o que acontecia ali fora arranjando um cantinho inacessível aos olhares externos.

Sua cama era vizinha da de uma mulher que, como Julia, estava a poucas semanas de dar à luz. Elas trocaram um sorriso. A jovem ajudou-a a arrumar suas coisas num pequeno armário entre as duas camas. Ao fundo, ao lado de uma janela fechada, Julia contou três doentes recebendo soro. Bastava lançar-lhes um olhar para entender que estavam em estado crítico. Num canto, uma mãe sentada de costas para ela ninava um bebê, enquanto outras conversavam em voz baixa.

A iluminação era garantida por um estreito vão envidraçado em todo o comprimento da sala, na altura do teto, de modo que era impossível ver o que acontecia na rua. Atrás de uma divisória, seis duchas se alinhavam. A instalação sanitária se resumia a dois vasos à turca.

Um pequeno homem de avental branco entrou, chamando a atenção com seus passos nervosos. Ele caminhou direto até Julia, sem tirar o nariz dos papéis que segurava, seguido por três enfermeiras.

— Imagino que essa seja Julia — disse, lendo as anotações.

— Sim, senhor — ela respondeu.

Olhos azuis como aço a fixaram atrás de óculos redondos.

— Ela vai parir no fim do mês — ele declarou. — Ou melhor, vai cagar o aborto. Pois vocês não dão à luz, vocês cagam no mundo.

Julia engoliu em seco.

— Dou à luz em janeiro.

— É o que veremos — respondeu o homem com uma careta.

Ele continuou a ronda, instruindo as enfermeiras com um tom altivo, com uma calculada e notável economia de palavras, depois saiu como havia entrado.

— Vai precisar se acostumar — comentou a vizinha de Julia depois que o cortejo desapareceu. — Todas as mulheres dessa prisão dão à luz por cesariana. Somos cobaias. Eles testam medicamentos na gente. Se não morrermos, eles os colocam no mercado. Todo mundo sai ganhando: as companhias farmacêuticas e o governo, já que isso cria dinheiro a mais e opositores a menos... A propósito, não me apresentei. Eu me chamo Valentina, Tina para os amigos, sou do Poder Operário, e você?

Havia de tudo naquela sala: mulheres que saíam da tortura, doentes mentais que não se recuperavam dos maus-tratos e algumas grávidas.

— A coitada que está no fundo, cantarolando... enlouqueceu. Acabou de ter um bebê prematuro, de sete meses. Ele está na incubadora, mas será dado a pais adotivos. Fica esperando por ele, coitada.

— Mas ela está ninando um bebê, não?

— Não. É uma boneca.

Tina continuou:

— As enfermeiras são bastante gentis e a comida é melhor que nas celas. Em todo caso, vem a mais...

— Quando você vai ter o bebê? — Julia perguntou.

— Aqui, é Rubens quem fixa as datas. Completo os nove meses em meados de janeiro, mas ele decidiu que será antes. Não estou nem aí. Quero apenas ter certeza de que meu bebê virá com saúde. De resto, já sei que será uma carnificina.

— Como assim?

— Rubens... é um sujeito desprezível. Um carrasco em potencial. Nossa sorte é que a gente está nas mãos do PEN e tem um monte de enfermeiras em volta. Mas não espere uma cicatriz bonita.

O dr. Rubens marcou a data do parto de Julia para o dia 31 de dezembro, um mês antes do termo. Aparentemente, ele era obcecado por datas, pois Tina foi programada para o dia de Natal. Corria o boato de que ele se vingava de um grupo de enfermeiras que o haviam denunciado pelos maus-tratos que ele infligia às pacientes, pois duas morreram depois de suas intervenções. Os bebês tinham sido dados para a adoção sem demora, a colegas dele.

Para se preparar da melhor forma possível, Julia começou a ler em voz alta, conforme sugerido por Tina, para que o bebê pudesse reconhecê-la. Ela trançou um minúsculo bracelete para prendê-lo ao pulso do bebê assim que ele saísse da barriga. Escolheu algumas roupinhas do enxoval que a mãe tinha trazido. Queria apenas peças brancas de algodão para o recém-nascido. Ela lavou tudo, enxaguou e colocou para secar perto da cama. Lixou as unhas bem curtas para evitar arranhar a criança por descuido. Por fim, pediu a Tina que lhe cortasse os cabelos até os ombros e tomou um longo banho na véspera do grande dia.

Uma enfermeira foi buscá-la depois da refeição do meio-dia. Ela vestiu uma bata verde de hospital, fechada nas costas, e engoliu pílulas que lhe deram vertigem. Foi em seguida conduzida para uma grande sala fria. Uma rudimentar mesa de parto, velha e enferrujada, se destacava bem no centro, iluminada por duas lanternas. Julia ficou aflita. Ela não entendia por que precisava colocar os pés em estribos se Rubens tinha previsto uma cesariana.

— Faça o que está sendo ordenado e cale-se — respondeu uma enfermeira que preparava uma seringa.

O doutor Rubens apareceu, impecável num avental branco. Olhou para Julia, deitada com os pés nos estribos embaixo de um lençol curto demais, enquanto enfiava as luvas.

— Trotska imunda — murmurou —, essa é a última vez que você vai defecar um bolchevique no mundo.

26.
A jovem coreana
Verão boreal, 2006

Ele a viu entrar em traje esportivo e uma toalha em volta do pescoço. Ela olhou para o relógio e seguiu até os equipamentos. Theo fingiu amarrar o tênis para observá-la com calma. Ele a tinha notado antes no congresso anual dos funcionários da empresa. Uma versão asiática de Julia jovem, havia pensado. Theo aproveitara uma pausa na programação para se aproximar e ajudá-la a se servir de café. Eles trocaram algumas palavras e ela voltou a se sentar. Ele descobriu que ela se chamava Mia Moon e que tinha acabado de ser contratada pelo setor contábil.

A jovem atirou a toalha num canto, pulou numa das esteiras ainda disponíveis, regulou-a e começou os exercícios. Ela usava um top preto que revelava abdominais trabalhados e uma legging até o meio da perna. Os cabelos pretos presos num rabo de cavalo acentuavam seu porte atlético. Theo, levantando peso, não tirava os olhos dela.

Suada, a jovem desceu da esteira e passou na frente dele para chegar ao bebedouro. Theo aproveitou para fazer o mesmo. Fingiu surpresa ao vê-la e disse bom-dia.

— Eu o vi ao chegar, mas você parecia ocupado — ela riu. — Esqueci seu nome. Tom, acertei?

— Quase. Theodoro. Theo, pra ficar mais fácil — ele disse, antes de engolir um copo de água fresca.

— Ah, sim, agora me lembro, você é italiano…

— Não. Apesar do sotaque e do nome, sou americano — disse Theo.

— Sim, claro. Quero dizer, de origem italiana…

— Também não. E aposto que você nunca vai adivinhar.

— Hum! Gosto de apostas. Mas já vou avisando que temos muitas chances de acabar num empate. Você nunca saberá de onde eu venho.

— Não com um nome como o seu.

— Você se lembra do meu nome?

— Mia Moon. Difícil esquecer um nome tão bonito.

— Boa memória, ponto pra você.

— E acho que não estarei enganado se ousar dizer que você é de origem coreana.

— É o que todo mundo pensa...

— Então acertei? Se ganhei, convido-a para beber algo.

— Você perdeu.

Theo fez um gesto de contrariedade.

— Mas ainda pode me convidar para um café na saída do trabalho — disse a jovem, pegando a toalha para ir embora.

Eles se encontraram no fim do dia no estacionamento e saíram dali um seguindo o outro, cada um em seu carro. Havia um bar de que Theo gostava perto da estação, sempre cheio de gente mas pouco frequentado pelos colegas do escritório. Eles se instalaram numa mesa que acabava de vagar, entre o banheiro e o balcão.

— Você está ainda mais bonita que hoje de manhã — disse Theo, aproximando a cadeira.

— Sou casada — ela respondeu, erguendo uma sobrancelha.

Theo caiu na gargalhada.

— Não muda nada. Você é encantadora.

— E você?

— Sou encantador?

— É casado?

— Vejo que já colocou em prática as recomendações da conferência anual.

— Como assim?

— Sim, o conferencista disse que era preciso saber fazer as perguntas certas.

— Ele também disse que era preciso saber ouvir. Portanto, sou toda ouvidos.

— Está bem, mas primeiro precisamos encerrar a aposta.

— Ela foi encerrada. Você perdeu — respondeu Mia, rindo.

— Eu diria que estamos empatados. Eu não sou italiano e você não é coreana. Me dê mais pistas.

Seu marido era de origem coreana, mas nunca tinha pisado na Coreia e não falava a língua. Na verdade, Mia e ele se consideravam apenas americanos. Tinham se conhecido na universidade, ela fazia contabilidade e ele, um mestrado em finanças. Ele trabalhava para uma companhia de fundos de investimentos.

— Está bem, é ele o coreano, mas é você que me interessa. E não avancei muito em relação ao que já sabia.

— Você também não me disse muita coisa sobre você mesmo. Não é italiano, o.k. Mas mesmo assim é de origem europeia.

— Está certa, mas essa informação não ajudará muito.

— Ah, não? É tão complicado assim?

— Não muito. Sou de um país que conheceu uma forte imigração europeia.

— Como, digamos... a Argentina?

Theo olhou para ela admirado.

— Agora sim você me impressionou!

Ela arregalou os olhos e se aproximou, se apoiando nos cotovelos.

— Não me diga que você é argentino...

— Sou sim. Nasci na Argentina.

— Não é possível — disse Mia, cruzando os braços em frente ao peito. — É realmente uma grande coincidência.

— Uma coincidência? Explique-se.

— Meu nome de solteira é Mia Matamoros Amun...

— Matamoros Amun... Amun? É um nome indíge-
na, não?

— Sim, minha mãe era mapuche.

— Então você é argentina por parte de mãe!

— Sim, meu pai é espanhol.

O celular de Mia tocou.

— Ai, meu Deus, é tarde. Não vi o tempo passar. Preciso ir.

Mia se levantou, pegou a bolsa, acenou de leve e foi
embora.

A academia se tornou uma prioridade. Theo encontrava Mia ali todos os dias e voltava com ela para o andar
do escritório para aquecer o almoço. Eles se instalavam numa
mesinha ao lado dos equipamentos e se serviam de café.

— O que você está comendo? — ela perguntou um
dia.

— Por quê, não parece bom?

— Sim, imagino que deva ser bom, mas tenho certeza
de que não é o melhor para a saúde.

— Não estou de regime.

— Eu também não, mas me preocupo com isso.

— E em sua opinião, qual o problema do meu almoço?

— Glicídios demais, proteínas de menos.

— Não preciso de mais proteínas!

— Precisa, para ter mais músculos — disse Mia, mostrando a barriga reta.

— Mas dizem que carne entope as artérias.

— Existem outras fontes de proteína, como clara de
ovo, por exemplo.

— Não tenho muita certeza de poder me tornar um
apreciador de clara de ovo.

Mia deu uma risada.

— Falta de imaginação.

— Conhece algumas receitas?

— Se quiser, pode jantar lá em casa hoje. Kwan foi para Nova York pela manhã e volta bem tarde. Farei minha especialidade. Claras de ovo ao curry. É delicioso.

Theo lançou-lhe um olhar enviesado.

— Além disso... detesto comer sozinha.

Quando ficou a sós no gabinete, Theo ligou do celular para dizer a Julia que não o esperasse. Ele tinha um jantar com os colegas de trabalho. Tudo certo, Diane tinha acabado de ligar para elas irem ao cinema. Ele tinha o hábito de guardar na última gaveta da escrivaninha uma coleção de camisas brancas novas. Desceu à academia para tomar uma ducha e trocar de roupa.

Fazia tempo que não tinha aquela sensação de felicidade, impaciente com a ideia de estar sozinho com Mia no apartamento dela. Não se apressou, querendo prolongar aquele prazer, e se demorou na ducha. Ao sair, cruzou com Ben, vizinho de bairro e colega de trabalho. Ele tinha acabado de sair do treino. Sua mulher, Pat, que também trabalhava na empresa, tinha viajado.

— Vamos beber algo — convidou Ben.

— Hoje não, tenho um jantar — respondeu Theo, olhando para o relógio.

A porta da academia se abriu subitamente. Mia apareceu, cumprimentou Ben e puxou Theo para um canto.

— Estava procurando você, deixei um recado no celular. Vi que seu carro continuava no estacionamento.

Mia girava nervosamente as chaves entre os dedos.

— Sinto muito. Preciso entregar um dossiê amanhã cedo e vou trabalhar a noite toda. Nos vemos amanhã?

— Sem problema — disse Theo, com um grande sorriso.

A jovem foi embora, apressada, e deixou atrás de si um rastro de perfume.

— Muito bem... Acho que no fim das contas vamos beber alguma coisa — disse Theo, olhando para a porta.

* * *

Theo precisava se conter para não ligar para Mia mais vezes. Sentiu vontade de enviar flores para a casa dela, mas desistiu a tempo. Preferiu comprar uma antologia de poemas argentinos e deixou-a em cima da mesa dela. Mia encontrou o livro com um marcador na página do soneto de Francisco Luis Bernárdez. Os últimos versos estavam sublinhados:

> *Porque después de todo he comprendido*
> *Que lo que el árbol tiene de florido*
> *Vive de lo que tiene sepultado.**

Querendo entender aquelas palavras, Mia enviou os três versos ao pai. Ele logo fez chegar até ela uma tradução, acrescentando uma mensagem em pé de página: "Era um dos poemas preferidos de sua mãe. De onde o tirou?".

Mia se sentou. Suas mãos tremiam. Precisava parar de ver Theo. Acabou pegando o celular:

— Vamos jantar hoje.

Mia tinha feito uma reserva num sushi-bar no centro de Westport, a dez minutos do escritório. Era um dos restaurantes preferidos de Kwan. Ali, ela se sentia segura. Queria anunciar a Theo que precisava se afastar.

Em vez disso, se ouviu falando da própria vida o jantar inteiro.

— Minha mãe morreu quando nasci, não tenho nenhuma lembrança dela. Meu pai fala muito pouco sobre ela. Acho que não a perdoa pelo suicídio.

— Pensei que tivesse morrido no parto.

---

* "Porque depois de tudo hei compreendido/ Que o que a árvore ostenta de florido/ Vive do que ela oculta sepultado". (Tradução de Aurélio Buarque de Holanda Ferreira, *Grandes vozes líricas hispano-americanas*. Rio de Janeiro: Nova Fronteira, 1990). (N. T.)

— Sim, é o que eu sempre digo. As pessoas se assustam com a palavra *suicídio*. Não faz mal. Não me sinto afetada pelo fato. Não tive nenhuma relação afetiva com ela... Não saberia nem dizer o que significa, para mim, ser metade mapuche. Prefiro que as pessoas pensem que sou coreana. Assim, tenho menos coisas a explicar sobre ela e sobre mim...

— Você sabe por que ela fez isso?

— Sei que a família dela ficou furiosa quando ela se casou com meu pai. Era uma princesa mapuche... Acho que era muito bonita...

— Você tem fotos dela?

— Nenhuma.

— E seu pai não guardou nenhuma?

— O choque foi duro demais para ele. Ele saiu da Argentina e nunca mais quis voltar. Recomeçou a vida aqui. Casou com Nicole quando eu tinha apenas dois anos e acabou obtendo a nacionalidade americana. Foi ela que o ajudou a deixar a bebida. Ela nunca quis ter outros filhos, para cuidar de mim. É minha verdadeira mãe. Tivemos muita sorte.

— E como Nicole chegou na vida dele?

— Nicole? Ela é irmã do melhor amigo dele. Foi assim que se conheceram. O tio George é capitão da Força Aérea dos Estados Unidos... Foi ele que me ajudou a encontrar esse emprego. Sem ele, nunca teria entrado na Swirbul and Collier.

— Sim. Na Swirbul and Collier não tem esse negócio de entra quem quer — concordou Theo, agitando as pedras de gelo no copo.

Ele esticou a mão e acariciou a bochecha de Mia. Ela interrompeu seu gesto.

— Não, Theo.

— Temos coisas demais em comum para parar aqui...

— Não quero.

— Irei até onde você quiser, Mia. Sei esperar.

O aeroporto de Newark estava cheio de gente, o trânsito estava lento, os carros faziam fila para deixar os passageiros e depois lutavam para sair do engarrafamento. Theo, impaciente, acabara de deixar Julia, que viajaria por um mês para visitar Ulisses. Uma última manobra para ultrapassar a longa fila de táxis e Theo voltou ao cruzamento que o levaria para Nova York. Ele pegou o New Jersey Turnpike e atravessou o Bronx numa autoestrada congestionada, pensando que mais uma vez tinha feito a escolha errada. Passou finalmente pelo pedágio e acelerou até o Connecticut Turnpike, que contornava toda a costa do estado, em direção a Trumbull. Tinha mais uma hora de estrada pela frente.

Quando estacionou o carro na frente do prédio de Mia, o céu estava avermelhado. Um bando de pássaros passou por cima de sua cabeça. Theo levantou os olhos, um avião cortava o céu com uma linha branca. Ele ficou imóvel por um segundo e saiu do carro.

Mia abriu a porta. Estava usando um simples vestido-envelope verde, amarrado na cintura, e sapatos pretos de salto alto. Theo contemplou-a enquanto ela caminhava até uma mesa posta com capricho. As velas acesas no centro se refletiam numa grande janela envidraçada. Tudo estava arrumado, num ambiente minimalista, sem bibelôs, nem quadros. Mia serviu uma taça de champanhe e ofereceu-a a Theo.

— O que estamos celebrando? — ele perguntou, puxando-a pela cintura.

— Nosso primeiro fim de semana de solteiros — ela respondeu, se aproximando.

— Pensei que tivesse me chamado para mostrar a famosa receita de claras de ovos ao curry.

— Temos mais coisas no cardápio — ela disse em seu ouvido.

Pegou-o pela mão e o guiou.

Um raio de sol o acordou ao amanhecer. Mia dormia encostada nele, os lábios entreabertos.

Ele tinha contado a própria vida — à sua maneira —, a infância com Gabriel e a morte do irmão durante a guerra suja. Havia dito, talvez por costume, pois ainda se preocupava em embaralhar as pistas, que os Montoneros o tinham sequestrado durante os terríveis anos de violência na Argentina. Mia não fazia ideia de quem eram os Montoneros e não ligava a mínima. Mesmo assim, ele não revelou nada de fundamental. Mas aquilo lhe fez bem. Pela primeira vez, sentiu o passado bem longe atrás de si.

Desde que chegara aos Estados Unidos, Theo não havia mencionado o nome do irmão para ninguém além do tio Mayol e de Julia. Ele nunca tinha confessado a ninguém que procurara emprego na Swirbul and Collier não para conseguir a nacionalidade norte-americana — o que todos pensavam —, mas para encontrar o assassino do irmão Gabriel.

Como engenheiro de sistemas na Swirbul and Collier, esperava ter contato com certos dossiês de difícil acesso. Havia sido contratado muito jovem, assim que chegara aos Estados Unidos. Desde os primeiros contatos com a CIA, seus interlocutores não tinham deixado de notar suas capacidades excepcionais no campo da segurança computacional. Ele tinha se orientado para a Swirbul and Collier e logo começara a galgar postos dentro da companhia.

Chefe de setor, estava encarregado de garantir a segurança de todos os computadores da empresa. Assim, tinha vasculhado meticulosamente os arquivos disponíveis. Ele sabia que seu homem se escondia nos Estados Unidos. Mas era impossível encontrar seu rastro. Fazia trinta anos que Theo vivia movido pelo ódio, obcecado por vingança. Nem Julia havia conseguido libertá-lo. Naquela manhã, porém, ele sentia que tinha ganhado asas.

Theo e Mia entraram no carro apressados, quando o sol mal despontava, e engoliram um café da manhã para viagem no primeiro *diner* aberto. Pararam na casa de Theo para tirar a moto da garagem e vestir as roupas de couro. Dirigiram a toda a velocidade para o norte, livres na autoestrada vazia. Theo queria chegar a Rhode Island antes do almoço, mas Mia queria ir mais longe. Eles chegaram a Cape Cod ao pôr do sol. A praia estava quase deserta, a não ser por uma mãe com a filhinha coberta por um gigantesco chapéu de palha, que os observava com ar severo, enquanto eles se perseguiam e se respingavam nas ondas. Eles comeram no porto, lambendo os dedos, peixes que ainda saltavam entre as pernas dos pescadores antes de serem fritos. Depois, refizeram todo o caminho de volta, lentamente, extasiados, olhando as estrelas, e foram se deitar ao amanhecer sem nenhuma vontade de dormir.

Theo foi o primeiro a acordar. Ele gostava daquele momento em que Mia lhe pertencia sem saber. Contemplou-a fascinado, depois se levantou suavemente para não a acordar e se vestiu. Nas paredes do corredor, entre o quarto e a sala, Mia havia disposto uma galeria de fotos de família. Theo se aproximou, curioso. Havia apenas fotos de Kwan com os pais. A exceção era a foto do casamento, na qual Mia resplandecia, beijando o marido, com os pais dela de um lado e os de Kwan do outro.

Com uma xícara de café na mão, Theo foi se sentar na sala. Pegou o celular e conferiu as mensagens, distraidamente. Parou de repente, pousou a xícara sobre o balcão da cozinha e voltou apressado ao corredor. Inclinou-se para examinar mais atentamente a foto do casamento de Mia. Um calafrio percorreu-lhe a espinha.

27.
Ulisses
Verão boreal, 1976

Escoltada por uma enfermeira, Julia entrou na maternidade de mãos vazias. Caminhava com dificuldade. Agarrou-se à beira da cama, com uma careta. Tina achou que ela estava mudada. Os traços de seu rosto lembravam uma madona italiana.

— Então? — perguntou Maby, que tinha sido transferida para a maternidade durante sua ausência.

— É um menino! — Julia murmurou. — Não tive permissão para trazê-lo sozinha. Nasceu com três quilos. Respirou exatamente às quinze horas e vinte e sete minutos.

— Isso é tão importante?

— Não sei — disse Julia, se deitando. — A enfermeira o colocou em meu peito assim que Rubens saiu. Ele levantou o nariz e olhou para mim. Tenho certeza de que queria ver o rosto da mãe. Adormeceu na hora. Acho que ficou aliviado, pobrezinho!

Tina e Maby riram, sentadas ao lado de Julia.

— E Rubens? — perguntou Maby.

— Como com Tina. Um horror. Mas não o suficiente para estragar o momento.

— As enfermeiras ajudaram?

— São duas. Só uma me ajudou. Ela neutraliza a presença do Rubens. A outra é uma bruxa pior que ele. Os três se detestam entre si.

— Animador! — disse Maby, antes de acrescentar: — Muitos estragos?

— Sim, profundos: Ulisses será meu único filho.

Um breve silêncio se fez.

— Ulisses? — perguntou Tina. — Nome pesado para uma criança!

— Não dava para escolher um nome mais... local? Como Pablo, Juan? Poderíamos chamá-lo de Pablito. Tente dizer Ulissito para ver!

As três caíram na gargalhada.

Julia apertou os lábios. Com o olhar perdido no vazio, acabou dizendo:

— Acho que o nome combinará com ele. Ulisses nunca perdeu a esperança. Espero que meu filho se pareça com ele.

Tina torceu o nariz.

— Eu deveria ter pensado melhor antes de chamar minha filha de Dolores! Dolores: parece mais um golpe do meu inconsciente.

Elas riam às lágrimas, até que a porta se abriu. Duas enfermeiras traziam dois bebês. Dolly acabava de sair de alguns dias na incubadora e Ulisses podia passar alguns minutos com Julia. As jovens mães se sentaram bem eretas para receber as crianças.

Subitamente, sem mais nem menos, a pequena louca do fundo da sala, que se aproximara em silêncio, pulou e tomou Ulisses das mãos de Julia.

— É meu bebê! — ela gritou, olhando em volta com expressão perdida.

Julia nunca tinha prestado muita atenção naquela jovem que ficava sempre num canto, de costas. Ela de repente irrompia em sua vida, suscitando o pânico e os esforços de todas para trazê-la à razão. Julia caminhou suavemente até ela.

Ela era franzina e sem dúvida muito jovem, mas a cabeleira grisalha acentuava um envelhecimento prematuro. Tudo nela evocava o medo e a fragilidade de um pássaro ferido. Ela tinha as costas curvadas, como se esperasse um golpe.

— É meu bebê — repetia.

Ao ouvir sua voz, Julia ficou paralisada. Aquela voz, sim! Ela a reconhecia. Apesar da contração que deformava sua boca, da metade do rosto paralisada, apesar dos sulcos que vincavam seu rosto, apesar da falta de cabelos e do olhar perdido, Julia a reconheceu. Era Rosa. Sua amiga Rosa.

Aquela contra quem El Loco tinha se voltado depois de sua fuga com Adriana. Era de fato Rosa, que Julia tinha resgatado do inferno do massacre de Ezeiza, que Gabriel tinha tratado e amado. Rosa, sua amiga, que segurava Ulisses nos braços pensando ser o bebê que ela tinha tido, fruto do estupro de um torturador, e que agora tentava proteger. Pois apesar de terem lhe tirado tudo, os carrascos não tinham conseguido extirpar sua vontade de amar.

— Rosa...

"Rosa", repetiu Julia, em meio ao silêncio que se fizera em torno delas.

"Rosa, minha querida, escute."

Rosa ergueu os olhos vazios para Julia.

— É meu bebê.

— Não, ele não é seu bebê. Ele se chama Ulisses. Mas você pode pegá-lo.

Rosa pegou a criança com muito cuidado e caminhou lentamente até a cama do fundo. Ela se sentou e embalou o pequeno Ulisses, cantando numa voz doce. Fazia todos os gestos apropriados, no tom certo, tranquila e realizada. O bebê dormiu em seus braços.

Julia tentou várias vezes estabelecer um diálogo com Rosa. Contou-lhe tudo o que havia acontecido com ela desde que saíra de Castelar, falou de Paola — de quem não sabia mais nada —, de Adriana e de Augusto. Ela sentia que a jovem a ouvia, mas nunca tinha certeza de que compreendia. Falou, por fim, de Gabriel, de sua morte, e confessou seus remorsos, sem obter de Rosa nenhuma reação.

Rosa era a única a não receber visitas. Julia não se lembrava de ter ouvido falar de sua família. Pensava ter entendido que Rosa havia crescido num orfanato. Mas se lembrava de ter ouvido Gabriel mencionar os pais dela. Ele contara como havia sido apresentado a eles. Era um casal devastado pelo alcoolismo, que vivia à beira da indigência, com comportamentos muito violentos, o que os fizera perder a guarda de

Rosa. Ela tinha crescido passando de orfanato em orfanato, não podendo ser adotada porque os pais se recusavam a assinar os papéis de transferência. Depois da maioridade, Rosa logo conseguira se virar, acumulando pequenos empregos de meio período que lhe permitiam prosseguir com seus estudos na universidade. Tinha sido cooptada muito jovem por uma das redes clandestinas dos Montoneros, que a valorizavam porque Rosa era dotada de uma memória extraordinária e podia guardar um grande número de dados e retransmiti-los sem que nada precisasse ser conservado por escrito. Quando Gabriel havia conhecido seus pais, ficara chocado pela maneira como chantageavam a filha. Pediam-lhe dinheiro constantemente.

Agora que a havia encontrado, Julia queria saber mais. Levava-lhe Ulisses todos os dias, para que ela o embalasse. Rosa seguia suas indicações ao pé da letra, mas se recusava a dirigir-lhe a palavra. A Rosa de antes também não era muito afeita a confidências fáceis. Julia confiava nela, no entanto, e sua ajuda lhe era preciosa. Como previsto, o dr. Rubens maltratara seu corpo. Ela tinha uma cicatriz horrível que doía muito e terríveis dores de cabeça resultantes dos medicamentos que ele havia testado em seu corpo. Julia passava a maior parte do tempo deitada, lutando contra a enxaqueca. Tina, a seu lado, tinha as mãos ocupadas por Dolly, e Maby, prestes a parir, tinha sido transferida para a unidade de tratamento intensivo.

Certa manhã em que Julia havia deitado perto de Rosa, ela a ouviu murmurar enquanto embalava o bebê:

— Fala-me, Musa, do homem astuto que tanto vagueou*...

As palavras se encadeavam com facilidade. Sua dicção, em geral confusa, era cadenciada e clara. Ela prosseguiu, parando apenas para respirar:

— Vede bem como os mortais acusam os deuses! De nós, dizem, provêm as desgraças, quando são eles, pela sua loucura, que sofrem mais do que deviam!

— Rosa, o que está dizendo? — interrompeu-a Julia.

---

* *Odisseia*, de Homero (tradução de Frederico Lourenço. São Paulo: Penguin Classics Companhia das Letras, 2011). (N. T.)

Rosa se virou, olhou para ela, calma, e com voz ponderada respondeu:

— Estou ninando o bebê.

Julia se sentou na cama.

— Ninando?

— Sim...

— O que está contando para ele?

— A *Odisseia*.

— Você conhece a *Odisseia* de cor?

— Aprendi na escola.

— Rosa... e eu, você me reconhece?

— ...

— Olhe para mim, Rosa.

Rosa virou o rosto.

— Rosa, você sabe onde estamos?

— Em casa — ela respondeu, numa voz indiferente.

Julia esboçou um movimento para abraçá-la. Rosa deitou o menino suavemente na cama e se afastou. Nunca mais aceitou que Julia se aproximasse dela e se recusou a cuidar de novo do bebê.

Na semana seguinte, Rosa teve uma nova crise. Atirou-se sobre Rubens, arrancou seus óculos e mordeu sua mão.

— Louca — ele lançou, afastando-se. — Você não perde por esperar!

Pouco depois, Julia foi informada de que sua mãe havia recebido permissão para visitá-la de novo. Ela não foi autorizada a entrar na enfermaria, mas Julia sabia que contatos físicos por entre as grades eram tolerados.

Quando a viu chegar, Julia pegou o bebê, tirou a coberta cinza que o envolvia e, pequenino como era, entregou-o pelas grades nos braços da mãe. Julia não tinha previsto a emoção que ver Ulisses no colo da mãe desencadearia nela mesma. Alguma coisa parecia subitamente desbloqueada dentro dela, como se o menino enfim se tornasse seu filho aos olhos do mundo.

— Nona Fina está esperando lá fora — disse a mãe depois de alguns minutos. — Se você concordar, eu gostaria que ela visse o bisneto e o pegasse no colo...

Julia pediu autorização à zeladora que acompanhava a conversa.

— O menino não pode sair — disse a guarda, ríspida.

— Mas sua avó pode entrar. Por um minuto.

Banhada pelo sol, Nona Fina fez uma entrada triunfal. Com o tailleur cinza-azulado com debrum branco e o pequeno chapéu trançado tom sobre tom, seu sorriso e sua voz preencheram todo o ambiente com um sopro de primavera. Julia sentiu vergonha de se mostrar como estava, com seu velho casaco cinza. Arrumou os cabelos e se aproximou, emocionada. Nona Fina segurou suas mãos por entre as grades, sem conseguir falar.

— Pegue-o — disse a mãe de Julia, um pouco confusa, colocando o menino em seus braços.

Nona Fina se virou para pegar o bebê. Ela o colocou sob a luz e estudou-o com atenção.

— Ele é perfeito — disse.

Então se voltou para Julia com um grande sorriso.

— Então, como se chama?

Julia relaxou.

— Ulisses Joseph d'Annunzio — disse, orgulhosa.

Nona Fina arregalou os olhos.

— Ulisses Joseph! Obrigada, querida, fico muito comovida. E aliviada, já que Joseph é só o segundo nome. Fino não é um apelido feliz para um homem.

— Em todo caso, Ulissito também não — brincou Julia.

Nona Fina ficou séria. Ela virou as costas para a zeladora, fazendo o bebê passar de novo por entre as grades.

— O consulado da França vai enviar um emissário para dar início aos procedimentos de asilo. Foi dada a largada. Seu anjo da guarda nos ajudou a conseguir a autorização para a visita.

— ...?

— Você sabe... Aquele que passou em revista a tropa naquela noite.

— Claro... Quando? — Julia perguntou, pegando o bebê.

— Senhora — disse a voz rude atrás delas —, precisa ir agora, a visita acabou.

— Tenha paciência — murmurou Nona Fina.

— Senhora! — insistiu a guarda.

— Vamos — disse a mãe de Julia, puxando o braço de Nona Fina.

— A senhora pode ficar mais um pouco — disse a guarda à mãe de Julia, enquanto Nona Fina se retirava.

— Mãe — Julia disse —, preciso pedir um favor.

Sua mãe ouviu, pouco à vontade.

— Eu queria que você cuidasse da Rosa. Precisamos encontrar a família dela. Ela era noiva do Gabriel. Enlouqueceu depois da tortura.

— Depois da tortura? Quer dizer que... Meu Deus!

Ela olhou para onde Julia apontava e viu Rosa agachada nos fundos da sala. Pasma, olhou para a filha e pegou seu rosto entre as mãos.

— Meu Deus! — ela repetiu.

A partir daquele dia, tudo se acelerou. O consulado francês enviou um representante ao presídio de Villa Devoto, que lhe recusou um encontro com Julia. A França decidiu então conceder asilo político a Julia e ao filho. Um salvo-conduto foi emitido em seus nomes, autorizando a entrada em território francês.

No dia em que Rosa foi transferida para a unidade de doentes mentais, Julia foi enviada para o Pavilhão 49, o pavilhão das mães reclusas. No mesmo dia, ficou sabendo que o governo argentino acabara de decretar sua expulsão do país. Ela foi informada no momento em que conversava com Tina a respeito de uma recente mudança na legislação, que reduzia de dois anos para seis meses o tempo concedido às prisioneiras para ficar com os filhos. Com o anúncio da expulsão, Julia entendeu que sua vida acabava de mudar de rumo. De todas as pessoas que seu novo destino a obrigava a abandonar, era a separação de Nona Fina que mais a atormentava. Ela não conseguia conceber como encontrar Theo sem ela. Chegado o momento de se arrumar para a partida, a única coisa que fez questão de levar consigo foi o pacote de cartas cuidadosamente dobradas dentro de envelopes azuis que Nona Fina lhe enviara ao longo de todo o período de detenção.

Com o vestido de cetim vermelho que havia usado no aniversário de dezoito anos, Julia chegou ao aeroporto de Ezeiza. Como não havia mais espaço na pequena mala que fora autorizada a levar, Julia decidira usá-lo por baixo do velho casaco cinza. Ela avançava com a cabeça erguida, empurrando o carrinho de bebê com uma mão, a outra algemada ao policial que a acompanharia até o avião.

As pessoas que a viam passar pelos intermináveis corredores do aeroporto, com o carrinho e o policial, se viravam intrigadas. Julia via nisso uma compensação do silêncio obstinado do agente que a escoltava.

Cinco minutos antes de embarcar, foi autorizada a ver a família pela última vez, atrás de um vidro, num dos corredores de acesso. O pai, de cabelos brancos, e a mãe, ao lado dele, estavam colados ao vidro. Anna chorava nos braços de Pablo, que se mantinha atrás dela. Os gêmeos estavam com os violões e tocavam alguma coisa que ela não conseguia ouvir. Julia viu Nona Fina por último e começou a chorar. O policial a empurrou para seguir em frente enquanto ela pegava Ulisses nos braços para que todos pudessem vê-lo. Ela se deixou levar, olhando para trás até perdê-los de vista.

Julia entrou no avião da Aerolíneas Argentinas enxugando as lágrimas. Sentiu o peso dos olhares dos passageiros assim que pisou na aeronave e manteve os olhos baixos. Encadeou uma série de gestos inúteis para manter a compostura, enquanto o policial entregava os documentos de viagem ao chefe de cabine. Ele abriu as algemas, prendeu-as na cintura e fez sinal para que se sentasse. Saiu logo antes que a porta do avião se fechasse. Uma aeromoça passou por ela, olhando-a com condescendência. Ela parou, empurrou com o pé a pequena mala de Julia para baixo do assento e ordenou que atasse o cinto de segurança.

O avião decolou, Julia contemplou pela janela seu mundo que diminuía. Ulisses dormia. Ela suspirou, se inclinou para a frente para puxar de volta a pequena mala e apoiou os pés sobre ela.

É tudo o que tenho, pensou, mas não preciso de mais nada.

28.
A mudança
Inverno boreal, 2006

Julia fecha a pequena mala e olha em volta. Não resta mais nada, nenhum vestígio de sua passagem por aquela casa. Até a fotografia sobre a lareira desapareceu. Umas vinte caixas de papelão estão empilhadas na frente dela, prontas, cheias de objetos inúteis que ela não consegue jogar fora.

Se tivesse utilizado os cupons que Theo havia separado para ela, Julia teria economizado dez por cento do valor das caixas. Mas ela os deixou no balcão da cozinha. Não quer mais aquilo. Recusa-se a continuar com aquele jogo.

Quando os carregadores chegarem, terão apenas mais alguns móveis a embalar e levar para o contêiner que partirá para a França. Ela se senta e puxa a mala deitada embaixo da cama, pousa os pés sobre ela. É verdade que tem mais coisas do que tinha ao sair de Devoto. Mas aquelas são as únicas que importam. Ela ainda guarda, bem amarrado, o pequeno pacote de envelopes azuis com as cartas de Nona Fina.

A empresa de mudança chegará dentro de uma hora. Ela não tem mais nada para fazer. Tinha imaginado as coisas de outra maneira. Eles teriam acordado cedo, teriam tido tempo de se olhar, de sofrer juntos. Theo a teria ajudado.

Talvez seja melhor assim. Ela parou de esperar por ele. Passou a noite sozinha e conseguiu dormir. Isso já foi além do que ela imaginava. Fazia semanas que era incapaz de ter algumas horas de sono. E ainda há a dor de barriga, que rouba suas forças. Ela se sente exausta. Existir se tornou um fardo num mundo sem cor. Nem os quilos que perdeu a animam.

Theo vive uma nova vida. Ela também gostaria de estar apaixonada, impaciente. Às vezes, gostaria de não perdoar, de detestá-lo. Mas não consegue. Ela talvez ainda o ame, mas não o amará mais. Seu amor é uma doença da qual se curará. Um dia, se lembrará da dor, mas não mais do apego. Ela não o amará mais, mas quer continuar a amá-lo, de outra maneira. Precisa dessa certeza para conseguir se curar.

Decide-se, enfim. Não pode mais se recusar a ir embora. Mesmo tendo desejado tão fortemente ser a exceção, desmentir os presságios, conhecer ela também a graça de desviar o destino. Abre a pequena mala, desata os envelopes amarelados pelo tempo e puxa uma das cartas ao acaso. Volta a ouvir a voz de Nona Fina, nítida, forte, real a cada palavra.

Julia se deixa deslizar até o chão. As convulsões chegam rapidamente. Aprendeu a viajar segundo a própria vontade. Sabe o que quer. Não é o futuro que a interessa. Quer voltar para trás, rever, compreender. Mergulha na substância espessa e branca com confiança, seu corpo inerte deixado para trás. Flutua, levada pelas emoções. São elas que a fazem avançar. Julia aprendeu. Conhece o circuito através dos estados de consciência, as conexões possíveis, as aberturas. Sabe que as emoções são uma fonte universal, submetidas às mesmas leis que a energia, operando por vasos comunicantes. Ela avança na contracorrente, procurando um ponto de inflexão, onde o contato com o outro é inevitável. E sobe à superfície, de uma só vez.

A fonte do pátio é uma confirmação do controle que adquiriu. Julia, satisfeita, olha. Ela já sabe. Não tem pressa, quer se impregnar de novo daquele mundo que é o seu. Os olhos de seu anfitrião correspondem. Julia passeia por cada um dos cômodos. Deixa o pátio para procurar a *bombilla* do *mate cocido* que a espera na grande mesa de cerejeira da sala de jantar. Passa pela sala, onde o piano de parede em que aprendeu a tocar, como o pai, continua no mesmo lugar. Um jornal dobrado em cima da poltrona de Nona Fina indica a data de 6 de agosto de 1984. Claro, é o dia do aniversário dela. Não se trata de uma coincidência.

No quarto de Nona Fina, a cama revela sinais de uma sesta recente, mas as cortinas não estão fechadas. Ainda é cedo. Ela se aproxima da mesa de cabeceira, onde uma foto sua beijando Ulisses com roupa de bombeiro ocupa um grande espaço ao lado da fotografia de seus pais. A gaveta da mesinha de cabeceira se abre. O rosário, os óculos, os remédios. Julia vê a mão de Nona Fina vasculhar e tirar lá de dentro uma grande lupa.

Ela volta para o corredor. Julia sabe que está indo para o seu quarto. Poderia contar o número de passos. Tudo continua no mesmo lugar, intacto, igual ao dia em que saiu para viver com Theo. A cama, os livros de poesia, os cadernos de desenho, as velhas revistas, a penteadeira, a escrivaninha.

Nona Fina acende a luz e se instala na escrivaninha de Julia. Tira da gaveta central uma pasta que coloca sobre a mesa com cuidado. Ela a abre. Papéis e recortes de jornal se amontoam, fora de ordem. Começa a ordená-los, cuidadosamente, com a ajuda da lupa. Há de tudo: receitas de cozinha, propagandas de filmes, artigos. Entre os papéis, Nona Fina encontra um desenho de criança que deixa em separado, num canto da mesa. Julia o reconhece. É o desenho que deu a Nona Fina para explicar sua primeira "viagem", quando tinha apenas cinco anos. Nona Fina pousa a mão sobre ele, voltando à classificação.

Depois de inspecionar metade do conteúdo, se detém diante de um recorte que aproxima da luz. É um artigo de uma revista de variedades. Fala do casamento de um capitão da Aeronáutica, Ignacio Castro Matamoros, Julia lê na legenda, com uma moça bonita chamada Mailen Ibañez Amun. Nona Fina olha para a foto e aproxima a lupa do rosto do jovem casal. Julia não deixa de constatar que a jovem esposa se parece com ela própria. Parece ter, aliás, a mesma idade que Julia. Mas é no rosto do jovem marido que Nona Fina se demora. É um homem grande, musculoso, de cabelos raspados, olhos azul-petróleo, com uma cicatriz na têmpora. Nona Fina pousa o recorte sobre o desenho de Julia e continua a triagem.

De repente, ela se interrompe e se levanta, voltando para o corredor. Entra na sala, acende a luz e se senta na poltrona para atender o telefone. O jornal que coloca sobre os joelhos, *El Clarín*, está dobrado na página *Policiales*. Uma foto mostra um grupo de agentes diante de um alinhamento de casas idênticas. Julia pensa reconhecer o comissário Angelini, o amigo de Nona Fina. A legenda, pouco legível, indica que a polícia procura o assassino. A avó tamborila nervosamente os dedos no braço da poltrona. Está procurando sua fonte, Julia sabe.

Antes de desligar, Nona Fina contempla o telefone por um momento. Julia queria estar ali para ajudá-la. Ela volta para o quarto de Julia, guarda a pasta na gaveta e deixa o desenho e o artigo num canto da escrivaninha. A seguir, pega um papel azul e uma caneta-tinteiro que tira da gaveta lateral e começa a escrever. Julia sabe a carta de cor. É a mesma que ainda tem na mão.

Uma sacudida a abala. Julia é brutalmente desconectada. Ela se projeta no vazio, lutando para ficar perto de Nona Fina. Seu ser é aspirado para o presente. Seu corpo exige seu retorno. Está na hora. Ela precisa voltar. Que seja. Seus olhos se abrem de repente. Um homem alto de macacão azul, inclinado sobre ela, cheirando a cigarro, a encara, consternado:

— Tudo bem, senhora? Está se sentindo bem?

— Sim, tudo bem, obrigada. Devo ter adormecido, sinto muito.

— Como eu vi que a porta estava aberta e que tudo estava embalado, pensei que...

— Não se preocupe, agiu bem.

Julia se levanta, penteia os cabelos com os dedos e alisa as calças. Olha para a carta de Nona Fina que ainda tem entre os dedos. Precisa relê-la com atenção.

Mas não agora. Precisa cuidar da mudança.

29.
A regra
Inverno boreal, 2006

Julia espia pela janela a equipe de mudança que carrega seu piano art déco. É um George Steck. Viajou da Argentina ao Connecticut e Julia não pretende deixá-lo para trás. Não é apenas um instrumento raro, com tampo em marchetaria e caixa de ressonância oval, é também o da sala da casa de Nona Fina.

Os carregadores logo vão pedir uma pausa. Julia consulta o relógio. Como se a tivesse ouvido, o homem de macacão azul atravessa o gramado num passo decidido. Julia desce as escadas com pressa. Tarde demais: ele pisa nos canteiros ao passar.

— Vamos parar por meia hora — diz o homem.

— Sim, claro, fiquem à vontade — ela diz, olhando para as pegadas de terra preta no assoalho.

Os homens já estão sentados no grande caminhão com seus sanduíches. Julia se sente estranha. Ela também se senta, nos degraus da escada. Deixa o fluxo de imagens recomeçar.

Um cômodo escuro, uma porta entreaberta. O olhar se desloca do banheiro para o criado-mudo. Na penumbra, Theo estica o braço para pegar algo que traz para perto de si. Ele liga um celular e lê um texto de três linhas. Fica um momento conferindo as mensagens na tela, depois desliga o aparelho. A jovem se maquia, inclinada para se aproximar do espelho. Ela usa sapatos pretos de salto alto. As toalhas do hotel estão atiradas no chão. A jovem vai fazer um sinal, pegar a bolsa e bater a porta.

Sentindo a necessidade de lavar o rosto, Julia se levanta e, ao passar pela cozinha, se serve um copo de leite gelado. Ela sacode a cabeça como para se livrar daquelas imagens. Está nervosa com a ideia de que Theo possa aparecer, pois não quer vê-lo, não naquele momento. Olha de novo para o relógio. Em algumas profissões as pessoas são sempre pontuais. Ao que tudo indica, as que ela espera não fazem parte desse grupo.

Verifica tudo em volta mais uma vez e faz uma careta.

— Droga, esqueci a louça.

Precisa pedir que a embalem. Eles não vão gostar. Definitivamente, ela está com a cabeça em outro lugar. Julia abre os armários.

— Azar, vou deixar tudo.

O toque do celular a faz levar um susto. Ela sai em busca do aparelho. Não consegue encontrá-lo, ele para de tocar. Julia procura atrás das caixas, entre as almofadas, na beirada das janelas, dentro da geladeira. Por fim, decide pegar o telefone fixo e ligar para o próprio número. O som vem do andar de cima. Ela deve tê-lo deixado cair dentro da mala. Não, o aparelho está no banheiro, vibra e toca ao mesmo tempo, equilibrado na pia.

É uma mensagem de Theo. Julia esboça um gesto de irritação.

Ela leva outro susto. Dessa vez, batem à porta. O bando de parrudos se impacienta na entrada. Ela desce correndo as escadas, com o celular na mão, e abre a porta. O responsável entra, solene, de terno completo. Julia precisa preencher e assinar uma dezena de formulários. Os outros já estão espalhados por todos os cantos da casa e embalam o que falta. Ela precisa intervir para explicar que o resto pertence ao marido.

O responsável se despede. Julia se sente mais à vontade, os homens também. Um dos carregadores volta do caminhão com um grande rádio amarelo e preto, fabricado, segundo ele, para sobreviver a um cataclismo. Ele pede permissão para ligar o aparelho enquanto embala a louça. Impossível dizer não. O som explode dentro da casa, fazendo Julia levar outro susto. Dessa vez, ela ri.

— Queremos seguir os boletins de notícias. A senhora está sabendo do avião? — pergunta o homem, que não consegue ficar mais de um minuto em silêncio.

Julia ergue as sobrancelhas. Faz dias que não sabe de nada. Na verdade, ela não se importa que eles ouçam o que quiserem, quer apenas ler a mensagem de Theo.

— Não — ela responde educadamente, tentando se isolar.

— Um jatinho particular que fazia o trajeto entre Nova York e Boston. Estão tentando fazê-lo aterrissar perto daqui. Parece que Stratford tem um aeroporto.

— Ah, sim! — diz Julia, distraída.

— Sim, vou deixar você ouvir a notícia ao vivo — continua o homem, com pressa.

Ele gira os botões do rádio em todos os sentidos. Uma voz feminina invade a sala, descrevendo as manobras de um avião em perigo, bem como a panóplia de medidas tomadas para garantir uma aterrissagem de urgência na pista do pequeno aeroporto de Bridgeport.

— ... no Sikorsky Memorial, que na verdade fica em Stratford — acrescenta a voz antes de dar início a uma longa discussão sobre os fundamentos da disputa entre as duas cidades.

Ausente, Julia tenta se isolar. A mensagem de Theo retém toda a sua atenção. Três linhas para pedir desculpas. Ele a chama de "meu amor".

— Mas que cretino!

As cabeças se viram. Não, ela não tem nada a dizer. Prefere subir para o quarto. Quer reler as cartas de Nona Fina.

O rádio amarelo continua dando os detalhes da emergência. O avião enfrenta sérios problemas. Fala-se agora em pouso forçado.

Julia volta para a cozinha com as mãos na cintura. Não, mudou de ideia. Vai levar toda a louça e todas as panelas. Tira pilhas de pratos dos armários, grandes, médios, pequenos; xícaras, pires, a chaleira, a cafeteira, as leiteiras, caçarolas, frigideiras. Coloca tudo em cima do balcão em alinhamento militar.

— Senhores, eu tinha me esquecido disso.

Os homens se entreolham. O homem de macacão azul caminha em volta dela, coça a cabeça, levanta o boné e declara, como um perito:

— Vai levar no mínimo uma hora e meia a mais.

Julia assente. A conta será grande. Mas esta é a última de suas preocupações. Ainda não consegue recuperar o sangue-frio.

— Se eu não tivesse visto com meus próprios olhos, ainda estaria esperando por ele, pensando que não tinha voltado à noite porque estava com trabalho demais! — murmura, indo se postar à porta de entrada.

Os carregadores estão quase acabando. Eles enrolam o tapete, fecham as últimas caixas. O rádio continua dando boletins de último minuto. O avião está a poucos quilômetros de Fairfield. Sobrevoa o Connecticut Turnpike e começou a perder um pouco de combustível. Não conseguirá chegar a Stratford. O piloto pede que a autoestrada seja desimpedida. As autoridades ordenam uma evacuação.

O aparelho de rádio amarelo e preto reina no meio do cômodo. Julia se volta lentamente para contemplá-lo, como se tivesse acabado de percebê-lo. A voz continua: a autoestrada, Fairfield, o avião. O mundo começa a girar em câmera lenta. Ela ouve de longe a voz de Nona Fina: "Julia, repita comigo o que precisa lembrar...". Ela empalidece.

— Meu Deus! — ela grita.

Julia corre para a rua. Quer gritar por socorro, sair correndo. Volta a toda a velocidade, sobe as escadas correndo, procura na bolsa as chaves do carro e pega o celular. O caminhão de mudança bloqueia a garagem.

— É uma questão de vida ou morte — ela diz ao homem de macacão azul.

Os homens, à distância, resmungam. Um deles atira o cigarro no chão, pega as chaves e liga o veículo.

Julia, ao volante, liga para Theo enquanto o caminhão manobra. Uma vez, duas vezes, vinte vezes.

— Ele desligou o celular! — Julia grita, batendo no volante.

30.
A mentira
Entre primaveras boreais (1977-1980)

Em caso de despressurização, máscaras de oxigênio cairão automaticamente, disse a aeromoça. A mãe deveria colocar a sua primeiro. Ela precisaria garantir a própria segurança antes de pensar em cuidar do filho. Se não tivesse sido instruída nesse sentido, Julia teria feito exatamente o contrário.

No entanto, Nona Fina sempre havia exigido que ela estivesse em plena forma, para estar em condições de socorrer os outros. Era a mesma lógica.

— Seu corpo terá os limites que o espírito impuser — dizia Nona Fina.

Tudo isso lhe parecia tão distante. Partindo em exílio, sozinha, com o bebê no colo, ela duvidava das próprias capacidades e da força de seu espírito. A aeromoça não a ajudava. Ela provavelmente nunca mais a veria, mas era seu primeiro contato com o mundo de fora e ela queria recomeçar.

Julia levantou a cabeça quando a jovem passou. Olhou para ela com um sorriso. Não precisava ter vergonha. A aeromoça não retribuiu o sorriso, tentando ignorá-la do alto de sua pessoa, mas Julia notou um relaxamento em seus lábios, que a tranquilizou. Sua história era complicada e ela estava atravessando o Atlântico para aterrissar num país onde não conhecia ninguém. Mas ela não queria mais ter medo.

A aeromoça acabou de servir os passageiros e foi se agachar perto de Julia. Ela queria saber se Ulisses precisava que a mamadeira fosse aquecida. Julia retribuiu esse primeiro gesto fazendo-a sentir como ela era indispensável. Aos poucos, conseguiu contar-lhe sua vida. A curiosidade da jovem aeromoça acabou vencendo sua reticência. Argentina de nascimento, da mesma geração de Julia, ela não sabia nada de política, muito menos do plano de extermínio da esquerda posto em prática pela junta militar de seu próprio país.

— Meu nome é Alice. Posso fazer alguma coisa para ajudar?

— Não sei, não sei nada sobre a França e sobre as condições de minha chegada.

— Justamente, sua família deve estar muito angustiada de vê-la partir assim. Eu faço esse trajeto todas as semanas, posso servir de ligação. Você me passa suas cartas e eu trago as deles.

Como o correio era particularmente lento e o telefone muito caro, ela poderia, graças à jovem aeromoça, se comunicar com os seus familiares. E acabara de fazer uma amiga. Essa ideia a encorajou.

Julia aterrissou em Roissy numa manhã enevoada de primavera. Ela foi recebida por uma representante da fundação France Terre d'Asile, Conchita, uma jovem chilena, tradutora profissional. Ela vinha acompanhando seu caso havia mais de seis meses, em contato direto com sua família e com a embaixada da França em Buenos Aires. Julia logo se sentiu à vontade.

Conchita pegou Ulisses nos braços com desenvoltura e o bebê não parou de balbuciar enquanto elas atravessavam as escadas rolantes futuristas que levavam à saída. Julia tinha a impressão de estar entrando dentro de um disco voador.

— Você ficará hospedada por seis meses numa casa para refugiados em Fontenay-sous-Bois e fará cursos intensivos de francês na igreja da Porte de Choisy. Depois veremos — a jovem chilena anunciou.

Havia na casa brasileiros, chilenos e outros argentinos, refugiados como ela, fugindo das ditaduras do continente. Julia não teve tempo de se entediar. À noite, depois das aulas e depois de Ulisses adormecer no pequeno quarto que tinham recebido, Julia se encontrava com Conchita e com o padre responsável pelas aulas na igreja. Eles tinham colocado na cabeça que fariam dela uma tradutora a serviço dos recém-chegados.

Ao fim de seis meses, Julia conseguiu alugar um pequeno apartamento acumulando o que recebia de auxílio-moradia, de auxílio previsto para mães solteiras e do salário de operária em tempo parcial numa indústria química de Fontenay-sous-Bois. Sua atividade como intérprete era voluntária. E ela ainda tinha tempo de atender todas as pessoas que iam visitá-la sem nenhuma outra razão que agradecer-lhe, como as que continuavam passando na casa de Nona Fina, no bairro de La Boca.

Em seu novo mundo, Julia não se sentia mais sozinha. Ela tinha, além disso, feito amizade com um estudante francês que a ajudava a cuidar de Ulisses e que, ela percebia, tinha se apaixonado por ela. Mas Julia vivia em suspenso, à espera do momento em que poderia se juntar a Theo.

Infelizmente, as notícias da Argentina não eram as melhores. Alice trazia regularmente as cartas da família, dentre as quais os envelopes azuis de Nona Fina, que eram os mais esperados. Mas nunca havia notícias de Theo, nem de Adriana.

Bem no meio da Avenue de la Grande-Armée, os refugiados latino-americanos tinham descoberto um orelhão famoso entre eles, pois cuidadosamente desarranjado. Digitando uma certa série de números, era possível fazer chamadas de longa distância gratuitas para a América Latina. Julia havia sido avisada por alguns amigos. Era a única maneira que tinha para ouvir a voz de Nona Fina com regularidade, a de Anna e de algumas amigas de colégio. Isso contribuiu para tornar seu exílio muito mais suportável.

— Vou visitá-la no verão — anunciou Nona Fina quando Ulisses estava para completar dois anos.

Julia viveu os meses seguintes na expectativa do reencontro. Ela também alimentava a esperança de que Nona Fina chegasse com informações confidenciais que não podia revelar por telefone.

A ideia de que Theo pudesse estar vivo fazia Julia seguir em frente. Se ninguém tinha conseguido confirmar sua partida com Adriana de Buenos Aires, a bordo do *Donizetti*, era simplesmente porque o plano de fuga era tão bom que eles não tinham deixado vestígio algum. Nona Fina afirmava, de fato, que tinha perdido totalmente o contato com o capitão Torricelli e que o *Donizetti* nunca mais tinha voltado à América do Sul. Aquilo parecia normal: aquela viagem havia sido sua última, o navio tinha sido enviado para o desmanche em 1977. Por outro lado, o padre Miguel, com quem Nona Fina havia deixado dinheiro e para quem Julia havia enviado Adriana, contava entre os recentes desaparecidos da junta militar. Ele era suspeito de envolvimento com os Montoneros, mas Nona Fina sabia por Angelini que isso não se devia à fuga de Theo. Mas se Theo estava vivo, por que não tentava saber o que havia acontecido com Ulisses e com ela?

— Estou começando a pensar no pior — confessou Julia ao amigo Olivier.

— Sim, é estranho que você não tenha notícias dele há mais de um ano.

— Não é o que se esperaria dele. Ele teria encontrado um meio de se comunicar se pudesse — acrescentou Julia vigiando Ulisses, que dava passos desajeitados entre a mesa e a porta da cozinha, pronta para pegá-lo antes que ele caísse.

Uma noite, Olivier chegou muito excitado. Tinha ouvido falar que militantes Montoneros tentavam voltar clandestinamente para a Argentina. Foi logo depois da Copa do Mundo de futebol. Eles queriam dar um fim à ditadura.

— É incrível, você não acha?

— Tem certeza de que não são boatos? — Julia perguntou.

— Olha, sei do que estou falando. Também tenho os meus contatos!

— Ah, é?

— Fique sabendo que uma delegação dos Montoneros assistiu à última conferência do Movimento da Juventude Socialista. Digamos que o PS mantém boas relações com eles...

— E...?

— Ora, eles têm o apoio dos social-democratas europeus. O chefe deles se encontrou com todo mundo, Willy Brandt, Felipe González, Olof Palme, até Mitterrand!

— Justamente! Isso me parece tão estúpido. Desculpe, mas se eles têm tantos apoios, por que se atirar na boca do lobo, podendo combater de fora?

— Para você, eles deveriam levar uma vida boa no estrangeiro enquanto os outros são massacrados? Se eu estivesse no lugar deles, faria o mesmo!

Julia ficou quieta. Olivier manteve os olhos fixos no chão, um copo na mão.

— Não vamos mais falar sobre isso — ele acabou dizendo.

— Sabe quem são os envolvidos?

— Claro que não! Não é o tipo de coisa que sai no jornal.

— Mas você está bem informado! Não é tão secreto assim, ora!

Olivier foi embora batendo a porta.

Ele voltou ao assunto algumas semanas depois.

— Você se lembra da história que eu contei?

— Do seu desembarque na Normandia? — disse Julia vestindo Ulisses para levá-lo ao jardim de infância.

— Não está sendo gentil, Julia... Na verdade, acho que você tinha razão.

— Como assim? — ela perguntou apressada, enfiando o casaco.

— Eles foram presos ao chegar ao país pelo batalhão 601. Isso lhe diz alguma coisa?

Julia enfiou o gorro na cabeça de Ulisses e continuou acocorada.

— Como você sabe?

— Eu sei. Ponto final.

— E sabe onde eles estão, agora?

— Desaparecimento forçado.

Julia secou as gotas de suor que molhavam sua testa.

— Venha comigo levar o Ulisses até a escola, pode ser?

Olivier pegou o menino no colo.

— Você tem algum nome? — perguntou Julia saindo do prédio.

— Na verdade não. Sei apenas que o filho de um ator, Marcos Zucker, foi pego.

— Hum... Marcos Zucker?

— Sim...

— Não conheço... Mais alguém?

— Não se sabe. O certo é que foram levados para El Campito.

Julia ficou muito pálida. Ela beijou Ulisses, sorriu para ele e o entregou para a professora.

Os prisioneiros nunca voltavam de El Campito, nome enganoso para o campo de concentração instalado dentro da escola militar de Campo de Mayo. Julia o conhecia. Tinha ouvido falar na maternidade de Devoto que os militares enviavam para lá especialmente as prisioneiras grávidas. Havia uma lista de militares que queriam adotar seus bebês. Depois do nascimento, as mães eram executadas e os filhos eram entregues aos novos pais.

Muito angustiada, Julia não queria mais falar sobre aquilo. Ela sabia que a dúvida era um veneno mortal. Nona Fina a havia prevenido contra a tentação de expressar suas apreensões em voz alta, pois, segundo ela, a energia das palavras podia transformar nossos temores em realidade. Julia não comentou mais nada, portanto, mas era uma hipótese que ela não podia ignorar. Se Theo tinha aceitado voltar para a Argentina e tinha sido capturado de novo, aquilo explicaria seu silêncio. A atitude de Julia em relação às pequenas coisas da vida mudou. Ela perdeu o apetite e passava os dias com um ar taciturno que Ulisses era o único a conseguir momentaneamente dissipar.

Alertados por Alice, os pais de Julia decidiram mentir para ela. Disseram-lhe que Theo estava preso na unidade número 9 de La Plata, o que em si representava uma boa notícia. Ela foi avisada de que Theo não tinha direito de escrever-lhe, mas que poderia ao menos receber cartas dela.

A vida de Julia mudou de imediato. Ela começou a fazer planos para o futuro e tentou se estabelecer profissionalmente para estar em condições de receber Theo quando ele saísse.

— Precisamos parar de nos ver — ela pediu a Olivier.

— Mas posso continuar a ajudar, sabe...

— Melhor não. Você precisa entender.

— Não quero que Ulisses saia de minha vida assim, Julia. Além disso, você nem sabe se Theo vai querer voltar a viver com você. A prisão muda as pessoas...

— Não o Theo. E ele é o pai do Ulisses, Olivier.

— Me deixe ajudar — ele insistiu.

— A melhor maneira de ajudar é se afastando de nós.

A separação de Olivier foi mais difícil do que ela tinha imaginado. Ela se viu muito sozinha e, com o passar do tempo, tampouco se sentia mais próxima de Theo.

Enquanto isso, Anna se sentia mortificada pela mentira familiar. De certo modo, achava aquilo uma falta de respeito para com Julia. Começou, então, a fazer suas próprias buscas, abstendo-se de mencioná-las aos demais.

Foi primeiro à casa dos D'Uccello, que encontrou vazia. Mas ficou sabendo por meio de uma vizinha que o tio de Theo tinha cuidado da casa por algum tempo.

— Acho que era o irmão da sra. D'Uccello — disse a mulher. — A família dela é que tem dinheiro, sabe.

— Ah... E esse senhor...?

— O sr. Mayol? Foi embora, vive no exterior. Trabalha numa grande empresa norte-americana. É um cientista muito competente, pelo que pude entender.

No Colegio Nacional de Buenos Aires, onde Theo e Gabriel tinham feito os estudos secundários, Anna não descobriu nada. A acolhida fria que lhe foi reservada dissuadiu-a de fazer mais perguntas. Ela evitou as universidades, que estavam sob a vigilância dos serviços de inteligência, e acabou indo à paróquia do padre Mugica, mais na esperança de recuperar a coragem do que na expectativa de novas informações.

— Você deveria ir ao Colegio Máximo de San Miguel falar com os jesuítas — disse-lhe o sacristão.

O homem conhecia bem a família D'Uccello. Os meninos tinham sido batizados ali e ele também se lembrava de Julia, pois a tinha visto várias vezes na igreja antes do assassinato do padre Mugica.

— Se Gabriel ou Theo buscaram refúgio em algum lugar, provavelmente foi lá que o encontraram — ele garantiu a Anna.

A desconfiança reinava no Colegio Máximo de San Miguel. Anna precisou explicar seu caso a várias pessoas antes de falar com o prefeito da congregação. Todos garantiram que nenhum dos irmãos D'Uccello havia participado do que eles chamavam de "retiros espirituais".

— Preciso de tempo para me informar a respeito — disse-lhe o intendente. — Entrarei em contato se descobrir alguma coisa.

No fim, a única coisa que Anna conseguiu confirmar foi o itinerário do *Donizetti*. O navio deixara Buenos Aires em 26 de junho de 1976 e havia feito uma escala no Brasil e no Caribe antes de voltar a Gênova, onde havia sido desmantelado no ano seguinte, como Nona Fina já havia dito. O capitão Enzo Torricelli tinha se aposentado e a lista de passageiros não estava disponível.

Algumas semanas mais tarde, porém, ela recebeu uma ligação do intendente do Colegio Máximo.

— Venha me ver — ele lhe disse. — Tenho algo para você.

Anna entendeu, ao entrar no gabinete do intendente, que não iria ouvir o que esperava.

— Tenho uma informação que talvez lhe interesse — ele disse dando um passo para a frente. — Pensamos ter encontrado o rastro de um dos irmãos D'Uccello.

Anna apertou a bolsa que tinha colocado sobre os joelhos.

— Gabriel d'Uccello. Acreditamos que foi assassinado há quatro anos.

Abalada, Anna saiu dali sem saber para onde ir. Ela não conseguia conceber que uma atrocidade tão grande pudesse ter sido cometida tão perto dela. Ela conhecia os rumores, claro, mas a descrição que tinha acabado de ouvir ia muito além do que era capaz de imaginar. Ela não sabia, além do mais, se Julia já estava a par daquilo.

Depois da partida da irmã, Anna havia tomado consciência do medo insidioso que se infiltrara por todo o país. A situação de Julia tinha se tornado um tema-tabu. O fato de Julia ter desaparecido por tanto tempo e depois ter sido presa e expulsa do país nunca era mencionado nas reuniões sociais, nem mesmo com os amigos mais íntimos. Dentro da família, ninguém sabia ao certo o que Julia havia vivido durante os meses em que esteve desaparecida e nenhum membro da família ousava falar sobre aquilo abertamente.

Anna se lembrou então de Rosa. Decidiu visitá-la no pavilhão para doentes mentais da prisão de Devoto. Era a única coisa que ainda podia fazer pela irmã.

A *celadora* que a recebeu pareceu espantada:

— Ninguém nunca a visita e, hoje, vocês são duas!

Anna se virou e viu uma jovem loira de vestido quadriculado azul sentada ao lado de Rosa no pátio do pavilhão. Parecia conversar com ela com muito carinho. Anna se aproximou discretamente, temendo interrompê-las. Ouviu a jovem dizer:

— Rosa, sou eu, Adriana. Diga que me reconhece.

31.
Anna
Inverno boreal, 1985

Ulisses estava na escola primária fazia um bom tempo quando Julia recebeu das mãos de Alice um envelope grande e espesso. O envelope tinha, numa das margens, uma faixa preta. A amiga foi embora para que Julia pudesse ler o conteúdo da carta sozinha.

Sentada num café, Julia não teve coragem de abrir o envelope. Ela se proibia de fazer perguntas havia anos, pois era-lhe mais suportável viver com a mentira. Tinha acabado por entender que o motivo do silêncio de Theo não poderia ser uma interdição administrativa se ele tivesse sido "legalizado" numa prisão oficial. Ela continuou escrevendo a Theo, pois escrevia mais para si mesma, com uma exigência e uma disciplina que a ajudavam a manter o rumo, mas não esperava mais por uma resposta.

Ela tinha a impressão, no entanto, de que esse rigor era recompensado pela maravilhosa versão de Theo que era Ulisses. Ela era a única a saber daquela semelhança. Ele tinha alguns traços dos D'Annunzio, claro. Ulisses se parecia muito com o pai de Julia e havia herdado os olhos transparentes de Nona Fina. Mas tinha toda a personalidade de Theo: era orgulhoso, apaixonado, cheio de vida.

Não, ela não tinha coragem de ler a carta agora que tinha de ir trabalhar no Instituto Gustave Roussy e depois sair correndo para buscar Ulisses na saída da escola.

— Mamãe, tenho um monte de dever de casa pra fazer! — disse Ulisses pulando em seus braços.

Perdida nos próprios pensamentos, Julia o beijou.

— Você pode me ajudar? — perguntou-lhe Ulisses, pendurado em seu pescoço.

— Meu anjo, não estou com cabeça pra isso. Além disso, não sou boa em francês.

— Mas é matemática, e tenho que fazer um desenho. Por favor...

— Não, você não precisa de mim.

— Mamãe! — ele disse, fazendo cócegas na barriga dela.

— Pare! Todo mundo está olhando pra gente — disse Julia, rindo. — Está bem, eu faço o desenho mas você faz todo o resto sozinho.

Ulisses balançava a mochila, saltitando. Ele parou de repente.

— Mamã, você tem notícias de Theo?

— Já disse para chamá-lo de papai, ele é seu pai.

— Mas eu nunca vi ele!

— Você viu fotos — ela disse.

— Mamãe!

— Não, não tenho notícias do Theo.

Sem largar a mochila, Ulisses passou os braços em volta da cintura de Julia.

— Então por que está com essa cara, mamãezinha querida?

— Recebi uma carta.

— Do Theo?

— Não.

— Quer que eu a leia junto com você?

— Não, meu amor. Prefiro lê-la sozinha, eu acho.

O menino começou a brincar de nave espacial com um lápis, enquanto eles caminhavam. Ele parou na frente da vitrine da padaria, que expunha os bolos do Dia de Reis recém-saídos do forno, brilhosos e dourados. Julia olhou para Ulisses, fez uma cara de zangada e entrou na padaria.

— E também um pão com chocolate! — Ulisses gritou.

* * *

À noite, quando o mundo lá fora ficou silencioso, Julia se sentou no chão, num ângulo entre duas paredes, ao lado da cama onde ainda dormia com Ulisses.

Era seu pai que lhe escrevia. Ela ouvia a voz dele ao ler as palavras desenhadas com capricho. Esperava o pior. Mas não aquilo.

De certo modo, a notícia da morte de Theo, por mais avassaladora que fosse, era o acontecimento para o qual ela se preparava havia anos. Sabia que o confronto com a verdade era inevitável. Mas, em sua fuga, tinha decidido viver fingindo que Theo podia estar preso na unidade número 9 de La Plata. Nona Fina havia feito de tudo para dissuadi-la. Declarava abertamente que aquilo não passava de uma bobagem. Mas quando Julia tentava fazê-la falar, ela era incapaz de lhe dar motivos para pensar que Theo estava morto. Agora as coisas tinham mudado. A eleição de Raúl Alfonsín à presidência, um ano e meio antes, havia posto um fim à ditadura e, necessariamente, à mentira. Julia sabia que a família seria obrigada a confessar-lhe a verdade, caso viesse a tomar conhecimento dela. Em seu foro íntimo, Julia acreditava que encontraria uma forma de alívio.

Mas as palavras começaram a dançar na frente de seus olhos, como se de repente ela tivesse esquecido o sentido daqueles signos no papel. Precisou reler a carta do pai em voz alta para conseguir entendê-la. Julia ficou em estado de choque. Não tinha se preparado para a morte de Nona Fina.

Incapaz de acalmar as batidas do coração, ela se perguntou por que não conseguia chorar. Enquanto seu cérebro voltava a funcionar, seu coração se bloqueava. Nona Fina estava presente demais em sua vida. Ela não podia ter partido sem avisá-la. Desde a chegada de Julia à França, as visitas de Nona Fina ritmavam sua vida. Ela era seu alicerce. Como faria agora? Ela sentiu que perdia o chão.

— Mamãe? Mamãe!

A voz de Ulisses a despertou. O dia já tinha nascido e ela continuava sentada ao pé da cama, os olhos inchados, ainda sacudida por espasmos.

— Mamãe, o que houve?

Julia balançou a carta que continuava em sua mão.

— É Nona Fina — ela disse, reprimindo os soluços. — Ela morreu na semana passada.

O menino olhou para ela assustado.

— E Theo? — perguntou Ulisses.

Julia fechou os olhos, os braços caídos.

— Theo?

— Sim, Theo! — insistiu Ulisses. — Ele morreu também?

— Mas isso não tem nada a ver, meu anjo — Julia respondeu, se levantando com dificuldade.

Ulisses encarou-a, os olhos cheios de lágrimas.

— Sim, tem tudo a ver! Você sempre diz que Nona Fina vai encontrá-lo.

Julia se sentou na cama, fechou os olhos e apertou Ulisses entre os braços.

— Ai, meu pequeno! Desculpe, não queria que você sofresse.

Julia acariciou-lhe os cabelos.

— Vamos encontrá-lo, você e eu.

Enviada em missão pela família, Anna foi visitá-los no fim do verão. Fazia bastante calor em Paris. Uma tarde, Julia deixou Ulisses na casa de uns amigos e levou a irmã para passear pela velha Paris. Do Marais, elas chegaram ao cais, em busca de um pouco de frescor. Sentaram à sombra de uma castanheira às margens do Sena. Elas admiraram a vista sobre a sucessão de pontes. Julia tirou os sapatos e balançou os pés acima da água. A seu lado, Anna parecia feliz.

Sem pensar, ela disse:

— Talvez esteja na hora de você encontrar um namorado.

Julia soltou uma gargalhada.

— Estou com cara de solteirona?

— Não, por isso mesmo.

Julia olhou para Anna com ar misterioso.

— Tenho uns amigos...

— Bom, tudo bem. Mas estou falando de um homem na sua vida.

— Hum! Ainda é difícil...

Anna colocou as mãos embaixo das coxas, tensa.

— Julia, você sabe que Theo não vai voltar.

— Não sei, justamente. Vocês mentiram para mim por dez anos...

— Pare — interrompeu Anna. — O pai e a mãe pensaram que era o melhor a fazer. E você não se deixou enganar por muito tempo.

— Não sei. Talvez eu continue esperando por ele.

— Ouça bem, Julia. Nona Fina e eu procuramos em toda parte. Não existe uma única pista que não tenhamos verificado.

— Se ele estivesse morto, Nona Fina teria sentido, ela teria me dito.

Anna suspirou profundamente, pegou a mão da irmã e olhou-a nos olhos.

— Julia...

Ela hesitou um pouco, apertou os lábios e continuou:

— Não sei se devo. Eu tinha decidido que nunca contaria.

Julia empurrou-a.

— Agora é tarde demais, Anna. Começou, acabe.

— Pode doer, Julia...

Julia encolheu os joelhos até o peito e se virou para Anna.

— Está bem. Diga o que tem a dizer, Anna. Sinto dor de todos os jeitos e há tempo demais.

Ela se colou contra a irmã e acrescentou:

— Você não tem o direito de me esconder o que quer que seja.

Anna soprou para tirar uma mecha do rosto e lançou a cabeça para trás.

— Faz muitos anos — ela começou. — Rosa ainda estava no pavilhão para doentes mentais de Devoto. Ninguém a visitava a não ser nossa mãe e eu.

Ela fez uma pausa e disse:

— Ora, quando fui visitá-la pela primeira vez, havia outra pessoa com ela...

Hipnotizada pelas palavras de Anna, Julia estava imóvel.

— Era uma moça bastante jovem. Pensei que devia ser uma prima mais nova, alguém da família dela. Mas quando me aproximei, ouvi que ela perguntava se Rosa a reconhecia. Ela dizia que também tinha estado em Castelar.

Julia estremeceu.

— Reagi na hora. Pensei que ela pudesse me contar alguma coisa. Então me apresentei. Disse que era sua irmã... Mas assim que pronunciei seu nome, ela se levantou para sair. Ela estava como você agora, tremia, lívida.

Julia agarrou o braço da irmã.

— Era Adriana?

— Espere, vou chegar lá.

Julia fez um esforço para se controlar.

— Eu disse que se ela fosse embora eu iria atrás dela. A guarda veio ver o que estava acontecendo. Voltamos a nos sentar ao lado de Rosa, como se nada tivesse acontecido. Foi quando ela me fez prometer que não diria a ninguém que a havia visto, nem a você.

— Mas... por quê? Não entendo. Então não era Adriana?

— Sim, era Adriana. Mas ela estava morta de medo. Disse que se os militares a encontrassem, eles a matariam. Perguntei o que ela estava fazendo em Devoto, por que tinha ido se meter na boca do lobo. Ela me disse que tinha mudado de identidade e que Rosa fazia parte de seu álibi.

Julia se levantou, torcendo o cinto do vestido com os dedos.

— Mas, por Deus, você não lhe perguntou onde Theo estava...?

— Claro que sim. Eu só pensava nisso!

— E então?

— Ela me disse que precisávamos considerar Theo morto. Ela não quis me dar mais detalhes e suplicou para que convencesse você a não pensar mais nele. Ela me disse que você precisava esquecê-lo. Ela chorava enquanto falava, Julia.

Anna também tinha se levantado. Tentava se aproximar da irmã, que se esquivava.

— Não sei o que aconteceu com Theo, Julia. Mas sei o que aconteceu com Gabriel. Descobri com os jesuítas... Nona Fina me disse que você sabia... Não consigo imaginar...

Anna tentava abraçar Julia.

— Não me toque, Anna... Você não entende. Preciso saber o que aconteceu com ele. Não quero mais ficar imaginando! Faz dez anos que imagino!

— Mas... aconteceu com ele o mesmo que com milhares de jovens argentinos. Ele morreu num dos centros clandestinos da ditadura. É a única coisa a saber. O resto, os detalhes...

— Justamente, Anna! O que eu quero são os detalhes. Quero saber quem o matou, como, onde. Theo não é uma estatística, ele é o pai do meu filho, o homem que amo. Quero saber tudo! Tudo!

Anna continuava em pé, aniquilada.

— E Adriana? Por que você nunca me passou o endereço dela, a nova identidade...?

Anna não conseguia falar, lutando para não chorar. Ainda pôde dizer:

— Julia, sinto muito... Perdi-a de vista.

32.
Buenos Aires
Inverno boreal, 2000

Sentado à mesa de jantar, Ulisses conversava com Olivier. O dia começava a refrescar. Julia se levantou para fechar a porta que dava para o jardim, abotoando o cardigã. Ela recolheu os pratos, deixou a cozinha em ordem e voltou a se sentar com eles.

— Suas notas são ótimas — dizia Olivier. — Acho que você não terá nenhuma dificuldade para conseguir o que quer.

— Mas eu não sei o que quero — contrapôs Ulisses —, esse é o problema.

— É normal, você mal acabou um longo ciclo de estudos...

— E não tenho certeza de querer continuar.

— Eu tinha avisado, o mais difícil não é entrar em medicina, mas continuar em medicina...

— Está brincando, Olivier! Tudo é muito difícil.

Eles trocaram um sorriso.

— Mas não muda nada — continuou Ulisses. — Gosto do que faço... Talvez não tivesse feito medicina se não fosse por você, mas...

— Acho que você tem isso no sangue — interrompeu--o Olivier. — Observo tudo, sei que você é muito bom, e não é por minha causa... Apesar de ter lhe dado muita mamadeira — ele acrescentou, orgulhoso.

— Você me deu muita mamadeira e depois sumiu por um bom tempo — rebateu Ulisses.

Olivier esticou o braço e fingiu que ia repreendê-lo com um cascudo.

— Você está afiado hoje, hein? — ele disse, rindo.

— Ele tem razão — interveio Julia, abraçando o pescoço de Olivier —, a verdade é essa mesmo, não?

Olivier e Ulisses caíram na gargalhada ao mesmo tempo.

— Bom. Faz de conta que não ouvimos! — disse Ulisses, se levantando para ir embora.

— Espere, não acabamos — retomou Julia, tentando puxá-lo pelo braço.

— Preciso ir, prometi a uns amigos que iria me encontrar com eles daqui a meia hora.

— Amigos ou amiga? — provocou Julia, se levantando por sua vez.

— Amigos. Irei ver a amiga depois.

Olivier também se dirigiu à porta:

— Pegou a chave?

Ulisses fez o chaveiro girar à frente do nariz.

— Engraçadinho. Depois não é sua mãe que sai da cama à meia-noite para abrir a porta.

Julia beijou Olivier na bochecha.

— Ah, eu já ia esquecendo: vou pegar o carro, o.k.?

— Está quase sem gasolina — avisou Olivier.

— E tome cuidado, meu anjo — acrescentou Julia, fechando a porta.

Olivier e Julia se olharam, balançando a cabeça.

— Um pouco de ar vai lhe fazer bem. Ele estuda demais.

— É verdade, mas vai precisar aguentar firme se quiser fazer a residência.

— Seis anos já é um monte. Talvez ele precise de uma pausa.

— Sim, também acho. Eu poderia levá-lo comigo durante as férias. Ele poderia me ajudar na clínica.

— Não seria uma pausa de verdade — Julia disse, pegando a mão dele. — Eu também tinha pensado em conseguir um estágio para ele no instituto. Mas cheguei à conclusão de que...

— Hmm! Vejo que pensou no assunto...

— Não, na verdade não. Em todo caso, não tenho certeza de que seja uma boa.

— Vamos, conte mesmo assim.

— Acho que, de certo modo, Ulisses é muito mimado. Talvez demais. Vivemos numa bela casa, ele tem tudo o que quer...

— E...?

— Acho que ele precisa saber como vivem as pessoas em outros lugares...

— Na África?

— Não... Pensei na Argentina.

Olivier se deixou cair na poltrona da sala. Julia olhou para ele em silêncio e saiu para preparar um café. Voltou com duas xícaras e um tablete de chocolate amargo que deixou na mesinha, depois acendeu o abajur. Olivier estava sério, o rosto entre as mãos.

— Escute, não são seus fantasmas voltando?

Julia mexeu a colher no café.

— Não. Acho que não. Na verdade, acabei de receber uma carta do consulado. Meu pedido de visto foi finalmente aceito. Posso voltar à Argentina outra vez.

— E quer levar Ulisses com você?

— Acho que eu gostaria que ele fosse primeiro. Sem mim.

— E por que isso?

— Talvez para que ele possa descobrir uma Argentina sem o peso do passado. Ele tem primos que sonham em conhecê-lo. Falei com a Anna, ela ficaria encantada em recebê-lo.

— Se entendi bem, está tudo arranjado...

— De jeito nenhum. Primeiro, quero ter o seu sinal verde. Depois, Ulisses precisa querer.

Olivier e Julia levaram Ulisses ao aeroporto. Ele viajou levando apenas uma mochila, apesar das súplicas de Julia, que queria carregá-lo de presentes de Natal para a família. Ulisses tinha planejado uma viagem para a Patagônia com os primos e ia comemorar o Natal em Buenos Aires na casa de Nona Fina com Anna e Pablo, que moravam ali havia anos, e com os gêmeos e suas famílias, que iam passar a data com eles. Além disso, era o fim do milênio e ele ia fazer vinte e quatro anos: queria viver a data à sua maneira.

Julia voltou triste para casa.

— Foi ideia sua, minha querida, só pode culpar a si mesma.

— Não estou arrependida, mas é difícil vê-lo partir.

— Não exagere, duas semanas não é nada. Além disso, vamos poder festejar o ano 2000 só nós dois.

Ela esboçou um sorriso e se agachou diante da lareira para acender um fogo. Virou-se ao ouvir um leve estouro. Olivier servia champanhe com desenvoltura.

— Podemos começar a festejar a partir de agora — ele disse se aproximando, duas taças na mão.

— Sim, vamos celebrar a nova vida juntos.

— Como demorei para convencê-la! Se Ulisses não tivesse me ajudado, eu ainda estaria tentando.

— Eu não podia, antes. Precisava esgotar todas as pistas.

— Foi a carta da Anistia Internacional?

— Talvez ela tenha ajudado — Julia disse pensativa, se sentando ao lado de Olivier no braço da poltrona.

A organização havia criado uma rede de voluntários muito ativos para ajudar no caso de Theo. Eles estavam espalhados por toda a França e se mobilizavam em toda parte, não apenas para pedir informações às autoridades argentinas, mas também para exigir respostas dos organismos internacionais. Eles tinham conseguido sensibilizar um certo número de jornalistas e, graças a eles, os funcionários tinham se interessado pelo dossiê de Theo, que, se não fosse por isso, teria caído no esquecimento.

Julia, por sua vez, havia escrito centenas de cartas e recebido o mesmo número de respostas desencorajadoras. Ela havia viajado pela Europa e para os Estados Unidos para pedir ajuda. Convidada a participar de conferências internacionais para denunciar o destino dos desaparecidos, tinha conhecido personalidades importantes como Thorvald Stoltenberg, quando ele era alto-comissário das Nações Unidas para os Refugiados, ou Adolfo Pérez Esquivel, e todos tinham tentado ajudá-la. Em vão.

Em relação a Adriana, sua volatilização era das mais frustrantes. Anna não parava de procurar por ela. Mas como não conhecia seu nome falso, estava fadada a bater contra um muro. Na hora de pedir informações, ela se via diante de listas intermináveis, pois havia trinta mil dossiês como o seu, mais de quinze mil casos de fuzilamento, um milhão e meio de exilados, e a pessoa que procurava não tinha nenhum laço de parentesco com ela.

A última carta da Anistia Internacional chegou pouco depois da viagem de Ulisses. Julia guardou-a sem abrir na gaveta da escrivaninha, girou duas vezes a chave e saiu para caminhar.

O telefone tocou. Julia atravessou a sala com pressa. Não esperava que Ulisses ligasse tão cedo, mas não perdia a esperança de que fosse ele.

— Mãe, que bom que atendeu! Tenho uma coisa urgente para pedir.

Julia sorriu.

— Sim!

— Mãe, está ouvindo?

— Claro, estou aqui, meu anjo. Conte primeiro como está tudo, como foi com seus primos? Já encontrou os filhos dos gêmeos?

— Sim. Estou muito feliz, adoro o país. Mas estou ligando por causa do Theo.

Julia se sentou:

— Mãe?

— Estou ouvindo, Ulisses.

— Nada de grave, não se preocupe. Recebi a visita de uma jovem que se chama Celeste Fierro, ela trabalha num instituto de antropologia...

— Um instituto de antropologia?

— Sim, mãe, antropologia legal. Uma equipe de jovens pesquisadores. Há um pouco de tudo, arqueólogos, antropólogos, médicos, biólogos, cientistas da computação, enfim, eles lançaram um programa de coleta de DNA.

— Como assim? O que isso quer dizer?

— Eles trabalham com os cadáveres encontrados nas valas comuns. Eles utilizam o DNA dos restos humanos exumados para identificá-los e estabelecer os laços de parentesco. Não sei como eles descobriram que eu estava em Buenos Aires, mas a moça veio me ver para pedir uma amostra de sangue... Eles já exumaram mais de mil cadáveres em valas comuns. Mas mais da metade ainda precisa ser identificada.

— Sim, claro, isso precisa ser feito.

— Vou colaborar, claro, mas Celeste, a moça, me perguntou se você está vindo para a Argentina. Eles também querem ver você.

— Mas meu DNA não vai servir para eles.

— Eles não querem seu DNA, mãe. Eles precisam de informações concretas.

— Que tipo de informações?

— Eles trabalham a partir de ossos, nada mais. Por isso, precisam de indicações sobre o tamanho da pessoa, sobre a história clínica dela, se essa pessoa sofreu algum acidente, que tipo de doenças teve, ou se passou por alguma operação, esse tipo de coisa.

— ...

— Além disso, eles precisam de informações... sobre as torturas, sobre Castelar...

— Foi o governo que inventou isso?

— Não, mãe, é uma organização privada.

33.
Instituto de antropologia
Verão austral, 2001

Exatamente um ano depois da visita de Ulisses, Julia se viu procurando o escritório do instituto de antropologia pessoalmente. O encontro havia sido marcado para as onze horas da manhã. Estava quente e Julia usava um vestido de algodão estampado verde-esmeralda e o chapéu de palha redondo que lhe dava um ar retrô. Quando o táxi a deixou no endereço indicado, Julia desceu diante de um prédio velho coberto de pichações, numa barulhenta rua de comércio. Nem sombra do arranha-céu moderno que ela tinha imaginado, esperando talvez encontrar o equivalente de seu próprio instituto.

Ela estava bastante adiantada. Sentiu vontade de beber um café e olhar em volta. Toda uma miríade de pequenos estabelecimentos oferecendo serviços de fotocópia, de pequenos comércios de impressão e encadernação, de lojas de produtos eletrônicos e de publicidades invasivas davam ao bairro um ar de bazar. Pedestres e carros circulavam em meio ao barulho e à poluição. Julia empurrou a pesada porta de madeira e entrou. A temperatura era amena no lado de dentro e o ruído, abafado. Os painéis de vidro fosco filtravam a luz no saguão. À frente, um velho elevador de metal, fechado por uma grade retrátil, não lhe pareceu muito seguro. Ela sentiu vontade de ir embora sem se apresentar.

O escritório ficava no primeiro andar. Era possível chegar a ele por uma escada apertada e íngreme, tão negligenciada quanto a fachada do próprio imóvel. O andar estava dividido em uma série de gabinetes, bastante estreitos, com exceção das duas grandes salas em que jaziam esqueletos em exibição sobre mesas. Mais adiante, numa sala de arquivos, caixas numeradas e classificadas por cores se empilhavam com os restos humanos em processo de identificação. As paredes desbotadas pelo tempo contrastavam com as portas recém--pintadas de roxo. Nos poucos gabinetes que estavam com as portas abertas, computadores cinzentos atestavam uma prudente alocação de recursos. Bastou-lhe uma olhada para identificar a porta do gabinete de Celeste Fierro.

Eram onze horas em ponto em seu relógio. Ela decidiu esperar alguns minutos a mais. Depois bateu, fazendo um esforço para se controlar, o que a alertou sobre o estado de tensão em que se encontrava e que não havia percebido até então. Julia foi logo convidada a entrar e foi recebida por uma jovem de sorriso agradável com um uniforme de laboratório, formado por uma calça cinza e um avental azul-celeste.

Ela logo entendeu que estava diante de uma profissional competente. A juventude da interlocutora contrastava com o conhecimento profundo que ela tinha do dossiê. Celeste Fierro estava encarregada dos desaparecidos de Castelar. Conhecia como a palma da mão a identidade de todos os prisioneiros que tinham passado pela delegacia, as celas que eles tinham ocupado e as datas de suas respectivas detenções. Era capaz de descrever o mapa do local como se o tivesse conhecido e recitava de memória os nomes dos presos e dos guardas que lá trabalharam na mesma época.

Quando Julia se instalou diante dela, era todo o seu passado que a olhava nos olhos. Com voz ponderada, Celeste falou de cada um de seus companheiros de detenção. Ela tinha pegado um volumoso registro em que apareciam, entre milhares de nomes e fotografias, os rostos que ela conhecia. No computador, uma matriz de nomes, locais e datas aprofundava sua base de dados.

Com os testemunhos que coletava, Celeste construíra um sistema de verificação das informações. Ela estabelecia com precisão os nomes dos mortos, dos sobreviventes e, por eliminação, dos desaparecidos. A lista servia de ponto de partida para as pesquisas dos antropólogos em campo, isto é, nas valas comuns e nos cemitérios.

As entrevistas com os sobreviventes eram, tanto quanto o trabalho científico, de uma importância fundamental. Elas permitiam fazer o cruzamento das informações e ampliar o campo de deduções. Fora através do testemunho de sua irmã Anna, explicou Celeste, que a identidade de Theo havia sido reconhecida como sendo a do prisioneiro da cela número 4, que nenhum dos sobreviventes de Castelar se lembrava de ter visto. Julia foi informada, assim, da morte de Paola e do suicídio de Rosa. Também ficou sabendo da morte de Oswaldo, o jovem com quem tinha falado de cela a cela quando Sosa estava de guarda.

— Você se lembra de uma jovem Mery presa na mesma época que você em Castelar?

Julia teve dificuldade para se concentrar no que a jovem lhe perguntava.

— Mery? Não, não havia nenhuma Mery, tenho certeza — Julia respondeu. — Mas havia um jovem, Augusto, que voltei a ver em Villa Devoto antes de ser expulsa...

— Sim, tenho um encontro com ele na semana que vem — disse Celeste, concentrada no dossiê.

— Que boa notícia! Estou contente que ele tenha conseguido sair, gostaria de vê-lo...

— Sim, deixe comigo. Será muito importante. Mas essa jovem, Mery — insistiu Celeste —, devia estar com vocês, com certeza. Ela era muito jovem na época, tinha apenas catorze anos.

Julia sentiu um frio na espinha. Ela hesitou, temendo instintivamente apostar todas as suas fichas naquilo.

— Havia uma menina, realmente, ela tinha catorze anos — começou Julia, de repente muito pálida, a boca seca.

Celeste quase sumiu, empurrando a cadeira para a penumbra.

— Ficamos ligadas por uma amizade profunda. Ela se chamava Adriana. Eu gostaria de saber... Acho que minha irmã a viu. Vocês a encontraram...?

A jovem observou Julia, julgando sua capacidade de assimilar.

— Não — ela disse, muito lentamente. — Não encontramos os restos de nenhuma Adriana. Por outro lado, há alguns anos, Mery veio testemunhar. Ela parecia não se lembrar de ninguém. Às vezes essas coisas acontecem depois de experiências traumáticas como a de vocês. Mas ela mencionou as datas da prisão dela, o que nos permitiu identificar o grupo com o qual ela foi encarcerada. Infelizmente, não conseguimos registrar seu testemunho, pois não tínhamos nenhuma Mery em nosso dossiê. Precisarei perguntar a Augusto se ele se lembra de Mery. Parece que vocês são as únicas mulheres que sobreviveram. Seria importante que você a contatasse também. Tenho as coordenadas dela. Ela trabalha para uma organização de defesa dos direitos humanos...

Julia ficou olhando por um bom tempo para o número de telefone que Celeste tinha anotado numa folha de papel.

34.
Escolhas
Invernos austrais (1976, 1987, 1997)

Assim que ouviu o nome de Josefina d'Annunzio, o capitão Torricelli fez Adriana subir sem mais perguntas. Uma vez a bordo, ele a levou para o passadiço do transatlântico.

Eles estavam sozinhos, um vento frio fazia as bandeiras drapejarem acima deles. Adriana observava, mais abaixo, o chefe da tripulação gritar ordens, enquanto no porto os passageiros embarcavam lentamente, seguindo instruções precisas de oficiais de uniforme branco. As filas eram organizadas segundo a classe. O porto fervilhava. Aquela visão, com a cidade ao fundo, inquietava Adriana.

— O senhor tem certeza de que ela ainda não chegou? Ela não tentou contatá-lo?

— Tenho certeza. Minha tripulação me mantém informado de todos os detalhes.

— Mas e agora?

— Partimos dentro de três horas. A decisão é sua. Depois que seu amigo embarcar, não haverá como voltar atrás.

O longo lamento de uma sirene cortou o silêncio.

O homem estendeu a mão. Adriana se sobressaltou, como se tivesse sido flagrada fazendo algo errado.

— Sim, desculpe — ela disse, nervosa, tirando do bolso o envelope que o padre Miguel tinha lhe dado.

O capitão guardou o envelope no bolso interno do casaco. Ele observou Adriana por um momento, depois pegou-a pelo braço para indicar o caminho.

— Vou pedir a um marinheiro que a acompanhe para ir buscar o seu amigo. É um de meus homens de confiança, você não tem nada a temer.

E acrescentou:

— Se o seu amigo está tão mal como você diz, precisaremos fazê-lo passar por um membro da tripulação que bebeu demais.

Ajustando o lenço no pescoço, Adriana avançou, a cabeça enfiada nos ombros. O capitão colocou a mão no marco superior da porta divisória para deixar a jovem passar e apontou para uma escada metálica que ficava na ponta da passarela. Ela se aproximou da escada, que era íngreme. Um marinheiro de uniforme se mantinha ao pé da amurada, esperando para estender-lhe a mão. O capitão fez um sinal e disse-lhe algumas palavras no ouvido. Depois, se virando para a jovem:

— Siga-o — ele ordenou. — Não percam tempo. Em três horas vocês precisam estar aqui.

O marinheiro tentou ajudar Adriana a descer. Ela se soltou, nervosa. O homem pareceu surpreso.

— Desculpe — ela murmurou, pouco à vontade.

Ela desceu os três conveses do barco apressada, quase caindo sobre um cabrestante e preferindo se agarrar à amurada a aceitar o braço musculoso que lhe era oferecido.

Quando chegou ao porto, Adriana precisou se conter para não sair correndo. A angústia a tornava desajeitada. Ela se sentia observada e traía a si mesma. Dois homens de casaco de couro preto passaram por eles. O marinheiro pegou Adriana pelo braço e brigou com ela em voz alta.

— Assim pelo menos as pessoas pensarão que está zangada comigo — ele disse, frio. — Você está agitada demais.

Adriana se soltou, furiosa, e continuou caminhando rápido. Quando eles chegaram à igreja San Ignacio, ela se virou para o marinheiro.

— Obrigada — ela disse, sempre de sobreaviso.

O homem sorriu.

— Vou buscar meu amigo.

— Vou com você.

— Não. Prefiro ir sozinha. Preciso falar com ele, primeiro...

— Dê-lhe esse uniforme. Ele precisa vesti-lo — disse o homem, estendendo o pequeno saco que levava embaixo do braço.

Ele a acompanhou com os olhos e acendeu um cigarro, apoiado numa das colunas da igreja.

Adriana encontrou Theo sentado onde o sacristão o havia deixado, no balcão atrás do órgão. Ele tinha recebido um pouco de comida e tinha refrescado o rosto. Precisaremos dizer que ele brigou com alguém, pensou Adriana, observando-o. Theo a recebeu com uma careta, ainda sentindo muitas dores.

— Julia não apareceu — cochichou Adriana, se aproximando. — O capitão nos deu três horas para voltar ao barco. Enviou um marinheiro para ajudar você a embarcar.

— Vamos — Theo respondeu, sem hesitar.

— Theo, você não entendeu — ela insistiu. — Julia não compareceu ao encontro.

— Eu ouvi. Mas não temos escolha. Ela ainda tem três horas para se apresentar e nós não podemos ir buscá-la.

— Ouça, Theo, pensei bem.

Adriana se aproximou ainda mais.

— Não podemos partir sem ela.

— Se ficarmos, eles nos matarão. E o sacrifício de Julia não terá servido de nada.

— Então ela precisa morrer para que você e eu possamos fugir?

— Não podemos salvá-la. Ela sabe que temos pouquíssimas chances de conseguir. Em nosso lugar, ela partiria.

Como se sentisse dor, Adriana se agachou ao lado dele.

— Theo, Julia salvou sua vida. Ela foi buscá-lo em sua cela. Sem ela, não teríamos tido nenhuma chance de escapar. O padre Miguel, o dinheiro, o navio, tudo isso é graças a ela.

Exausta, ela se deixou escorregar até o chão e escondeu a cabeça entre as mãos. Ergueu os olhos de novo para acrescentar:

— Se ela não estiver no navio, precisaremos ficar.

— Vamos ao navio. Tenho certeza de que ela já está lá. Não podemos perder mais tempo — decidiu Theo.

Adriana estendeu-lhe o uniforme de marinheiro.

— Tome, precisa vestir isso. Vou chamar o marinheiro.

Eles subiram a bordo do *Donizetti* em tempo. O estratagema do capitão Torricelli havia funcionado. Theo fizera o trajeto pendurado ao pescoço do marinheiro, que parava em todas as esquinas para verificar se ninguém os seguia e para deixá-lo descansar.

Uma porta de carga ainda aberta serviu-lhes de acesso ao navio. Um grupo de marujos vestidos com o mesmo uniforme de Theo embarcava as últimas provisões. O marinheiro os conduziu por um labirinto de escadas e corredores até o fundo de um setor perto da casa de máquinas. Ele abriu uma pesada porta estanque que dava acesso a uma pequena cabine sem aberturas com três camas superpostas.

— Vou fechá-la à chave até o momento da partida. Ordens do capitão. Não queremos surpresas desagradáveis.

— Mas preciso saber se Julia embarcou — disse Adriana, angustiada.

O marinheiro olhou bem nos olhos dela.

— Lamento. Se sua amiga tivesse embarcado, ela já estaria aqui.

— Me dê dez minutos, por favor — suplicou Adriana.

— Se ela não chegar, precisamos ficar.

Theo se sentou na cama.

— Isso não faz sentido. Mesmo que Julia não venha, precisamos partir.

— Não posso partir sem ela.

O marinheiro disse que ia avisar o capitão.

— Volto em vinte minutos. Não sei se ele lhe dará permissão para desembarcar.

Ele girou a chave duas vezes na fechadura e se afastou.

Adriana sacudiu a cabeça, lentamente.

— Como você pode pensar em partir sem Julia? Ela teria dado a vida por você.

— Eu também teria dado a vida por ela — murmurou Theo. — Se ela foi capturada, nada a salvará. Eles a matarão, eles me matarão também, e ganharão.

— Você não pode se dizer derrotado. Não agora!

— Mas olhe para mim! Sou um farrapo humano, uma sombra de homem. Não consigo nem caminhar. Você quer que eu banque o herói nesse estado?

Um pesado silêncio se abateu sobre eles. Mas Adriana ousou continuar:

— Você não é o único a ter sofrido. Todos estão tentando se recuperar. Podemos procurá-la juntos, ajudá-la...

— Não quero ficar. Preciso estar vivo para vingar os que morreram.

— Theo... Julia está grávida de você.

Theo sacudiu a cabeça.

— Ela não está mais grávida, você sabe muito bem. Eles mataram tudo o que eu amava, tudo o que eu tinha, tudo o que eu era.

— Você não é o que eles quiseram fazer de você. Precisa continuar lutando.

— Quer que eu me entregue para facilitar as coisas para eles?

Theo apertou o próprio ventre, invadido por uma dor violenta. Ele sufocou sob os espasmos.

— Vou contar o que vou fazer — ele sussurrou sem fôlego.

Seus olhos negros brilhavam no fundo das órbitas.

— Vou achar o assassino do meu irmão. É o que mais quero.

Adriana fechou os olhos e jogou a cabeça para trás.

— Vingança, ódio... Eles dominaram você.

A porta se abriu:

— Vamos levantar âncora em dez minutos. Se quiserem deixar o navio, precisa ser agora.

Adriana encarou Theo. Ele virou o rosto.

Ela se levantou, ajeitou o lenço na cabeça e saltou por sobre o marco da porta estanque.

Mery se olhou no espelho. Fazia mais de dez anos que tinha escolhido ficar na Argentina. Agora podia voltar à superfície. A nova identidade a agradava. Usava um corte chanel com uma franja que escondia os olhos, cabelos pretos e lisos que contrastavam com a pele leitosa, e parecia mais velha. As modificações tinham sido acompanhadas por uma mudança de atitude. Era uma mulher atraente.

Ela abotoou o vestido florido de gola redonda, pegou um xale branco que jogou nos ombros e verificou se tinha o que precisava na carteira para pagar o ônibus que a levaria ao centro da cidade. Ela agora trabalhava como auxiliar de contabilidade num escritório cheio de funcionários. Tinha aceitado o novo emprego como um desafio contra si mesma, depois de ter passado quase sete anos enclausurada cuidando dos livros da paróquia de San Ignacio, com medo de ser reconhecida por um informante da polícia. Agora não tinha mais nada a temer, os militares não estavam mais no poder, ela não precisava mais se esconder.

Estava saindo, mas se deteve. Tirou da bolsa o batom que tinha acabado de comprar e se aproximou do espelho. O resultado a desconcertou. Precisaria se acostumar, pensou, fechando a porta do apartamento.

Estava agradável na rua. Era um dos primeiros dias da primavera e as mulheres vestidas com roupas mais leves pareciam mais bonitas. Um pequeno grupo se formara na parada de ônibus. Mery foi até a esquina comprar o jornal e voltou para entrar na fila. O ônibus se aproximava.

— Adriana! — uma voz gritou atrás dela.

Perplexa, ela se virou. Duas estudantes corriam em sua direção, chamando uma terceira para subir no ônibus que tinha acabado de chegar. As meninas chegaram sem fôlego e passaram na frente dos outros passageiros, aos empurrões. Mery se censurou por ter virado o rosto. Depois de tanto tempo, deveria ter se controlado melhor.

O ônibus estava cheio. Ela encontrou um lugar nos fundos. Sentou-se contra a janela e puxou a bolsa para permitir que uma senhora gorda com um saco de compras se sentasse a seu lado. Mery acompanhava o desfilar das ruas, mas não via nada.

Se papai estivesse vivo, eu retomaria meu nome. Mas prefiro Mery. Seu rosto se refletia na janela do ônibus. Ela ainda tinha uma hora de viagem pela frente. Mery é forte. Sabe tomar a palavra, fica à vontade com os rapazes. Mery, Mery Cruz. A senhora adormeceu de boca aberta a seu lado, o saco de compras preso entre as pernas. Melhor impossível. Mery Cruz. Um nome que não chama a atenção. Um nome curto. Fácil para conseguir papéis falsos. Ela sorriu. Mas o jesuíta não foi muito criativo: Mery Cruz, por Deus! O ônibus enveredou por uma grande avenida e acelerou. Talvez não seja muito original, mas sem ele eu não teria conseguido.

Para não incomodar a vizinha, Mery decidiu ler o jornal dobrando-o em oito. Uma nota anunciava um show de Sting no dia 11 de dezembro de 1987, no estádio do River Plate. O jornalista mencionava a visita do cantor às mães da Plaza de Mayo, no lugar delas. Adriana as admirava, elas tinham sido mais corajosas que ela, que não tinha ousado pôr o nariz para fora. Ela folheou as páginas. Ainda bem que Julia tinha conseguido deixar a Argentina. Eu não teria conseguido viver se alguma coisa tivesse acontecido com ela. Ela pousou o jornal sobre os joelhos. Ao menos tinha ficado por solidariedade, nunca poderia viver com o remorso. As grandes árvores de um parque desfilavam sob seus olhos, refrescando-a com sua sombra. Adriana gostaria de ir ao show. Mas ainda não se sentia pronta para ir sozinha. O sol voltou a tocá-la.

A senhora se levantou para descer. Mery respirou fundo. Sentiu-se feliz. Estava livre, tinha um emprego, uma nova vida. Tinha novas vontades: usar perfume, ir ao cinema, tomar sorvete. Uma jovem se sentou no lugar da senhora gorda. Pergunto-me como é sua vida. Seu filho agora deve ter onze anos. O sol brilhava com força. Começou a ficar quente dentro do ônibus. Ela usou o jornal como leque e sua vizinha pareceu satisfeita. O ônibus passou diante da igreja da Imaculada Concepção. Mery estava a dois minutos da parada, prestes a se levantar para acionar a campainha. Em vez disso, porém, ficou paralisada, no meio do movimento.

Ele tinha os cabelos um pouco mais compridos e uma pequena barriga, mas ela o teria reconhecido com qualquer aparência. Antes mesmo de vê-lo, ela sentiu o olhar dele queimando sua pele. De frente para ela, atrás de outros passageiros, aquele homem de terno cinza e gravata era El Cabo Pavor.

Para dominar a emoção, ela se obrigou a olhar para o lado, mas não conseguiu conter o fluxo de adrenalina ou controlar a contração no canto dos lábios. Gotas de suor escorriam de sua nuca. Ele não pode me reconhecer. Sou Mery. Ele não pode fazer nada. O ônibus parou. Ela espreitava o homem com o canto dos olhos. Um segundo antes de a porta se fechar, ela se levantou, sorriu para a vizinha que logo lhe deu passagem e saiu do ônibus caminhando em linha reta, num passo rápido. O ônibus se afastou e Mery viu o rosto do Cabo Pavor colado ao vidro. Ele a encarava.

Mery esperou ver o ônibus desaparecer, dobrou na primeira rua à direita e começou a correr até perder o fôlego. Ele nunca a encontraria. Ela entrou num café e ligou para o escritório, da cabine telefônica. Anunciou que não iria trabalhar naquele dia porque estava doente. Fez uma segunda ligação.

— Padre Fabian? Sou eu. Preciso vê-lo imediatamente.

Ela não queria fazê-los esperar. Penteou os cabelos cacheados com os dedos, recolocou os dossiês em ordem em cima da mesa, calçou os tênis e desceu correndo as escadas. As mulheres de sua equipe a esperavam diante do prédio. Elas tinham acabado de preparar a manifestação do dia seguinte e de imprimir os cartazes exigindo Justiça e Verdade em nome dos trinta mil desaparecidos. Na rua, homens penduravam as decorações de Natal nos postes de luz. Os passantes levantavam a cabeça, satisfeitos. Ela puxou as jovens pelos ombros e as levou para beber algo antes de voltar para descansar para a manifestação do dia seguinte, 8 de dezembro de 1997.

— Ficou bom. Não passaremos despercebidas — disse Mery. — Pode ser que haja bastante gente.

— Quantas pessoas, você acha? — perguntou a mais jovem.

— Nunca se sabe. Às vezes somos uma centena, às vezes milhares. É difícil saber ao certo. Na hora, pelo tamanho da multidão, a gente faz um cálculo aproximado.

— Você participou de muitas manifestações como essa?

— Algumas.

O garçom trouxe as bebidas e deixou a conta em cima da mesa.

— O que você fazia antes de trabalhar na Fundação?

— Eu já fiz um pouco de tudo. Trabalhei numa paróquia, fui auxiliar de contabilidade de uma grande empresa, dei aulas particulares. Até trabalhei numa fábrica. Mas meu sonho era fazer o que faço hoje.

As garotas se entreolharam um pouco intimidadas. Uma ousou perguntar:

— Você conheceu pessoas que foram presas pelos militares?

Mery procurou o garçom com os olhos.

— Na verdade, não — respondeu, se levantando. — Estou muito cansada, desculpem, vou embora. Nos vemos amanhã.

Ela olhou a conta, deixou uma nota na mão do garçom e saiu. O ponto de ônibus não ficava longe, ela precisaria caminhar no máximo dez minutos. Àquela hora, porém, os ônibus eram menos frequentes. Teria que esperar um pouco. Remexeu no fundo da bolsa e não encontrou nenhuma moeda. Abriu a carteira e ficou pensativa diante da cédula de identidade. O padre Fabian tinha conseguido aqueles papéis na época em que ela usava uma franja e cabelos pretos. A nova versão de Adriana, ruiva e encaracolada, continuava a surpreendê-la.

O ônibus chegou. Três outros passageiros fariam o trajeto com ela. Não olhou para eles e foi se sentar no fundo. O neon dentro do veículo lhe dava a desagradável impressão de estar numa vitrine ambulante. Alguns minutos depois, o homem que estava no meio se levantou, inspecionou-a com o olhar e sorriu para ela. Mery corou e precisou aguentar o olhar do desconhecido. Depois que ele desceu, Mery sentiu as bochechas em fogo. Estou reagindo como uma garotinha. Desalinhou os cachos ruivos com uma mão experiente para afastar os pensamentos — preciso melhorar — e desceu bem antes do seu ponto para se obrigar a caminhar.

A Buenos Aires que ela desejava estava ao alcance de suas mãos: ruas animadas, humor às mesas, homens galantes. No entanto, ela ainda se proibia de qualquer contato com esse mundo ruidoso e alegre. Não era mais por causa deles. Não totalmente. Logo ousaria.

Um som de órgão chamou sua atenção. Ela aspirou o ar para adivinhar de onde vinha. Notou, pela primeira vez, uma pequena igreja barroca que ficava espremida entre dois prédios danificados dos anos 50. Empurrou a pesada porta por curiosidade e viu o interior ainda banhado por uma nuvem de incenso. Mery estendeu a mão para molhar os dedos na água benta e entrou em busca de frescor. Sentada contra uma coluna branca, contemplou os quadros das madonas suntuosamente emoldurados por arabescos e douraduras, se deixando comover pelas notas lentas e profundas do órgão.

Havia alguns fiéis, principalmente mulheres, rezando. Uma fila pouco numerosa aguardava ao lado do confessionário, instalado à sombra da nave lateral. Aquele ritual sempre a intrigava. Ela tinha inventado pecados na única vez em que se confessara e nunca mais voltara, pensando que agravava seu caso por não saber o que dizer.

O rangido do confessionário anunciou a saída de um penitente. O homem piscou os olhos. Ela o reconheceu antes que ele a visse, e ficou estarrecida. Ele saía do confessionário com o mesmo terno cinza e o mesmo cabelo de dez anos antes. Ela o viu fazer o sinal da cruz e girar o corpo e não conseguiu pensar em se esconder atrás de alguém. O olhar do homem encontrou o seu. Ela baixou os olhos para pegar a bolsa. Suas mãos tremiam. Ele me viu. Ele me reconheceu. Ela se levantou, pediu licença para sair do banco e se apressou a atravessar a nave. El Cabo Pavor não tirava os olhos dela, se desvencilhando do abraço de um padre de batina e colarinho branco que o havia abordado com emoção. Ele acelerou para chegar à entrada antes dela.

Mery disparou, tomada de pânico. Empurrou o batente e os sons da rua irromperam como para salvá-la. Ele pegou seu braço e puxou-a para trás, para um canto escuro do vestíbulo. Colou seu corpo contra o dela para impedi-la de se mexer e fechou-lhe a boca com a mão. O homem encarou-a com o mesmo olhar de louco, os mesmos olhos esbugalhados de outrora. Ela sentiu seu hálito no rosto.

— Se abrir a boca — ele articulou —, mato você.

Ele ficou colado a ela, empurrando-a com todo o seu peso.

A porta se abriu. Duas idosas saíam. O homem soltou-a e se afastou o suficiente para liberar o corpo de Mery. As senhoras lançaram um olhar de reprovação à mulher que fugia.

Adriana correu, assustada pelo eco dos próprios passos sobre o asfalto, certa de que ele a seguia. Passou metade da noite agachada à entrada de um prédio, observando a rua. O dia raiava quando chegou em casa, depois de fazer mil desvios. Ela se deixou cair na cama, tremendo de febre, e voltou a mergulhar no inferno, perdida na loucura de Castelar. Mãos percorriam seu corpo, ela transpirava pelo esforço de tentar se soltar, os lençóis exalavam o cheiro acre do medo. Ela caiu da cama enquanto se debatia para se desvencilhar do pesadelo, num esforço que a deixou sem ar. Ficou assim, no chão, por um bom tempo, os olhos parados. Ele nunca mais me tocará. Quando teve coragem de pôr o nariz para fora, sentiu que tinha finalmente se livrado do que ainda restava de Adriana.

Na rua, homens passavam por ela, apressados e cegos. Mery não teve pressa para chegar ao ponto onde tomaria seu ônibus, que viu saindo sem se importar. Chamou o primeiro táxi, entrou com um gesto seguro e disse o endereço ao motorista. Levei vinte e dois anos para conseguir, mas agora estou pronta.

Fabian a esperava na esquina, de jeans e camiseta cinza, com um grande dossiê embaixo do braço.

35.
Mery
Verão austral, 2001

Sem a menor vontade de voltar para casa, Julia saiu do prédio. Segurava a folha com o telefone de Mery no fundo do bolso do vestido de algodão estampado. Caminhou pela avenida, em linha reta. Vários táxis passaram por ela, que não pensou em chamar nenhum.

Quando chegou à casa de Nona Fina, encontrou a família reunida na sala de jantar. Atirou o chapéu de palha sobre a mesinha da entrada, deixou os sapatos embaixo de uma cadeira e seguiu até eles. A conversa estava animada. Olivier, sentado ao lado do pai dela, respondia às perguntas com que os gêmeos o bombardeavam. Ulisses ria ao lado dos primos, os três filhos de Anna e Pablo e os dos gêmeos. Os risos aumentaram com a chegada de Julia.

Ela beijou Ulisses e Olivier, enviou beijos sonoros aos demais e se sentou ao lado do pai para pegar sua mão.

— Eles são sérios — ela explicou. — A jovem que me recebeu, Celeste Fierro, conhece todos os nomes, as datas de prisão, o centro clandestino para o qual fomos enviados. Tudo muito simples e eficaz.

— Mesmo assim, levei um ano para convencer você a vir, mãe — interveio Ulisses.

O silêncio de Julia marcou uma passageira falta de humor.

— Eles conseguem bons resultados? — perguntou o pai de Julia.

— Já conseguiram identificar mais ou menos quatrocentos corpos. Parece pouco, mas é um número enorme.

— Ah é? Acha que pode haver mais, minha filha?

— Falam em trinta mil desaparecidos...

— Não consigo acreditar — comentou o pai. — Como eles fazem para encontrá-los?

— Primeiro precisam encontrar as valas comuns. Depois, precisam fazer um verdadeiro trabalho de arqueologia — explicou Ulisses —, com uma varredura do terreno camada por camada, registros topográficos e todo o resto. Antes, o governo abria as valas comuns com uma escavadeira mecânica. Não restava muita coisa, claro.

— Li em algum lugar que no cemitério de Avellaneda eles descobriram uma centena de cadáveres sem mãos — disse um dos gêmeos.

— Tio, você está inventando isso! — interrompeu o filho mais novo de Anna.

— Não, não, é verdade, pode acreditar. Nas salas do necrotério, eles cortavam as mãos para sumir com as impressões digitais.

— Celeste também falou sobre isso — afirmou Julia.

— Mas como podem identificar qualquer pessoa nessas condições?

— Eles compilam todas as informações. O DNA da família é muito importante — retomou Ulisses. — Mas eles também tentam reunir dados de todos os tipos: doenças, características dentárias, qualquer coisa. Eles reconstroem a história de cada um.

Ulisses falava com precaução, olhando para a mãe.

— Celeste é uma jovem surpreendente — interveio Anna —, ela tem todas as informações armazenadas na cabeça, como um computador.

— Sim, é verdade — retomou Julia. — Ela fez comentários sobre alguns de meus companheiros como se os tivesse conhecido pessoalmente, detalhes que eu já tinha esquecido. Ela me perguntou, por exemplo, se eu me lembrava de três cadáveres que tinham sido levados a Castelar para serem lavados pelos prisioneiros. Paola tinha me falado a respeito. Aconteceu alguns dias antes de eu chegar lá. Lembro porque Paola dizia ter vergonha da ideia de que alguém pudesse manipular seu corpo para lavá-lo depois que ela tivesse morrido.

Julia acrescentou, com dificuldade:

— Celeste me confirmou que os restos de Paola foram identificados.

— É possível ter certeza de que a análise de DNA é confiável, Olivier? — perguntou o pai de Julia como dono da casa.

— Quando os corpos foram queimados ou quando os ossos passaram muito tempo dentro da água, como no caso dos afogados, o DNA é afetado — explicou Olivier. — Mas a técnica está sempre sendo aperfeiçoada. É possível, hoje, reconstituir o DNA de um indivíduo conhecendo o DNA de seu filho e o de sua mulher. É possível fazer uma subtração, por assim dizer.

— Eles pediram o seu DNA? — perguntou a mãe de Julia.

Olivier se levantou para levar alguns copos à cozinha.

— Sim — respondeu Julia. — Prometi voltar ao laboratório antes de ir embora.

Na manhã seguinte, Julia recebeu uma ligação. As mães da Plaza de Mayo organizavam uma manifestação. Os simpatizantes se reuniriam na frente da Casa Rosada na quarta-feira seguinte para a marcha anual da associação.

— Faz anos que elas organizam a marcha. Esse ano, a Marcha da Resistência terá como palavra de ordem o não pagamento da dívida externa.

— Ah é? Qual a relação? — perguntou Julia.

Celeste riu com gentileza do outro lado da linha.

— Elas tomam partido. Elas são a voz dos que não têm voz, de certo modo — disse.

Depois de um silêncio, continuou:

— Em geral me mantenho à margem dessas ações, mas estou ligando para dizer que foi Mery que me contou. Acabo de falar com ela ao telefone.

— Você falou de mim? — perguntou Julia.

— Sim, tomei a liberdade de contar que tínhamos nos visto.

Celeste fez outra pausa e acrescentou:

— Mery estará às dezoito horas perto do monumento a San Martín. Ela está muito emocionada com a ideia de encontrá-la.

— Você pode repetir as indicações?

— Quarta-feira, 11 de dezembro, Plaza de Mayo, às dezoito horas.

Celeste desligou. Julia teve por um instante a impressão de estar à beira de um abismo. Com o telefone na mão, ficou olhando para o aparelho. Mas tinha uma escolha. Podia decidir não ir.

O simples fato de cogitar isso a revoltou. Ela tinha passado vinte e quatro anos esperando por esse encontro: por que fugir agora?

— Tudo bem, minha querida?

Julia sentiu o abraço de Olivier. Ela escondeu o rosto em seu peito e ficou imóvel, respirando suavemente. Ele pegou seu rosto entre as mãos e obrigou-a a olhar para ele.

— Não seja tão dura com você mesma — ele disse.

Julia queria se explicar mas ele pousou um dedo sobre os lábios dela.

Sua decisão estava tomada. Ela não iria. O que poderia descobrir que as milhares de horas investidas na busca de Theo ainda não lhe tivessem revelado? Essa justificativa lhe proporcionou uma grande serenidade durante os dias que se seguiram. No último momento, porém, e pelas mesmas razões que a tinham convencido do contrário, colocou o chapéu de palha na cabeça e saiu, esquecendo a bolsa como se estivesse indo apenas até a esquina.

Bem antes de chegar à Plaza de Mayo, foi alcançada pela multidão. Quanto mais se aproximava do monumento a San Martín, mais precisava distribuir cotoveladas para avançar, oprimida pela massa. Ela tinha voltado, mentalmente, à manifestação diante da qual Perón havia invectivado contra os Montoneros. Quantos daqueles que estavam naquele dia na Plaza de Mayo ainda estariam vivos? Segundo os comentários de Celeste, podiam ser contados nos dedos de uma mão.

Ela ergueu os olhos e percebeu que estava bem perto do monumento. Um enorme cartaz ocultava jovens que tinham subido ali e puxavam outros. Ela procurou um rosto familiar. A multidão, densa, dificultava a visão. Um casal de mãos dadas abria passagem, cabeças baixas, seguindo sempre em frente. Ela se agarrou ao braço da jovem para segui-los e, atrás dela, alguns a imitaram. Eles pararam logo abaixo dos cartazes, bem na frente da Casa Rosada.

No meio da multidão, a cerca de trinta metros dela, Julia reconheceu na hora a mulher de cabelos ruivos e encaracolados que dava ordens. Era o perfil de Adriana. A mulher começou a escandir as primeiras instruções numa voz empolgante. Julia não teve dúvidas. Um grito saiu de sua boca antes mesmo de ela tomar a decisão de chamá-la. Mery virou a cabeça e seus olhares se encontraram. Não houve nada de refletido na pressa que tiveram para chegar uma à outra. O abraço se prolongou como um choque, sem sorrisos e sem lágrimas.

Ficar no meio da multidão estava fora de questão. Elas procuraram um caminho de saída se segurando firmemente pela mão. Fora da praça, começaram a caminhar devagar, coladas uma à outra, medindo as palavras.

— E Theo? — Julia murmurou, agarrada ao braço de Adriana.

— Não sei, minha querida — respondeu Adriana, depois de um longo silêncio. — Quer dizer, não sei se está vivo ou morto. É uma longa história, muito infeliz, pois levamos tempo demais para nos reencontrar. Lembra da noite em que nos vimos pela última vez?

— Posso descrever segundo a segundo todos os instantes.

— Depois que você saiu, foi muito difícil avançar com Theo. Caminhamos por dois dias, até que chegamos ao padre Miguel.

— Por que eu nunca soube disso?

— O padre Miguel foi preso logo depois de nossa passagem, depois foi assassinado na Esma.

Julia não tinha mais certeza de que queria ouvir o resto.

— Miguel nos ajudou muito. Ele nos entregou o envelope com o dinheiro e nos escondeu na sacristia de uma igreja perto do porto.

— Vocês entraram em contato com o *Donizetti*?

— Sim, falei com o capitão Torricelli. Theo me esperou na igreja. Ele estava muito mal. Um marinheiro praticamente o carregou até o navio.

— E então? Vocês partiram?

— Embarcamos clandestinamente uma hora antes da partida. Esperávamos que você estivesse a bordo.

— Mas eu nunca cheguei...

Adriana e Julia caminharam até uma praça e se sentaram num banco. Julia se curvou sobre si mesma. O tempo estava opressivo, apesar da brisa que acariciava o topo das árvores. Crianças jogavam futebol na grama. Um chute e a bola voou para aterrissar entre as pernas das duas mulheres. Elas riram tentando devolvê-la. A luta pela bola continuou em torno do banco delas. Julia e Adriana ergueram os pés e esperaram que o furacão de crianças se afastasse.

— Theo ficou no navio.

— Theo ficou no navio — repetiu Julia, com a voz rouca. — E você?

Adriana suspirou, o rosto apoiado nas mãos.

— E você? — ela insistiu.

— Eu não podia.

— Você não podia o quê?

Julia não queria ouvir a resposta.

— Eu não podia partir sem você.

Julia sacudiu a cabeça lentamente, com os olhos cheios de lágrimas.

— Não, não me diga que...

— Sim. Eu desci alguns minutos antes da partida.

Ela passou as mãos no rosto.

— Eu estava morta de medo, não sabia para onde ir e assim que via um uniforme entrava em pânico.

O olhar de Julia se perdeu no vazio.

— ...

— Não sei. Foi a última vez que o vi.

— Você desceu e ele ficou no navio.

— Sim, isso mesmo. Ele estava muito mal, Julia.

— Sim...

— Não apenas fisicamente. Estava dilacerado pela morte do irmão...

— Como...? Ele não podia saber que Gabriel estava morto!

— Ele sabia tudo. Quem havia torturado Gabriel, onde, nos mínimos detalhes. Ele sabia como o irmão havia morrido. Aquilo tinha se tornado a obsessão dele.

As mãos de Adriana, agarradas ao banco, revelavam sua emoção.

— Ele pensava que seu bebê também tinha morrido.

— Ele não tinha como saber.

— Eu contei como você... Como eles...

Os meninos passaram de novo levando a bola. Faziam-na girar sobre um dedo, um de cada vez.

— Mas... mesmo assim!

— Eu também pensava. Era impossível que o bebê tivesse sobrevivido, Julia.

O sofrimento desfigurou-a.

— Quando sua irmã Anna me disse que o bebê tinha nascido...

Uma buscou a mão da outra, para pararem de falar. Juntas, acompanharam as crianças se afastando.

— Quando você mudou de nome?

— Logo depois da partida de Theo. Eu tinha medo. Imagine. E quando finalmente pus os pés na rua, dei de cara com El Cabo Pavor dentro de um ônibus!

— Oh! Que horror. Durante a ditadura?

— Não, felizmente. Mas fugi correndo, mudei de endereço, de trabalho, tudo.

— Acho que eu morreria se visse essas pessoas de novo — murmurou Julia.

— Sabe que conseguimos fazer com que fosse condenado? Ele está preso, e vai continuar preso por muito tempo. Celeste me ajudou. Eles identificaram o corpo de Paola e eu testemunhei. Temos uma boa equipe de advogados. Estou procurando os outros, agora.

— Que bom — acabou dizendo Julia, os olhos no vazio. — Às vezes eu penso que a prisão, para eles, é uma recompensa.

Mery pegou as mãos dela e as beijou.

— Sim, mas nós não somos como eles.

36.
O tio Mayol
Inverno boreal, 2001-2002

Ele abriu a porta antes mesmo de ela ter tempo de colocar a chave na fechadura. Olivier tinha esperado por ela até o amanhecer. Os dois viveram os dias que se seguiram em suspenso, cruzando o caminho um do outro sem saber o que fazer ou o que dizer. Ele precisou partir inesperadamente para a França, por motivos de trabalho. Julia ficou com Ulisses para as festas, como previsto.

Depois da partida de Olivier, Julia se tornou mais metódica, quase fria.

— Acho que preciso recomeçar tudo do zero — ela disse a Anna certa noite, depois que os jovens saíram para dançar numa das boates de Buenos Aires.

— Não concordo. Agora sabemos que ele não está morto.

— Talvez não naquele momento. Mas ele pode ter voltado depois da Copa do Mundo de futebol, não?

— Eu já segui essa pista. Uma dezena de Montoneros voltou para uma contraofensiva entre 1979 e 1980. Muitos foram descobertos pelos serviços de inteligência. O nome de Theo não consta das listas oficiais. E nem das listas de desaparecidos.

— O fato é que ele simplesmente sumiu.

— Talvez pudéssemos ir à casa da família dele. Passo por lá regularmente. A casa está totalmente abandonada, é triste de ver. Mas nunca se sabe.

Quando Celeste ligou para pedir que fosse vê-la com Ulisses, Julia já tinha decidido prolongar a estada em Buenos

Aires. Pensando que se tratava de novos resultados de DNA, prometeu aparecer na manhã do dia seguinte, antes que Ulisses pegasse o avião.

Eles encontraram Celeste em cima de um banquinho para alcançar uma das caixas numeradas da sala de arquivos. Ao ver a expressão de Julia, ela se desfez em mil desculpas.

— Chamei vocês por algo totalmente diferente — acrescentou, levando-os consigo.

Julia teve a impressão de que as pilhas de documentos tinham se multiplicado em cima da mesa desde a última visita.

— É para os resultados dos exames de DNA? — Ulisses quis saber. — Foi possível fazer um cruzamento dos dados?

— Ainda não acabei os exames. Levará mais tempo. Temos mais de quinhentos cadáveres para identificar. A maior parte infelizmente nunca será reconhecida.

— Então? — perguntou Julia.

— Então — retomou Celeste, vasculhando as pilhas de dossiês —, um de nossos pesquisadores foi a San Francisco para participar de uma conferência com cientistas eminentes e...

Celeste puxou uma pasta, triunfante.

— E ele foi apresentado a um professor que trabalha há alguns anos com a Nasa. Um argentino, que trabalha com microrganismos, algo do gênero.

— E o que isso... — perguntou Ulisses, olhando discretamente para o relógio.

— O fato é que ele queria saber tudo sobre o nosso trabalho porque também tem desaparecidos na família.

Celeste estendeu-lhes uma fotocópia do programa da conferência, com a foto do professor em questão.

— Eu queria falar com vocês porque o nome dele é Mayol. Ernesto Mayol.

— Espere um pouco — reagiu Julia. — Ernesto Mayol? Não é um tio do Theo? Anna falou com ele, se não me falha a memória.

— Acho que é ele mesmo.

* * *

Depois da partida de Ulisses, Julia passou uma tarde inteira ligando para o número que Celeste tinha lhe passado. Sempre era atendida por uma gravação que lhe oferecia uma gama de opções que nunca a levavam à pessoa com quem queria falar. Por fim, decidiu enviar um e-mail ao endereço eletrônico. A resposta do professor Mayol não demorou. Ele se declarava disposto a vê-la, se ela tivesse como se deslocar até San Francisco. Julia poderia viajar no fim do mês de janeiro.

Quando fechou o cinto de segurança, Julia percebeu que sua roupa era igual a de quando tinha pegado seu primeiro avião, em 1977, ao deixar Buenos Aires: de novo usava um vestido vermelho. Ela se inclinou para olhar pela janela. Olivier se recusava a responder a suas ligações.

Ela chegou a San Francisco um dia antes do encontro. Saiu do hotel e decidiu se perder na rede quadriculada de ruelas da cidade, para se abrigar do vento. O frio penetrava até os ossos. Ela virou à esquerda na Leavenworth Street. Aquela viagem era uma loucura. Se Theo estivesse vivo, devia ter sua própria vida, sua família. Ela ergueu os olhos e se viu diante de uma rua impossível, que ziguezagueava na vertical. Decidiu escalá-la. Não deixaria de ir a este encontro de jeito nenhum. Subiu por entre as casas e os jardins em pausa invernal, nos quais alguns pés de hortênsias congelavam. Chegando ao topo, abriu os braços para se encher de espaço.

No dia seguinte, Julia saiu cedo. No saguão do hotel, um homem sem idade definida, vestido com confortável elegância, se levantou da poltrona de veludo bordô ao lado de uma lareira. Ele guardou os óculos de tartaruga no bolso de dentro do casaco e olhou para Julia sem emoção.

— *Buenos dias* — disse com frieza —, sou Ernesto Mayol, imagino que você seja Julia.

Julia o examinou e apertou sua mão. O homem a convidou para caminhar, apesar da névoa e do frio. Eles seguiram pela avenida em direção ao porto, caminhando com as mãos nos bolsos, os colarinhos levantados e a cabeça enfiada nos ombros, sem trocar palavra. Acabaram empurrando a porta de um *diner* de vidros embaçados e se sentaram um de frente para o outro, mexendo o café que uma garçonete de minissaia não se apressou em servir.

— Esperei muito tempo por essa visita.

As mãos de Julia em cima da mesa traíam sua tensão.

— Por que não tentou me contatar?

— Não cabia a mim fazê-lo.

A conversa travou. Julia não queria fazer perguntas e o homem não queria dar respostas. Eles engataram um debate estúpido sobre se fazia sol ou chuva, tomando o cuidado de evitar o assunto que os havia reunido.

A garçonete se plantou na frente deles, um lápis atrás da orelha.

— Mais alguma coisa? Tenho clientes à espera da mesa.

— Mais dois cafés e uma água — respondeu Mayol, sem tirar os olhos de Julia.

A garçonete se afastou mordendo os lábios, de mau humor. Julia tomou coragem:

— O senhor mantém contato com ele?

— Não posso responder.

Julia se levantou, deixou uma nota em cima da mesa e murmurou:

— O senhor já me respondeu.

E saiu.

O telefone do quarto tocou quando ela já estava no corredor, com a mala na mão. Devia ser Ulisses, para pedir mais alguma coisa. Teve um minuto de hesitação e voltou sobre seus passos. Ulisses podia ligar para o celular. Abriu a porta, atirou o casaco em cima da cama e se sentou vacilante para tirar o aparelho do gancho. Sabia quem era.

— Theo.

37.
El Diablo
Verão boreal, 2006

— Theo…?

Com os olhos semicerrados, Mia se aproximou, quase dormindo. No corredor, Theo olhava para a foto que tinha acabado de tirar com o celular. Ele verificou a qualidade da imagem e fechou rapidamente a tela. Guardou o celular no bolso e ficou com o olhar parado, suando apesar do frescor da manhã. Mia foi até ele e buscou seu abraço para se esquentar. Theo se esquivou. Ela pegou a mão dele e a soltou na mesma hora, espantada com a umidade da pele.

— Venha, não vamos ficar aqui.

Ele se afastou, pouco à vontade.

— Vou embora, Mia.

Theo respirava com dificuldade. Bolsas escuras tinham se formado sob seus olhos, a contraluz acentuava seus traços cansados. Mia tentou puxá-lo para si e procurou sua boca. Ficou surpresa com a expressão dura de Theo.

— Ainda temos tempo — ela murmurou.

Ele evitou seu olhar e brincou por um instante com o telefone.

— Preciso ir.

Através da grande janela envidraçada, Mia viu que os postes de luz acabavam de se apagar. O jardim ainda dormia sob os reflexos prateados da manhã.

— Tínhamos falado em ficar — arriscou dizer.

Ela parecia vestida com uma plumagem de lua, toda nua, com os cabelos serpenteando ao longo do corpo. Theo recuou.

— Não, nunca falamos sobre isso.

*   *   *

O brilho da chuva perseguiu-o ao longo de todo o trajeto. A moto derrapava a cada curva para chamá-lo à ordem. Em vão. Seu coração batia nas têmporas. A adrenalina circulava por suas veias como veneno. Viu aquele rosto retomar forma apesar do artifício do tempo. A imagem do torturador vestido para o casamento o perseguia. Ali estava ele, tão perto de mim, depois de tantos anos. Ao meu alcance, para eu tirar dele o que ele tirou de mim.

O motor rugia entre suas pernas. Theo acelerou na estrada em linha reta. El Diablo aparecia diante dele, com a expressão imobilizada num pasmo fixo, a sobrancelha direita ligeiramente elevada pelo entalhe no rosto. Eu o teria reconhecido com ou sem cicatriz. As narinas de Theo palpitavam enquanto ele ultrapassava os carros na Merritt Parkway. Por que Mia? Por que justamente ela, entre todas as outras?

À frente, a boca do túnel se abria, a cada segundo mais perto de engoli-lo. Theo acelerou, inclinado para a frente, prestes a explodir.

Ele uiva ao cruzar o limiar. O homem está ali, as pernas afastadas no impecável uniforme verde-oliva. Theo o observa do fundo de seu estertor. Sente a urina escorrendo pela perna como ácido. Ele vai inventar novos suplícios para enlouquecê-lo. Theo perdeu a noção do tempo, seu único sol é o projetor que o homem liga junto com a voz do Führer para encobrir seus gritos. Ele não tem mais nariz, o oxigênio abre suas chagas como se passasse por brânquias. Ele não tem mais corpo, exceto pelos buracos que obcecam o Diablo, os naturais e os que ele abriu.

— Está entendendo, rato?

A voz mal chega até ele. Seu cérebro está congestionado de dor, obstruído de fluidos. Um balde de água escura é atirado em seu rosto. Tudo queima. Mas ele passa a língua pelos lábios, morto de sede.

— Não tem mais nada a dizer, rato?

O projetor vai ser acionado. O pesadelo também. Theo bate os dentes. Haverá mais alguma coisa esquecida? Uma migalha para apaziguar o monstro? Pendurado, seu corpo é agitado por convulsões. Theo sabe que vai morrer. Quer morrer logo.

O homem ri. Theo vê sua boca de lábios vermelhos e carnudos, dentes perfeitos. Ele ri com outros.

— Então, onde está sua irmã? Não falou nada da sua irmã.

Um som sai da garganta de Theo, deformado, incompreensível.

— Sim, sim. Você tem uma irmã. Com uma linda carinha de bicha.

O projetor é ligado.

— Sim, eles se parecem, é incrível, veja.

Theo leva um soco na barriga.

— Mesmo transformado em excremento — diz uma voz desconhecida.

— Cuidamos bem da maninha. Quer dar uma olhada? Temos fotos. Guardamos tudo em arquivo, para quando for preciso lembrar.

El Diablo aproxima uma foto Polaroid dos olhos de Theo.

— Olhe, rato, como me diverti com a maninha.

De início, Theo não vê nada. Depois, começa a ver reflexos pretos, vermelhos. E entende. Umas vinte imagens desfilam sob seus olhos. São fotos de seu irmão Gabriel sendo torturado. Foram tiradas de perto, no auge do sofrimento. Theo vê todos os detalhes. Ele mija de novo, não quer mais ver, mas não consegue fechar os olhos, ele berra, chora, sufoca. As cenas ficam gravadas em sua mente, junto com o cheiro, as vozes, o sofrimento. Imagens indeléveis, insuportáveis, que destilam um veneno constantemente renovado.

— Eles são iguais, os dois trotskos. Os mesmos cromossomos. Eu sabia desde o início que você ia entregar todo mundo. Como seu irmão. Mas ele foi recompensado. Virou minha mascote. Olhe, rato.

Pendurado como um presunto, Theo olha. Não deveria ter olhado. Ele grita, se retorcendo na corda que o segura, com uma raiva que o faz vomitar.

Os risos, sempre os risos em volta dele, em toda parte.

— Mas ele foi liberado. Eu o soltei. Sim, sim. Não estou dizendo isso para agradar você.

Sons de passos, o projetor é ligado.

— Também vou soltar você, mas não ainda. Depois de todos os meus esforços, tenho direito de comemorar um pouco.

A bobina gira. Dessa vez, não com a voz do Führer, nem com as imagens em preto e branco dos campos de concentração. Projetados diante dele, imensos, os olhos do irmão Gabriel. Seu rosto em primeiro plano, desfigurado. Ele está de joelhos, suplicando, chorando. Depois, uma boca escancarada, um uivo sem som. Gabriel uiva, empurrado no vazio do alto de um avião. Cai, em meio aos risos, cai e a bobina gira no vazio.

Theo sai do túnel uivando, ofuscado por um sol inclemente. Avança por entre dois carros e se perde numa via de acesso.

Ele não a procurou mais. Voltava todas as noites para uma casa vazia. Perambulava da cozinha à sala, como uma fera enjaulada. Ela não existe. Ela vem do outro. Ela não tem relação comigo. Ele também não queria receber as ligações de Julia. Sua indiferença lhe era insuportável. Ele precisava de silêncio. Eu só penso nela porque penso nele, e nele eu penso o tempo todo. Ele vai ficar de joelhos na minha frente. Quero ser a única coisa diante dos olhos dele quando ele morrer. Dentro de um mês, tudo estará sob controle. Tenho tempo de preparar tudo. Quando Julia voltar, tudo terá acabado.

Theo aumentou a intensidade dos exercícios físicos. Por sorte, Mia não ia mais à academia. Ele não queria nunca mais olhar para ela. O carro dela tinha desaparecido do estacionamento. Ela também o evitava, com certeza.

Ele passou ao lado do gabinete dela e se aproximou, apenas para verificar.

— Ela tirou uma licença — disse uma colega, com um olhar que o irritou.

— Eu tinha emprestado um dossiê para ela. Que chato...

— Os dossiês sobre os quais ela estava trabalhando estão em cima da mesa. Quer que eu dê uma olhada?

— Sim. Vou ajudar.

Ele achou muita coisa. Fotos, endereços. Mas Theo não estava satisfeito.

— Ela foi visitar amigos?

— Sim, a sortuda! Eu também gostaria de conhecer a Argentina. Mas é caro. Claro que quando se tem um marido fica mais fácil.

Era impossível que ela tivesse entendido. Theo coçou a cabeça e caminhou até o bebedouro, a garganta seca. Não fiz nada de errado. Ninguém além de mim jamais soube, nem mesmo Julia. Ela talvez me denuncie. Mas ele já estará morto.

Os lençóis estavam molhados, ácidos de suor. Theo acordou depois de uma noite agitada, prisioneiro de si mesmo. Desceu até a cozinha. Um raio de luar atravessava a sala. Ele gostaria que Julia estivesse ali. Para esquecer Mia. Mia, filha do monstro. Mia, entre El Diablo e ele. Theo sufocava no frio da noite. Sentou-se na escada, uma garrafa de água na mão, incapaz de aplacar a sede. Bebeu o resto da garrafa de um só gole. Quero que ele saiba que perdeu.

As luzes da aurora dissiparam as sombras. Ele se levantou e se vestiu, partiu em direção à praia. O imenso nascer do sol estava a sua espera, como uma promessa de esquecimento. Mas isso é impossível para mim. Mesmo morto, não poderei apagar nada. Theo juntou algumas pedras e fez com que ricocheteassem sobre a superfície da água.

Mia tinha voltado, mais pálida que antes, alguém comentou. Ele se tornou mais precavido. Mudava o carro de lugar no estacionamento várias vezes ao dia. Evitava a academia e preferia corridas ao amanhecer, na praia. Uma noite, porém, ao voltar do trabalho, viu-a esperando na frente de casa, sentada dentro do carro. Intrigado e desconfiado, estacionou o seu e se aproximou.

— Você se incomoda de eu ter vindo até sua casa?

Ela tinha emagrecido bastante. Seus olhos estavam quase mais perturbadores que antes. Ele deu a volta no carro para se sentar ao lado dela.

— Theo... Você nunca me explicou.

— Não há nada a ser explicado.

Ela mordeu os lábios.

— Fui à Argentina...

— Eu sei.

— Não vai me perguntar por quê?

— Não quero saber.

— Vou dizer mesmo assim... Fui por causa de você.

Ele balbuciou alguma coisa incompreensível e abriu a porta do carro para ir embora.

— Theo. Ouça. Você me deve ao menos isso. Vamos dar uma volta.

Ela acrescentou, à guisa de explicação:

— Com o barulho do motor ficarei mais à vontade para contar.

Theo fechou a porta, contrariado. Ela ligou o carro e procurou a mão dele.

— Eu não teria ido à Argentina se você não fosse importante para mim.

— Isso não muda nada.

— Para você, talvez, mas para mim tudo mudou.

— Mia, você não entende.

— Sim, é verdade, não entendo muitas coisas. Você saiu sem se explicar...

— Não tenho nada a explicar. Não devo nada a você.

Ao sair da cidade, Mia enveredou por uma estrada pequena ao lado de um bosque de coníferas. Começava a escurecer. Algumas casas dispersas acendiam as luzes, com janelas que pareciam grandes olhos abertos.

— Ao contrário. Você me deve explicações, sim. Mas tem outra coisa... Preciso de sua ajuda. O que levo no coração é pesado demais para mim. E você é o único que pode...

— Mia, não podemos mais nos ver.

— Não estou falando disso. Mesmo que eu quisesse. Não. Vim procurá-lo porque acho que você sabe coisas que eu desconheço e que me dizem respeito.

O carro parou na orla da floresta. Mia apagou os faróis.

— O que você acha que eu sei, Mia? Não sei de nada...

— Sim, você sabe... Você tem muitas informações. É seu trabalho. Acho que você sabe coisas sobre a morte da minha mãe... Acho que você pode me ajudar a encontrar quem a matou.

— Mas do que você está falando?! Sua mãe se suicidou, não foi o que você disse?

— Sim. Era o que eu pensava. Mas a realidade foi outra. Verifiquei nos arquivos, conversei com as pessoas... Minha mãe foi assassinada. A polícia encontrou o cadáver dela mutilado. Também descobriram fotos tiradas pelo assassino.

A voz de Mia tremeu.

— Ela estava em casa quando foi assassinada.

— Como você sabe que é mesmo filha dela? Houve tantos crimes durante essa guerra...

Erguendo os joelhos, Mia empurrou o banco para trás e se encolheu sobre si mesma.

— Contatei os mapuches...

— Os mapuches?

— Sim, a família da minha mãe.

— Mas... como fez isso?

— Os mapuches têm vários sites na internet. Entrei em contato com eles. O resto se encadeou muito rapidamente. Foi o irmão da minha mãe que me respondeu. Ele me pediu para visitar a família na Argentina. Eles queriam verificar se era mesmo eu. Na verdade... Eles pensavam que eu estivesse morta.

— Verificar o quê? Eles não podiam reconhecer você...

— Não, claro. Mas fomos a um centro de pesquisa sobre os desaparecidos, onde fazem testes de DNA...

— Que loucura! Como você pode ter feito isso em tão pouco tempo?

Theo pensava, a cabeça entre as mãos.

— Eles perguntaram onde estava seu pai?

— O marido da minha mãe? Não... ele era capitão do Exército argentino, se chamava Ignacio Castro...

— E então?

— E então? Meu pai biológico... não é meu pai. Não meu pai oficial, em todo caso.

— Você fez testes de DNA com ele também? Você viu fotos do seu pai biológico?

— Sim, algumas. Do dia do casamento. O marido da minha mãe era um homem de tipo diferente, loiro, alto, esbelto. Um homem bastante bonito, aliás. Não é, obviamente, a mesma pessoa. Eu reconheceria meu pai em qualquer lugar. Confesso que não é muito bonito, eu diria mesmo que é bastante feio.

Seu riso infantil encheu o carro.

Não havia nada do Diablo nela. Os olhos orientais, as maçãs do rosto salientes, a pele clara. Theo se afastou de Mia para analisá-la melhor. Mesmo assim. El Diablo tinha agido com mão de mestre. Tinha uma filha inencontrável, com traços asiáticos, nome coreano e inglês perfeito. Era impossível fazer qualquer ligação entre Mia e a Argentina, a não ser que ela revelasse o segredo de sua origem mapuche, coisa contra a qual seu pai a havia prevenido. O sentimento de vergonha que ele tinha instilado em Mia, em razão do suicídio da mãe, era uma proteção suplementar. El Diablo havia, além disso, escondido seu tesouro na Swirbul and Collier: nada melhor que uma companhia subcontratada pela CIA para manter os inimigos afastados. Todos os empregados eram, de um modo ou de outro, protegidos pela CIA por segredos ligados a suas histórias pessoais, que iam além do quadro do segredo profissional. Era por isso que ele mesmo trabalhava na Swirbul and Collier. Theo havia passado informações aos serviços de inteligência americanos e, em troca, vivia ao abrigo, protegido por uma estrutura que o tornava invisível. Essa mesma estrutura havia neutralizado todos os esforços de Julia para encontrá--lo. Também tinha permitido que ele identificasse as pegadas de seu torturador. Graças aos arquivos da companhia, Theo sabia que El Diablo havia entrado nos Estados Unidos antes do fim da ditadura. Ele não imaginava, no entanto, que seu torturador se beneficiava da mesma proteção que ele. Isso explicava, ele agora entendia, o desaparecimento de seu dossiê e suas buscas infrutíferas.

A testa redonda, os cabelos de seda negra. Ela não tinha nada dele. Mesmo assim. Os lábios vermelhos, os dentes perfeitos, o sorriso distante.

— Ele é gordo — continuou Mia —, baixo, com um grande nariz, os cabelos pretos, enfim. Além disso... ele não se chama Ignacio Castro!

— Então quem é esse que você chama de pai?

O tom agressivo surpreendeu a jovem. Sua testa se franziu.

— Não sei. Dizem que, na época, muitas crianças eram dadas para adoção. O irmão da minha mãe acha que pode ter sido o caso... Procurei, mas parece que não existe nenhum registro de adoção. Não tenho nem certidão de nascimento na Argentina...

— Mas seu verdadeiro pai não pode ter desaparecido no ar, ele não deixou você na porta de uma igreja!

— Meu pai biológico se suicidou depois da morte da minha mãe. Ele atirou o carro num precipício. O carro explodiu...

Theo a interrompeu:

— E não encontraram sinal dele.

Ele pousou as mãos nos joelhos e acrescentou, amargo:

— Me leve para casa, Mia. Não posso ajudar você.

A noite estava escura como breu. Um fraca claridade, ao longe, destacava à contraluz o perfil de Mia. Ele a viu esconder o rosto entre as mãos. Theo se recusou a ficar comovido.

Ela girou a chave, o motor roncou, dócil. Corças iluminadas pelos faróis, paralisadas por um instante, os olhos vermelhos, desapareceram de um salto entre as árvores.

* * *

Nada deve me tirar do caminho. Nem mesmo Mia. Acocorado, com um ancinho na mão, Theo admirava as hortênsias da casa. A volta de Julia lhe daria uma trégua. Ele acreditou perceber no olhar da vizinha uma ponta de inveja de seus canteiros bem cuidados. Theo cumprimentou a senhora com um gesto, sorrindo. É impossível que ela não faça a ligação. Está claro, como preto no branco. Ou então ela é cúmplice do pai. Theo secou as grossas gotas que escorriam do rosto. Um zangão se aproximou demais de seu olho. Ele o expulsou com um gesto irritado. Depois disso, poderei viver de novo. Irei embora com Julia. Para longe. Ele enfiou a pá no solo e revirou a terra. A não ser que eu seja preso. O zangão voltou, estúpido e teimoso. Ele começou a girar em torno da cabeça de Theo, em círculos concêntricos. Desanimado, Theo atirou a pá e o ancinho no chão e voltou para a casa. Não conseguirei viver sem ela.

O estacionamento estava cheio. Nas segundas-feiras, a Swirbul and Collier fervilhava de animação. Ele achou um lugar no fundo, ao lado de um 4x4 branco, tinindo de novo, de pneus desmesuradamente largos. Levado por uma curiosidade involuntária, rodeou o carro para examiná-lo. Quando voltou, tarde da noite, o imenso estacionamento estava vazio, mas o Crossover continuava ali. Theo se demorou de novo por um momento, para inspecioná-lo, antes de entrar no próprio carro.

Quando ia dar a partida, um carro atravessou o estacionamento de ponta a ponta, cantando os pneus, e estacionou de frente para ele. Mia, num tailleur verde-esmeralda, saiu furiosa. Ela abriu a porta de Theo e, com lágrimas nos olhos, gritou:

— Eu odeio você. Está me ouvindo? Odeio você.

Um homem saiu do prédio na mesma hora e começou a caminhar na direção deles, com um passo seguro, brincando com o chaveiro numa mão e segurando na outra uma maleta de couro de crocodilo preto. Theo reconheceu um dos chefes da corporação.

— Entre — Theo ordenou.

Mia obedeceu. O carro deu marcha à ré, manobrou e saiu do estacionamento. Theo acelerou na avenida, o mais rápido que podia, virou à direita e freou na frente de um edifício imponente cercado por um grande parque. Ele se virou para Mia, pegou-a com força e beijou-a.

— Odeio você — ela repetiu, batendo nele com os punhos fechados.

Theo secou suas lágrimas com o dorso da mão.

— Eu também odeio você... Não sei mais diferenciar meu amor por você do meu ódio, Mia.

— Mas por quê? Por que eu?

E lembrou:

— Foi por causa da minha foto de casamento, não é?

Ele acariciou-lhe o rosto.

— Não. Mas acho que sei quem matou sua mãe.

A respiração de Mia se acelerou.

— Sim, eu sabia. Foi por isso que fui para a Argentina. Para entender, Theo.

— Você realmente não entende?

Theo segurou o rosto dela, para obrigá-la a olhar nos seus olhos.

— Mas se estou dizendo que não entendo! Você me faz mal, Theo. Você me dá medo. O que aconteceu com minha mãe?

Theo ficou em silêncio por um momento. Passou um dos dedos pelos lábios dela, depois se inclinou para trás, as costas contra a porta.

— Você cresceu ao lado do assassino de sua mãe, Mia. Seu pai não se chama Samuel Matamoros e ele não é espanhol.

— Mas o que você está inventando?

— Ele é argentino e é também seu pai biológico.

— Que loucura é essa? Ele não é... Não pode ser...

— Ele se chama Ignacio Castro Matamoros, capitão da Aeronáutica argentina, também conhecido como El Diablo.

Mia olhava para ele horrorizada.

— Ele era responsável por um dos centros de tortura durante a guerra suja, a Mansión Seré. Mia, seu pai é um assassino.

As lágrimas deixavam um rastro brilhante nas bochechas dela. A falta de ar cortava sua voz.

— Não é verdade, você está enganado, está confundindo ele com outra pessoa. Ignacio Castro se suicidou...

— Seu pai mentiu para você. Desde sempre e a respeito de tudo. Menos sobre uma coisa: a identidade da sua mãe.

A voz de Theo mudou.

— E não consigo entender por quê.

— Não é possível... Como você pode saber tudo isso?

— Faz trinta anos que procuro seu pai, Mia. Reconheci-o na foto...

— Você com certeza se enganou. Eles talvez se pareçam. Você não conhece meu pai. Meu pai é o melhor dos homens, ele não...

— Pare, Mia. Você quis saber. Agora sabe. Eu não tinha nenhuma intenção de contar tudo a você. E não sei por que o fiz agora. Mas acho que você tem o direito de saber quem é esse homem.

As luzes do andar térreo do edifício se acenderam. Alguém olhou pela janela.

— Fazia anos que eu tinha perdido completamente o rastro do seu pai...

— Quer que eu acredite que o encontrou por acaso?

— Penso nisso o tempo todo, sim. É muito estranho. Ou foi o destino, ou ...

— O destino? Não existe destino, Theo.

Uma viatura de polícia de vidros escurecidos passou lentamente. Theo ligou o carro, avançou até o cruzamento e passou embaixo da ponte da via férrea. Decidiu seguir pela velha estrada que serpenteava de cidade em cidade. Eles não tinham mais pressa.

— Você sabia quem eu era, Theo! Você tem acesso a todas as informações da empresa.

A emoção de Mia se transformou em náusea. Ela abriu o vidro para tomar ar, com os cantos da boca contraídos.

— Você me usou, Theo? Foi isso, você sabia...

O carro balançou ao atravessar uma ponte estreita acima de uma marina. Postes de luz alinhados sobre o pontão salpicavam a água de estrelas. Theo parou o carro no acostamento, puxou o freio de mão e desligou o motor.

— Não, Mia. Você sabe que está dizendo uma bobagem.

E acrescentou, para espantar sua própria dúvida:

— Você também não sabia.

Um silêncio penoso se seguiu, um avaliando o outro, desconfortáveis.

— É para a empresa que você está procurando ele? Você tem que...

Theo a interrompeu.

— Não, não tem nada a ver.

— O que devo entender, Theo? Você está procurando por ele assim, por nada?

O rosto de Mia estava totalmente pálido. Tinha os lábios arroxeados, o que aumentava os reflexos de tom perolado de sua pele. Sua boca tremeu, hesitante.

— De onde você o conhece?

Uma violência surda lutava para vir à tona, como uma maré montante de lava. A vibração da voz, as manchas vermelhas na pele, a tensão de Theo, tudo atestava o esforço que ele fazia para se controlar.

— El Diablo... torturou meu irmão — ele conseguiu articular, com dificuldade. — Depois, assassinou-o.

Mia tinha dificuldade para reconhecer o homem que estava à sua frente, de veias azuladas que corriam como serpentes nas têmporas, lábios secos circundados por uma espuma branca, narinas dilatadas, olhos injetados de sangue.

— Ele tirou fotos, filmou... E me mostrou tudo.

A jovem se encolheu no assento, esmagada.

— Ele também torturou minha mulher... que estava grávida do nosso filho.

Ela sentiu espasmos subindo por seu corpo com violência, entrecortados, até a garganta. Abriu a porta e vomitou.

Theo continuou, surdo ao resto do mundo:

— E ele me torturou... Vivo apenas para tê-lo diante de mim, implorando por piedade.

38.
De amor e de ódio
Verão boreal, 2006

A aurora se anunciava. Eles desceram as escadas de pés descalços, saíram da casa e caminharam sobre a grama úmida até a praia. Avançaram colados um ao outro, afundando a areia ao passar, os corpos ainda se procurando, insaciados. Em volta deles, o céu escuro sem horizonte era invadido pela claridade avermelhada das brasas de uma fogueira que se apagava. O quebrar discreto das ondas lembrava-os da presença do mar. Mas eles se sentaram de costas para ele, fascinados pelo fogo que começaram a reavivar.

— Faz dias que tenho pesadelos.

— Eu, anos.

Theo revirou a lenha. Chamas tímidas começaram a lambê-la.

— Acho que nunca mais conseguirei me livrar de tudo isso.

— O conhecimento tem seu preço, amor. Felizes os que ignoram — disse Theo, beijando-a no pescoço.

— Mas eu o amo, Theo. Antes de você, eu pensava que nunca poderia amar um homem mais do que a meu pai. Ele me deu tudo o que havia de bom dentro dele.

— Não me fale dele, por favor.

— Mas preciso falar, você é o único que pode entender.

O crepitar do fogo captou a atenção dos dois por um momento.

— Sonhei que minha mãe falava comigo. Nunca a conheci, ouvir sua voz me deu uma sensação tão estranha...

— Talvez seja um registro de sua memória durante o parto. A avó de Julia teria dito que sua mãe entrava em contato com você... Ela tinha uma reputação de médium, que exasperava meus pais, mas na verdade era uma mulher muito lúcida... Eu gostava dela.

— Que estranho. Descobri por meu tio que minha mãe era uma Machi. Sempre pensei que ela fosse uma princesa. Mas na verdade era o nome dela, Mailen, que significava princesa. Você sabe o que é uma Machi?

— Sim, uma pessoa que se comunica com os espíritos, tem sonhos premonitórios... É uma espécie de xamã, não?

Theo foi buscar galhos secos na pilha que estava ao lado do fogo.

— Ele disse que foi por isso que ela foi assassinada.

— Como assim?

— O marido não queria...

— Seu pai?

— Sim... Ele a teria proibido de praticar, mas parece que ela continuava, contra a vontade dele.

— Você retomou o contato com seu tio?

— Não. Não sei se algum dia vou fazer isso. Eu não saberia o que dizer.

O calor se tornava quase insuportável. Mia protegeu as bochechas com as mãos.

— O que me dá medo é voltar a falar com meu pai.

O fogo inesperadamente se tornou mais alto. Eles se afastaram, rolando sob uma chuva de fagulhas o tronco esbranquiçado sobre o qual estavam sentados.

— O que você vai dizer a ele?

— Não sei... Sabe — continuou Mia —, acho que poderia perdoá-lo por ter matado minha mãe...

Sua voz falhou.

— Mas nunca poderei perdoá-lo pelo que fez com você.

O sol despontava. Eles se levantaram, unidos em um só corpo, e apagaram o fogo com a areia. Um vira-lata avançou na direção deles com o rabo entre as patas, farejou as brasas e foi embora ainda mais rápido. A maré descia lentamente, deixando uma espuma de algas verdes para trás. Eles viam, ao longe, a silhueta de um homem correndo, que se aproximava. Ele calcava a areia com uma destreza felina. Mia olhou para ele com inveja. Os passos deles não deixavam nenhuma marca.

Theo deixou Mia em casa e foi buscar Julia no aeroporto. Estacionou o carro perto do portão de chegada e saiu do veículo. O verão chegava ao fim. Uma brisa deliciosa aliviava o calor que subia do asfalto. Ele a viu sair puxando a mala, com o vestido branco que eles tinham comprado juntos na primavera. Ela entrou no carro, cheia de luz, irradiando uma felicidade que imediatamente o crispou. Ele seguiu em direção ao Bronx para pegar o Connecticut Turnpike. Julia pensou ver em sua impaciência um sinal de afeto e, atordoada pela velocidade, esqueceu o cansaço da viagem.

— Vamos comer alguma coisa, Theo. Temos várias notícias boas a celebrar.

— No bar de sushi de Westport — ele respondeu, colocando um CD.

Uma guitarra estridente explodiu nos alto-falantes. Julia se inclinou, abaixou o volume e passou um dos braços em torno do pescoço de Theo.

— A primeira grande novidade...

Ela se afastou para medir o impacto de seu anúncio. Theo sorriu, aparentemente concentrado em dirigir. Na verdade, sua mente estava longe dali. Talvez Mia estivesse justamente no bar de sushi com Kwan. Eles iam ter que se cumprimentar, se apresentar. Ou quem sabe ele e Julia se sentariam na mesa ao lado como se eles não se conhecessem.

— Está me ouvindo, amor?

— Sim. Não quero perder a saída. É aqui que sempre me engano.

No pedágio, um mar de carros estagnava. Theo desligou o motor e abriu as janelas.

— Bom, diga. Qual é a boa notícia?

— Theo... Você vai ser avô!

Para marcar a surpresa, Theo arregalou os olhos. Avançou. Os carros à frente tinham acelerado. Talvez ele ficasse com ciúme de vê-la com Kwan. Quando não estava com ela... Era absurdo.

— ... o nome de um menino. Eu ficaria muito feliz com uma pequena Josefina. Já imaginou? E você?

— Eu?

— Sim, qual gostaria?

— Qualquer um, os dois.

— Deixe de bobagem. Se for um menino, que nome você gostaria? Você não pode chamar uma criança com os dois nomes: Ignace-Josefina!

— Ignacio? Por que Ignacio?

— Ignace, não Ignacio! Você não ouviu nada do que eu estava falando. É o nome do pai!

— O nome do pai de quem?

— Da mulher do Ulisses, ora! Eles combinaram que se for um menino, ela vai escolher o nome, e que se for uma menina, Ulisses é que vai escolher.

— Ah, bom, claro. Eu não sabia.

Eles chamariam o filho como quisessem, pensou Theo. Não era problema seu.

Theo aumentou o volume, uma bateria enfurecida tornava difícil qualquer conversa. De todo modo, todas as soluções que imaginava eram ruins. O pior era não fazer nada. Nunca. O assassino pagaria de um jeito ou de outro, mesmo que a morte fosse doce demais para ele. Theo quase preferia vê-lo viver como ele próprio tinha vivido todos aqueles anos, em meio às trevas e à vergonha.

— ... casa à beira-mar, sobre as rochas. Você vai adorar. Precisamos reservar imediatamente. Acho que é difícil encontrar passagens para o Natal. Você concorda?

— Concordo com o quê?

— Em ir visitá-los em dezembro.

— Veremos, ainda temos tempo.

Theo pegou o desvio para sair da estrada e parou num semáforo. Ele achava estúpido estar apaixonado como um adolescente. Tinha acabado de se despedir de Mia e só conseguia pensar em vê-la. Seguiu pela avenida em baixa velocidade, procurando uma vaga para estacionar, o sol em cheio no rosto. Passou lentamente na frente do restaurante, fazendo uma viseira com uma das mãos. Viu-a na hora. Mia estava sentada numa mesa do lado de fora. Ela o viu e sorriu.

Eles costumavam se refugiar num hotel de Fairfield, a meio caminho entre o trabalho e a casa de cada um. A tarde havia sido opressiva. Grandes nuvens anunciavam uma tempestade que ainda não estourara. Eles se contemplavam na penumbra. O corpo de Mia parecia feito de éter, como uma miragem. O ronronar do ar-condicionado mal cobria o barulho da autoestrada. O mundo zunia ao longe. Ele a apertou com força contra si.

— Você nunca me contou o sonho que teve com sua mãe.

— Estava mais para pesadelo.

— Sou todo ouvidos.

— Eu estava numa floresta, havia muitas árvores ao meu redor. De repente, eu perdia consciência de quem era e me fundia com o universo. Eu era o céu, a vegetação, as árvores. Eu respirava através deles. Comecei a me separar das coisas e a reconhecer que tinha um corpo quando ouvi uma voz que falava comigo, vinda de fora. Eu tentava lembrar quem era...

— ...

— Essa voz era a voz da minha mãe. Ela me impregnava como a seiva das árvores. Suas palavras circulavam em mim e eu não entendia, eu respirava. Eu exalava seu amor, seu sofrimento, sua vida.

— Que sonho estranho...

— Penso nele o tempo todo. Essa voz me persegue, Theo.

— O que ela dizia?

— Ela me contava uma história, de uma menina que tinha perdido a mãe e que um dia a encontrava. Eu não sabia se eu era a menina, a mãe ou a filha da menina. Sabia apenas que era uma dessas três mulheres. Quando tinha a sensação de ser a menina, eu a via procurando a mãe atrás de cada árvore de uma floresta escura e úmida. No fim, a voz anunciava a volta da minha mãe e eu me sentia invadida por uma grande luz, mas a sensação de libertação não chegava. Eu continuava percebendo o medo e o sofrimento da mãe, como um veneno em minhas veias.

— Um verdadeiro pesadelo.

— Sua voz me diz coisas que não consigo entender. Para sair, partir, eu acho. Mas há esse sofrimento que cola em mim. Acordo cansada, como se guardasse um luto maior que eu mesma.

Mia pousou a mão na testa e seguiu o vinco de uma primeira ruga, como um risco traçado de uma têmpora à outra.

— Não posso viver sabendo o que ele fez. Não quero carregar os genes de um monstro. Tenho medo de ser quem eu sou.

Uma gota de suor molhou sua boca.

— Mas não posso aceitar que você o mate.

— Não diga isso, Mia.

— Entregue-o à justiça. Ele pagará pelo que fez numa prisão.

— Para ele, seria uma recompensa.

— Não quero que você se torne um monstro por causa dele.

— É a isso que estou condenado, enquanto seu pai viver.

Mia se virou na cama, abatida pelo calor.

— Você não é um assassino, Theo.

— Mia, você sabe que eu sou o único em condições de fazer justiça.

— Mas você não entende? A morte seria um alívio para ele!

— Está dizendo isso porque o ama.

— Sim, porque o amo, claro.

Com um olhar febril, ela se virou para Theo.

— Mas também porque o odeio. Por você e pela sua família. Por minha mãe. Por mim, porque ele me guardou para ele, porque ele me chamou de Mia. "Minha". Dele. Uma recompensa por sua depravação.

Ela se afastou, para enxergar Theo melhor.

— Mas também, sim, porque o amo.

— Você precisa escolher, Mia.

— Eu sei o que não quero ser.

Um celular vibrou no chão com obstinação. Theo nem ao menos pensou em desligá-lo.

— Não quero ser como ele, Theo, não quero viver com sede de sangue. Prefiro minha morte à dele. Vingue seu irmão em mim. Não há nada mais importante para ele do que minha vida.

— Você está louca.

— Você é que está louco. Que vida poderíamos ter depois do assassinato de meu pai? Você conseguiria viver sabendo que eu só poderia odiar você?

— Para mim é melhor o seu ódio que a sua morte.

— Theo, os dois andam juntos. Só o amor pode dar a vida.

Com um gesto delicado, ele tirou algumas mechas que se colavam ao rosto de Mia. Contemplou-a em silêncio por um bom tempo.

— Prefiro morrer a viver sem você, Mia.

Os barcos de passeio balançavam suavemente sobre o espelho d'água, uma floresta de mastros apontava para o céu. Mia e Theo tinham se instalado numa das mesas redondas da marina. No interior, garçons de uniforme e luvas brancas circulavam solícitos em volta dos clientes, com bandejas no ar, sem se olhar.

Seu vestido de musselina de algodão cru tremulava sob a brisa como uma segunda pele. Mia recolheu os cabelos e prendeu-os em coque com a ajuda de um lápis. Tirou as sandálias de salto com um gesto atrevido e libertou os pés, tamborilando os dedos sobre as tábuas do chão. O maître se aproximou, fingiu que não via nada e serviu uma água cristalina que fez as pedras de gelo estalarem. O homem deu um passo para o lado e esperou que Mia olhasse para ele. Ela se virou para Theo, certa de sua beleza.

— Amor, o que vamos beber?

Para se livrar do homem, Theo fez o pedido com pressa, mas o sujeito voltou logo depois. Serviu champanhe com gestos amplos. Theo o observou, sorrindo. Não mudaria nada daquela cena. Uma vez sozinhos, ele beijou a mão de Mia. Ela sorriu para ele com os olhos.

— Então?

— Então? Julia me deixou.

— Julia o deixou! Como assim?

— Ela descobriu sobre você.

Mia desenhou algo na toalha com os dedos.

— Como conseguiu descobrir?

— Acho que cruzou com Ben e a mulher.

— Mas o que disseram a ela?

— Eles a convidaram para jantar e disseram que convidariam você também.

— E...?

— Imagino que pelo tom da voz... Lembra que Ben estava comigo na academia quando você cancelou nosso primeiro encontro?

— Sim. Aquela gorda da Betty também comentou alguma coisa comigo quando voltei da Argentina.

— Não tem mais nenhuma importância, amor.

— Mas pode ter... Meu pai ligou.

Theo ficou como uma estátua.

— Você não quer saber o que ele disse?

— Não, não quero saber. Sério.

— Está bem. Veremos.

Ela pegou a taça de champanhe e a ergueu, se aproximando de Theo.

— Ao nosso amor...

— À nossa eternidade juntos — ele respondeu.

Eles entrelaçaram os dedos, um sondando no outro suas próprias certezas. Pela primeira vez, Theo se sentiu livre. Achou o mar precioso como uma joia e o céu digno de ser contemplado. Mia lhe pertencia.

Dois garçons abordaram a mesa com cerimônia, anunciaram os pratos e os serviram ao mesmo tempo. O sol se espalhava por tudo, menos sobre eles, o que fazia da sombra que os protegia um bem cobiçado. Theo e Mia não viam mais o mundo que os cercava, eles riam e bebiam sob os olhares invejosos de um casal instalado na mesa ao lado e que não tinha trocado sequer uma palavra.

Depois da refeição, a jovem afastou a cadeira e se virou para o mar para contemplar o horizonte. Ela seguiu, feliz, o voo das gaivotas que voltavam do alto-mar. O céu estava azul e límpido, separado do mar por uma longa linha violeta. Uma leve brisa soprou, encrespando a superfície da água. Mia cobriu os ombros com um xale. Seus olhos pareciam ter se alongado um pouco mais.

— Queria poder gravar esse segundo de eternidade na memória.

— Não me lembro de ter sido tão feliz na vida.

Depois de pronunciar essas palavras, ele tirou um estojo de veludo azul do bolso, pousou-o delicadamente em cima da toalha branca e o abriu. Tirou o anel da pequena caixa, pegou a mão de Mia e deslizou-o até a base do dedo.

— Para que nada nos separe.

A jovem se sentou na beira da cama, tinha a cabeça pesada. Os pesadelos não lhe davam trégua. Theo puxou-a pela cintura antes de ela se levantar, querendo beijá-la, mas ela se desvencilhou. Entrou no banheiro e tomou uma longa ducha. Quando saiu, uma nuvem de vapor invadiu o quarto, como se a perseguisse. Ela bateu a porta. Theo, em pé diante da janela, ia puxar as cortinas. Ela o impediu. Fazia dias que evitava o sol.

Ele olhou para ela, que colocava o vestido, e se ajoelhou a seus pés para ajudá-la a calçar os escarpins. Não suportava mais ver Mia voltar para casa. Desde que Julia havia anunciado sua partida, Theo se tornara exigente, quase possessivo.

Mia o deixou e se dirigiu para o banheiro. Esvaziou a bolsa em cima da pia e se postou na frente do espelho, empurrando com os pés as toalhas ainda úmidas que estavam no chão. Com mão segura, puxou os cabelos para trás e fez um coque brilhante como uma pedra de ônix. Depois, aproximou o rosto do espelho e pinçou uma e outra das suas coisas para se maquiar. Fez os mesmos gestos que fazia todos os dias, mas deu-lhes uma atenção particular.

Quando acabou, se contemplou satisfeita. Pareço com minha mãe. Pela primeira vez, a ideia de se parecer com a mãe não ficou circunscrita ao campo do abstrato. Ela se sentiu quase mais verdadeira. Mia se virou de repente. Theo a observava com uma estranha intensidade. Ela olhou em volta, desconfortável, como se houvesse outra pessoa no quarto. Acabou dando de ombros, rindo.

— Sempre tenho a impressão de que ele está prestes a nos surpreender.

Ela insinuou uma carícia estendendo o braço na direção de Theo, que a puxou com ardor. Ela se soltou, nervosa, pegou a bolsa e saiu lançando um não-vou-demorar antes de fechar a porta.

Quando a porta do elevador se abriu na recepção do hotel, Mia foi recebida por um grupo de homens de uniforme azul e quepe hexagonal, que circulavam pelos corredores e bloqueavam todas as saídas. Viaturas de polícia estavam estacionadas na entrada, com as luzes acesas.

Ela recuou instintivamente, se sentindo culpada sem saber por quê. Por que a polícia? O que estavam fazendo ali? E se estivessem atrás de Theo? A ideia lhe veio como um soco. Ela empalideceu, tomada de pânico. E se Theo se escondeu no hotel depois de matar meu pai? Sem me contar nada. Do ângulo oposto do saguão, um oficial a seguia com o olhar. Preciso me acalmar. Seu olhar buscou a saída. Não, era impossível. Faz dias que não desgrudamos um do outro. Sei que ele pensa nisso, é sua obsessão. Theo hesita. Por mim. Por nós. Ele não é um assassino. Ainda não... O policial atravessou o saguão e se aproximou dela, a passos firmes. Mia sentiu os joelhos cederem. Talvez meu pai tenha matado Theo. A polícia está aqui porque encontraram o cadáver dele no quarto. Vieram me interrogar. Por favor, que não seja verdade. Eu não aguentaria. Não poderia viver sem ele. Ela cruzou o olhar do policial. Eu estava com Theo há dois minutos. Que tolice. Meu pai não sabe nada sobre ele. Estou enlouquecendo. Mas ele pode ter sido avisado por alguém do escritório. Ele queria saber de onde veio o poema de Bernárdez que Theo me mandou. O oficial abordou Mia com respeito. Preciso me controlar. Ele se apresentou, educado, uma mão no revólver.

— Bom dia, senhorita, estamos evacuando o local e precisamos de sua colaboração.

Grossas gotas de suor surgiam-lhe nas têmporas. Ela mal ouvia as perguntas que o oficial lhe fazia, o coração disparado. Consciente de que algo a perturbava, o homem acabou perguntando, numa voz autoritária:

— Senhorita, está tudo bem?

— Sim, sim, tudo — ela conseguiu balbuciar.

— Repito: havia mais alguém com você no quarto?

— Não, não... eu estava sozinha.

— Você me disse que estava no quarto 410. No registro do hotel, o quarto foi reservado em nome do sr. Theo d'Uccello.

— Pode ser, não sei... quem sabe foi um erro da recepção — Mia respondeu, ainda presa nas suas elucubrações.

— Bom, senhorita, não se preocupe — disse o homem, num tom protetor. — Ainda temos bastante tempo para evacuar todo mundo. Fale com minha colega na entrada, ela a orientará sobre o que fazer. É importante tirar os carros do estacionamento o mais rápido possível. Acreditamos que o avião conseguirá pousar num dos aeroportos vizinhos, mas somos obrigados a tomar todas as medidas de segurança.

— Sim, sim, claro — Mia respondeu, com o olhar perdido.

Uma mulher de uniforme mantinha a porta principal bem aberta para uma dezena de clientes que só pensavam em sair dali correndo. Mia se dirigiu a ela mas desviou o olhar para a esquerda e viu o oficial encarregado do acesso às escadas se dirigir para a saída de emergência no final do corredor. Ela o seguiu, empurrou a porta lateral e sumiu de vista.

Chegou ao quarto andar sem fôlego, os sapatos na mão, o rosto transtornado pela angústia. Correu pelo corredor vazio e entrou no quarto. Theo esperava por ela deitado na cama, o rádio ligado. O som estridente das sirenes encheu o ar.

— Eu sabia que você voltaria.

Um ruído surdo fez vibrar as paredes.

— Venha para perto de mim.

Mia olhou para o anel, que brilhava. Os reflexos da luz branca a lembraram do sonho e da voz da mãe.

— Para que nada nos separe — ela disse.

Ela tirou a roupa e se deitou a seu lado.

39.
O avião
Inverno boreal, 2006

Julia se precipita para a rua. Quer gritar por socorro, sair correndo. Volta sobre seus passos, alarmada, sobe os degraus de quatro em quatro, procura na bolsa as chaves do carro e desce a escada às pressas.

O caminhão de mudança bloqueia o acesso à rua. Ela se lança sobre o motorista. Os homens do fundo, carregando móveis e caixas de papelão, protestam, mas o motorista se decide a manobrar o veículo.

Julia, ao volante, liga para Theo do celular enquanto o caminhão libera a saída. Uma vez, duas vezes, vinte vezes. Ele desligou o celular. Ela envia uma mensagem de texto, três palavras:

Perigo. Morte. Corra.

Se a estrada estiver vazia, seguindo a toda a velocidade ela chegará ao hotel em vinte minutos. Ela acelera na direção do Connecticut Turnpike. Será tarde demais. Precisa fazer o trajeto em quinze minutos furando todos os sinais vermelhos. Azar.

Ela liga para Diane a partir dos comandos da direção. A linha está ocupada.

— Vou enlouquecer! — Julia grita, batendo no volante.

Ela pega a via de acesso à estrada e pisa fundo no acelerador. A pista da esquerda está vazia, ela entra na via rápida sem hesitação. Nunca correu tanto na vida. O telefone começa a tocar. Ela reconhece o número de Diane na tela e atende acionando os comandos da direção.

— Diane, Theo corre perigo. Não consigo falar com ele. Ele desligou o celular. Está num dos Inns de Fairfield. Não lembro o nome do lugar!

— Está tendo uma pequena crise de ciúme, minha querida? — sentencia Diane, rindo.

— Estou falando do avião, Diane! Precisamos tirá-lo de lá!

— Não estou entendendo nada. Acalme-se, Julia. Do que está falando?

— Do avião, Diane! O avião vai cair... Você precisa encontrar o telefone do hotel.

— Ah, sim! Sei, o avião vai fazer uma aterrissagem forçada. Estou acompanhando pelo rádio... Minha querida, ele vai aterrissar numa pista de Stratford. Não precisa se preocupar.

— Diane! — gritou Julia. — Por favor, me ouça! Eu salvei sua vida, você podia ao menos acreditar em mim! Você precisa avisar o hotel, o avião vai cair em cima dele, está entendendo?

— O.k., o.k., não se desespere, entendi. Vou ligar. Nada de pânico, minha querida.

— Mas é claro que estou em pânico! Rápido, por favor.

Ela acaba de passar pela chaminé industrial vermelha e branca de Bridgeport. Desliga o telefone. Estou a quinze minutos. Não, dez! Acelera ainda mais. Uma sinalização de emergência acima da autoestrada anuncia um desvio obrigatório. Julia se vê obrigada a diminuir a velocidade. A autoestrada está fechada na altura da saída 23. Um policial supervisiona a operação.

— Um avião em pane está sobrevoando a região — ele explica aos motoristas que baixam o vidro ao passar por ele. — Circulem, circulem!

Todas as ruas adjacentes estão bloqueadas. Um cordão de segurança bloqueia todos os acessos. Preciso fazê-lo entender. Julia fala com o agente, mas consegue apenas irritá-lo.

— Saia ou lhe dou voz de prisão! — ele grita.

Preciso passar de qualquer jeito. Preciso me acalmar. Ela liga o carro, contorna a barragem, lentamente, sem encontrar nenhuma passagem. O rádio transmite a voz de uma jovem repórter que anuncia a súbita perda de altitude da aeronave.

Julia abre os vidros para colocar a cabeça para fora. Ela não vê o avião, nem ouve os motores. Ele deve estar mais longe que o previsto, talvez ainda haja uma chance. Ela estaciona o carro no bairro residencial e caminha com as mãos nos bolsos em direção a uma das casas no limite do cordão policial. Os agentes estão ocupados informando os moradores. Todos estão de costas. Julia se esgueira por entre duas casas, atravessa um jardim, depois passa para o jardim do vizinho, costeando as garagens.

Pronto. Está dentro da zona de segurança. Julia começa a correr com todas as suas forças, em linha reta. Pula cercas, atravessa ruas, desvia de arbustos. O bairro está vazio. Ao longe, ela reconhece um centro comercial e o símbolo de um Stop and Shop. A via férrea não deve estar muito longe. Julia segue correndo.

Uma bicicleta parada na frente de uma bela casa com balaustradas parece à espera. Julia salta em cima dela e pedala, seguindo seu instinto pelo labirinto de ruas. Tudo bem se eu chegar a tempo, tudo bem se eu não for parada pela polícia.

Antes de atravessar a grande avenida, Julia freia de repente, a bicicleta atravessada na calçada. Ela tira o celular do bolso e verifica as mensagens. Theo não respondeu. Ela copia a mensagem e envia aos diferentes endereços eletrônicos que Theo usa.

Com as costas encurvadas, volta a pedalar, mais rápido ainda. O barulho das turbinas invade o espaço de repente. Ela ergue os olhos. O avião está ali, na frente dela, voando cada vez mais baixo, rente ao chão. Parece tranquilo, inabalável. Julia reconhece a torre do hotel, à esquerda. Mas ele perde altitude rápido demais. Não vai conseguir desviar. Julia fica paralisada. Seu telefone começa a tocar, uma vez, duas vezes, três vezes, depois para.

— Theo! — Julia grita no momento do impacto.

* * *

O sopro da explosão a derruba no chão. Uma fumaça negra e espessa se eleva em redemoinhos. Julia se desvencilha da bicicleta, estupefata. Ela o vê como no dia do aniversário de Anna. Caminha lentamente em meio a suas recordações. Ele estava devastado, de pé sobre a escada, quando eles se reencontraram em Nova York. Bastou vê-lo por um instante para saber. Jurei nunca perguntar nada. Escolhi não ver.

A cena é dantesca, as chamas, a fumaça negra em espirais, a polícia, os bombeiros. Também há ambulâncias. Julia segue em frente. A carcaça do avião fumega, o nariz esmagado contra o cimento e as vigas de aço. Ela chega ao estacionamento do hotel sem que ninguém preste atenção nela.

O carro de Theo está ali, intacto.

Julia sente o celular vibrar no bolso. Tira-o maquinalmente. Uma mensagem não lida, de Theo. Ela olha em volta, com uma súbita esperança, e lê:

Obrigado, amor.

Julia olha, ansiosa, para a foto que ele enviou. É a foto de um casamento. Ela não reconhece ninguém. Amplia a imagem, impaciente, para enxergar melhor. Um homem gordo, quase obeso, lembra-a vagamente de alguém. Ela vasculha a memória. A imagem lhe volta, nítida. Ergue os olhos, espantada. O recorte de jornal de Nona Fina! Julia desaba, em lágrimas. Ao lado do homem, vestida de noiva, acaba de reconhecer Mia Moon.

O dia está tão agradável. As árvores centenárias da avenida ondulam, brincando com o vento. Julia olha pela janela. Um céu azul e límpido. A linha violeta entre o céu e a água. Mais um lindo dia. Mais um dia sem ele. Julia se senta na cama. Um avião sobrevoa a casa. Curiosamente, ela não faz nenhuma ligação com o acidente. Ela é devolvida à última noite de amor com Theo, quando, embalada pelo zumbido de um motor como aquele, tinha rezado para ficar para sempre em seus braços. Eu não quis ver que seria a última...

Ela se aproxima do espelho, arruma o véu preto do chapéu e desce lentamente as escadas. Ulisses a espera à porta de entrada. Estende a mão quando ela está nos últimos degraus. Quando ela se aproxima, acaricia seu rosto.

— Mãezinha querida.

— Vamos, meu anjo. Quero chegar logo.

Ulisses segue todos os seus gestos, em silêncio. Adianta-se para abrir a porta. Ela desce os degraus da entrada e para alguns minutos para borrifar a espessa forragem azul das hortênsias.

— É simples, veja.

Ela repete o gesto, como se acariciasse uma cabeça de criança.

— Não tem segredo. Amor, Ulisses, apenas amor.

Ulisses continua a observá-la em silêncio. Desde que chegou, a mãe o comove a cada instante.

— Não quer que eu dirija, mãe?

— Não. Conheço o caminho. E quero parar de pensar. Dirigir vai me obrigar a me concentrar na estrada.

— Mãe... está tudo bem, tem certeza?

Na ponta dos pés, ela o beija na bochecha.

— Vai ficar bem melhor daqui a pouco.

Julia procura dentro da bolsa, verifica que está com o celular e as luvas pretas, pega os óculos de sol e entra no carro, batom na mão. Enquanto Julia retoca a maquiagem no retrovisor, Ulisses vê a vizinha puxar a cortina para acompanhar a movimentação. A porta se abre e a velha senhora avança, apressada, com um buquê de flores violeta na mão. Julia abaixa o vidro e coloca a cabeça para fora:

— Que gentileza, obrigada. Fico muito agradecida.

A velha senhora, com os olhos azuis cheios de lágrimas, entrega o buquê a Ulisses.

— Não consigo acreditar que ela é quem está me dando os pêsames — ela diz, dando marcha à ré para sair.

Julia sai do emaranhado de ruas que cercam a casa, atravessa a grande avenida que entra na cidade e pega a via de acesso à autoestrada.

— Fica longe? — pergunta Ulisses.

— A uns trinta minutos. É um cemitério bonito e pequeno, em Westport. Não fica muito longe do escritório deles. Tem velhas árvores e muitos pássaros. Fui visitá-lo com Kwan.

— Kwan?

— Sim, Kwan. O marido de Mia.

Ela liga o rádio. O CD de Theo entra automaticamente. Julia se apressa em desligá-lo.

— Que idiota — ela diz, enxugando as lágrimas.

Ela verifica no espelho retrovisor que a estrada está livre e acrescenta, mais calma:

— Pelo menos assim eu fico com cara de viúva.

Ulisses pega sua mão.

— Mãezinha querida.

Eles deixam para trás a chaminé industrial de Bridgeport, com seu fio de fumaça branca, e pouco depois passam pela pequena cidade de Fairfield. Visto da autoestrada, o hotel calcinado já se livra dos escombros. Uma equipe de homens de colete fluorescente invadiu o lugar com máquinas pesadas. Ulisses desliza para a frente sobre o assento para poder ver o lugar pelo máximo de tempo possível.

— Estou tão feliz que você esteja comigo. Não gostaria de estar sozinha na frente... de todas aquelas pessoas. Os colegas de trabalho...

— Olivier me ligou...

Ulisses observa seu perfil, sua cabeça ereta, sua expressão suave.

— Você parece tão jovem, mãe!

— Está dizendo isso para me agradar.

— Não, estou dizendo isso porque acho Theo um grande idiota.

— Nunca diga isso, Ulisses. Ninguém conhece a sede com que o outro bebe.

— Ele era incapaz de amar.

— O ódio está tão perto do amor...

A estrada se aproxima do mar, depois se afasta novamente, entrando numa floresta de árvores majestosas. Tudo parece imenso: o asfalto que segue a perder de vista, o céu infinito cheio de nuvens imóveis, suspensas na imensidão azul.

— Nona Fina dizia que os mortos olham através de nossos olhos.

— Mãe... Você não acredita nisso!

Seus olhos se acendem como brasas:

— Ah, sim, meu querido, acredito mais do que nunca!

Incomodado, Ulisses desvia o olhar quando o carro dobra à direita. Eles seguem por uma pequena estrada na orla de um bosque de faias salpicado de casas brancas visíveis atrás da cortina de troncos. Perto da estrada, passam por uma mulher de joelhos que deposita flores numa lápide, dentro de um jardim de bordos e salgueiros.

— É aqui?

— Não. Este é o cemitério colonial. O nosso fica um pouco mais longe. Olhe como a luz fica bonita, filtrada pelas árvores.

Ulisses se esforça para apreciar a paisagem. Mas alguma coisa que ele não consegue especificar o deixa pouco à vontade.

— Quem vai estar lá, mãe?

— Pouquíssima gente, acho. Alguns colegas de trabalho, a família de Mia e nós dois.

Mas quando Julia sobe a alameda que leva à entrada do cemitério, Ulisses entende que não verá uma cerimônia íntima. Dez limusines pretas ocupam um estacionamento lotado. Julia estaciona o carro no acostamento do acesso principal e deixa as chaves dentro do carro. Ela lança um olhar rápido ao redor. Algumas pessoas vestidas de preto começam a subir a alameda a passo lento. Mais atrás, ao lado da entrada, um grupo de homens de óculos escuros fuma encostado às grandes coníferas.

— Preciso falar com eles por um segundo. Espere aqui, por favor.

Sem dar a Ulisses o tempo de responder, Julia se dirige até eles num passo rápido. Ulisses vê os homens apagarem os cigarros ao vê-la. Eles estendem a mão para recebê-la, protocolares. Julia fala alguma coisa, vira várias vezes na direção de Ulisses, tira o celular da bolsa e estende o aparelho para eles mostrando algo na tela. Ela volta até Ulisses e pega o braço dele.

— Está na hora, vamos.

Julia tira da bolsa as luvas pretas, baixa o véu sobre o rosto e sobe a alameda até a aglomeração. As pessoas se afastam quando eles se aproximam, deixando-lhes o caminho livre até o padre entre as duas covas. Julia cumprimenta a todos e agradece. Avista a irmã Anna entre os presentes e a beija, emocionada.

— Quando você chegou? Não me disse nada.

— Aterrissei hoje de manhã em Nova York, com Pablo. Não sabia se chegaríamos a tempo.

Julia pega a irmã pelo braço e leva-a consigo, mas Anna a detém por um segundo para lhe apresentar um homem de cabelos brancos que Julia não conhece.

— *Soy Augusto* — ele diz.

Julia reconhece sua voz. Ele a aperta e a deixa sem fôlego num abraço que a faz se sentir bem. Ela pode se permitir aquele alívio nos braços de um desconhecido. Queria falar com ele, mas não se decide a fazê-lo, seguida por vários olhares.

Diane também está ali, claro, como Ben e a esposa. Julia pega a mão dela ao passar e a beija. Entre as várias pessoas que vê, reconhece o rosto de Conchita, que abre passagem para vir abraçá-la, os olhos vermelhos. Julia segura as lágrimas da melhor maneira que pode. Também vê Alice, com seu impecável coque de aeromoça. Olivier é o único ausente. Na primeira fila, Julia reconhece os chefes da Swirbul and Collier, com as esposas. Kwan, rígido, se mantém ao lado do padre com a família. Julia o abraça e se coloca do outro lado com Ulisses e Anna. Ernesto Mayol, o tio de Theo, espera por eles.

Na frente dela, do outro lado dos caixões, uma mulher sorri tristemente para ela e acena-lhe com a cabeça. Ela a conhece, Julia tem certeza. Leva alguns minutos para compreender que é Nicole, a madrasta de Mia. Julia se agarra ao braço de Ulisses, sem ousar levantar os olhos novamente. Vou desmaiar. Ela dá um passo para trás, Anna a segura e a ajuda a ficar em pé. Ela vê os sapatos do homem ao lado de Nicole, imensos. Todo o corpo de Julia começa a tremer. Os caixões descem juntos graças a um sistema de roldanas. Kwan explode em soluços por um breve instante e recupera a compostura. As flores, a terra, as palavras, depois o silêncio e o vento.

Os presentes se reúnem em torno de Julia, mãos são estendidas, ela é abraçada. Julia está ausente. Está sozinha. Enquanto as pessoas se dispersam, um bando de pássaros cruza os ares, assobiando. Julia ousa erguer os olhos para segui-los e seu olhar se detém sobre o homem.

Julia não tem mais medo. Inicia uma fria dissecção do ser que tem diante dela, incapaz de qualquer sentimento por ele. Uma cicatriz acima do olho o mantém suspenso numa emoção fixa, os fios de cabelo pretos demais escondem mal uma calvície severa, os lábios espessos têm a textura de frutas passadas. Aquele rosto devastado é o topo de um corpo enorme e flácido. Somente os punhos cerrados de falanges protuberantes traem uma violência surda.

Kwan e a família já se apressam para os carros. Julia se endireita, calça as luvas e se deixa abraçar pelos amigos. Ela respira fundo, se solta do braço de Ulisses e avança, serena. Ulisses e Anna se mantêm à parte. Os homens de óculos escuros sobem rapidamente a alameda principal e cercam o velho casal. O homem que ela encara permanece imóvel, incapaz de dar um passo. Sua mulher o puxa levemente pela manga, sem obter resposta.

Julia se posta na frente dele.

— Capitão Ignacio Castro.

O homem ergue o rosto e a encara, os olhos vazios.

— Sou a mulher de Theo — Julia diz. — Nos conhecemos na Mansión Seré.

Epílogo

Numa manhã de inverno, ao nascer do sol, Julia desce as malas e as deixa sobre as escadas na entrada. Nevou no dia anterior. A mistura de areia e neve a fascina. O frio faz seu rosto arder e a reanima. Ela cede a seu encanto, comovida pela ideia de tocar e ver, como se assim pudesse dar um fim a suas próprias contradições.

Diante dela, um sol vermelho, como uma bola de fogo, sai da água e se eleva poderoso no céu amarelo e frio. Julia se aproxima, as mãos estendidas para pegá-lo. Seus passos guincham na superfície imaculada. De repente, vindos do nada, duas corças saltam acima do sol vermelho, acima de Julia. Elas saltam para a avenida, hesitam e se perdem nos jardins. Deixam apenas as marcas dos cascos na neve espessa da praia.

Mas Julia não tem mais dúvidas. Ela sabe.

Julia estende o passaporte. A jovem de uniforme passa um feixe luminoso pelas folhas. Ela a observa, volta os olhos para a foto do documento e o devolve.

A fila parece interminável. Julia espera sua vez com paciência, os sapatos numa mão e a bolsa na outra. Coloca as coisas na esteira de controle e avança de mãos vazias. O celular começa a tocar bem na hora em que vai passar pelo pórtico. Um oficial pede que desligue o aparelho. Ela o tira da bacia para desativá-lo, mas antes passa os olhos pela tela. É uma chamada de Ulisses. O oficial a fulmina com o olhar. Vou ficar horas aqui, agora. Suas coisas são de fato desviadas para o controle manual. Ulisses vai precisar esperar.

A equipe segue bem as regras. Toda a maquiagem é vasculhada. Julia precisa esperar. Quando chega à sala VIP, a atendente avisa que ela tem poucos minutos antes de ser chamada para o embarque. Ela se serve de um copo de vinho e liga para o número de Ulisses. Cai na caixa postal e, decepcionada, desiste de deixar uma mensagem. O aparelho volta a vibrar. Uma série de mensagens chega em sequência. Ela começa lendo a de Adriana: *Bom dia, Julia. Tenho boas notícias. O processo do Diablo vai começar no início do ano que vem. Temos novas testemunhas. Consegui encontrar Sosa. Augusto confirmou que vai testemunhar. Parabéns e feliz Natal.*

Feliz Natal? É provável que não. Julia o passará no avião e chegará à Nova Zelândia depois da festa. Azar, não consegui coisa melhor. Decisões demais a tomar, papeladas demais a preencher. Ela volta a pensar em Olivier. Ele a encontrará na Nova Zelândia no fim da temporada. Ulisses faz questão. Julia não contém um sorriso. Eles sempre conspiraram à revelia dela.

Uma atendente se aproxima, discreta:

— Senhora, precisa embarcar.

— Sim. Obrigada.

Ela não quer decolar sem falar com o filho ao telefone. Ela suspira e se levanta. Conscienciosa, avança pelo corredor interminável que a levará à aeronave. O celular volta a vibrar. Ela o verifica, sem interromper a marcha. Dezenas de mensagens, que não param de chegar.

Quando finalmente está pronta para ligar para Ulisses, cinto apertado, casaco e bolsa guardados, o celular toca de novo. A aeromoça se vira para ela:

— Seja rápida, senhora, logo vamos decolar.

— Meu anjo, vi que você me ligou, eu estava passando pela segurança e tive todos os problemas do mundo com os oficiais, que vasculharam tudo e...

Ulisses a interrompe, numa voz suave:

— Mãe, mãe, por favor, ouça.

— Sim, querido, estou ouvindo!

— Mãe, acabei de mandar várias fotos por mensagem...

— Ótimo, vou olhar.

— Mãe... tenho algo a dizer, está me ouvindo?

— Mas é claro, fale!

— Está sentada?

— Estou no avião, pronta para decolar. Fale logo, preciso desligar.

— Mãe... Sou pai há uma hora!

— Oh, meu Deus! Ulisses, não acredito!

— Eu também não!

— O bebê chegou antes da hora. Que alegria! Eu queria estar aí, vou morrer de curiosidade... É menina ou menino?

— Mãe, você é avó de duas meninas...

Julia segura uma taça de champanhe enquanto estuda a foto que tem diante dos olhos. Nona Fina está sentada a seu lado e olha, divertida, para a expressão em seu rosto.

— Estava esperando por você — Julia diz, sem erguer os olhos.

Nona Fina sorri.

— Me diga, dessas duas, quem herdou o dom?

É a vez de Julia sorrir. Ela se inclina para olhar pela janela. O céu e o mar formam uma única e mesma coisa.

ESTA OBRA FOI COMPOSTA PELA ABREU'S SYSTEM EM ADOBE GARAMOND
E IMPRESSA EM OFSETE PELA GEOGRÁFICA SOBRE PAPEL PÓLEN SOFT DA
SUZANO PAPEL E CELULOSE PARA A EDITORA OBJETIVA EM SETEMBRO DE 2015